神澜奇域

Shenlanqiyu

圣耀珠

Shengyaozhu

2

唐家三少 * 著 *

黄河出版传媒集团
阳光出版社

图书在版编目（CIP）数据

神澜奇域. 圣耀珠. 2 / 唐家三少著. 一银川 : 阳光出版社, 2022.5
　ISBN 978-7-5525-6263-7

　Ⅰ.①神… Ⅱ.①唐… Ⅲ.①长篇小说－中国－当代
Ⅳ.①I247.5

中国版本图书馆CIP数据核字(2022)第064069号

SHENLANQIYU SHENGYAOZHU 2

神澜奇域 圣耀珠 2

唐家三少 著

责任编辑　贾　莉
装帧设计　杨　洁　曹希予
责任印制　岳建宁

黄河出版传媒集团
阳 光 出 版 社　出版发行

出 版 人　薛文斌
地　　址　宁夏银川市北京东路139号出版大厦（750001）
网　　址　http://www.ygchbs.com
网上书店　http://shop129132959.taobao.com
电子信箱　yangguangchubanshe@163.com
邮购电话　0951-5047283
经　　销　全国新华书店
印刷装订　湖南天闻新华印务有限公司
印刷委托书号　（宁）0023461

开　　本　710 mm×1000 mm　1/16
印　　张　18
字　　数　230千字
版　　次　2022年5月第1版
印　　次　2022年5月第1次印刷
书　　号　ISBN 978-7-5525-6263-7
定　　价　34.80元

根据唐家三少代表作《斗罗大陆》改编
企鹅影视独家正版授权

★★★
2020年度
漫画人物奖

★★
2020年度
国漫奖

企鹅影视 著

斗罗大陆 动画版 ①

THE LAND OF WARRIORS

双生武魂 横空出世
企鹅影视
TENCENT PENGUIN PICTURES

斗罗大陆
动画版 1

THE LAND OF WARRIORS

斗罗大陆
动画版 ·企鹅影视 著·

全网播放量超400亿 高人气3D光燃动画
独家授权 唐三、小舞双面海报2款

原版动画分镜截帧 精彩呈现经典剧情

动画播放量超400亿人气国漫！
《斗罗大陆 动画版》燃情巨献！

原版动画分镜截帧 精彩呈现经典剧情

HEROES ARE NEVER ALONE

HEROES ARE NEVER ALONE

随书附赠
唐三、小舞
双面海报 2款

斗罗大陆 旷世奇才
双生武魂 横空出世

《斗罗大陆 动画版2》《斗罗大陆 动画版3》即将上市，敬请期待！

神印王座 外传

天守之神

唐家三少 著

哪怕是天谴之神，
也不是最初就想要毁灭一切！

5月 隆重上市

内容预告： 这是属于九头奇美拉，奥斯汀格里芬的故事。他身为创世神的反面，拥有最强大的毁灭之力，当他在第八次重生后依旧不可避免地长出第九个头时，他的兄弟、伙伴，辉煌与领袖之神印骑士龙皓晨应该怎么办？奥斯汀格里芬究竟是天谴之神还是天守之神，他为什么会存在于世？这本外传将为您讲述。

唐家三少重磅新作　皓月霸气归来　揭开身世之谜
零维空间觉醒真身　初露锋芒接连受挫　绝望彻悟重回天守
冲破封印天谴诞生

全14册
已全国
上市

神印王座

典·藏·版

唐家三少 著

手握日月摘星辰，世间无我这般人

目 录

CONTENTS

第 43 章

七阶魔皇

那道身影不是主动飞来的，而是受到某种巨大的力量的击打，不受控制地倒飞过来的，而且非常不巧的是，他即将砸落的地方，正好站着一个人——计嘉羽。

望着那道黑色身影，计嘉羽心中产生了强烈的警惕，因为那是一名七阶魔皇。

世界上有巧合，但计嘉羽不相信有这么巧的巧合——在他以一己之力守住城头一片区域的时候，恰好有一名七阶魔皇朝他砸落而来。远方与这名魔皇交战的七阶明圣的眼神也说明了一些问题，而且，在通透世界的覆盖下，计嘉羽能够清楚地感觉到那名七阶明圣很惊讶，旋即对方朝着他的方向追击而来。

面对一名七阶魔皇，哪怕是一名与七阶明圣交战后，受了轻伤，消耗了大量魔气的七阶魔皇，计嘉羽仍然不敢托大。他的精神力触手时时刻刻停在额心处的圣耀珠虚影旁，但凡有一点危险出现，他都会直接召唤出圣耀珠虚影，以圣形态或耀形态做防御。

不过他最好暂时不要那样做，毕竟他接下来要面对的，可不只是一个七阶魔皇那么简单。

七阶魔皇的黑影越发近了，计嘉羽借助通透世界感知到，这名七阶魔皇的筋肉和体内的魔气都有了细微的变化，他似是一头蓄势待发的野兽。

感知到这一切后，计嘉羽想也不想，直接调动神圣之力汇向双眼。下一秒，两道淡金色的光芒从其双眼中迸射而出，以迅雷不及掩耳之势击中了那名飞快落下的七阶魔皇。

"啊！"堂堂七阶魔皇，被一个四阶明尊的伪圣术击中后，竟然忍不住惨叫了一声。

七阶魔皇的惨叫声吸引了不少人族选拔者的注意，他们抬头看去，看到的是一名身穿黑红色熔岩铠甲的长尾魔族战士。

这种熔岩铠甲是属于魔皇级强者的制式铠甲，所有人都认识，因此，大家心中震惊不已，望向计嘉羽的目光中充满了不可思议。虽然大家已经从其他人那里听说过计嘉羽很不一般，可听说和亲眼看到是两码事。

见自己的偷袭意图被发现了，这名七阶魔皇便停止下落。他低头看了一眼自己的侧腰，只见流淌着红色液体的铠甲之上，竟多了两道淡金色的痕迹。

计嘉羽的神圣射线虽然没有穿透熔岩铠甲，但击中熔岩铠甲时产生的冲击力，竟令七阶魔皇坚硬皮肤下的血肉都有被震击之感，可想而知这两道神圣射线的威力有多大。

难怪他能杀死那么多五阶、六阶魔尊！这名七阶魔皇低头望着城墙上的计嘉羽，心中杀意更强烈了。

这名七阶魔皇名叫弋阳，是先前被计嘉羽杀死的那两名六阶魔尊的顶头上司。因为那次围剿任务的失败，弋阳受了不小的惩罚，对计嘉羽可谓是恨之入骨。刚才他听到人族选拔者喊计嘉羽的名字，就对计嘉羽上了心，但他没想到的是，计嘉羽居然发现了他的偷袭意图，甚至还出手阻止他。

按道理来说，哪怕被计嘉羽的神圣射线击中了，他还是可以砸向计嘉羽，并施展魔族秘术将计嘉羽击杀的，可他的魔念从计嘉羽身上感知到了危险，极大的危险，程度不亚于正与他交战的光明族七阶明圣带来的危险。

"这小子到底什么来头？"弋阳轻皱眉头。

在魔族眼中，人族只是法蓝星上的一个低等族群，可现在看来，似乎并不是这样。虽然人族自身的修炼方式的确不算强，但是人族有着学习其他族群修炼方式的能力，这是一种很可怕的族群天赋。

弋阳在短暂的犹豫之后，主动朝计嘉羽冲了过去。虽然他身上没有魔气流转，但他举手投足之间带给了计嘉羽沉重的压力。

这就是来自魔皇的威压吗？魔皇的能力是什么呢？计嘉羽在尽全力准备防守时，也在思考一些问题。

但是，弋阳给他的时间不多。

弋阳全力催动魔气，速度快到了极致，而且他的加速之能似乎暗含着某种奥秘，让人防不胜防，只一刹那，他便来到了计嘉羽身前。

"轰！"

他那粗壮的魔手狠狠地拍在了计嘉羽的身上。

那一瞬间，计嘉羽体内的神圣之力像沸腾了似的汹涌而起，紧贴在他的皮肤表层和骨骼之上。

即使体内有着大量具备一丝神级威能的高品质神圣之力，和高硬度的神圣肤质、神圣骨骼，在七阶魔皇的一掌之下，计嘉羽仍然觉得自己的五脏六腑移了位，全身骨头都要散架了似的。

他整个人在巨大的冲击力之下，直接撞入了城墙的岩壁之中，砸出了一个深不见底的人形黑洞。

"嘉羽！"看到这一幕，丁鹿和叶子航心痛万分。

宋煜辉等光明至上教派成员则松了一口气，其他人族选拔者则在叹息之后沉默了。

虽说刚才计嘉羽击痛七阶魔皇的画面的确很令人吃惊，但从现在的情况来看，计嘉羽似乎还是远不及七阶魔皇强大，只一瞬间就被击败了。

不过，也有少部分人注意到了，那名悬空的七阶魔皇神色很凝重。

此时此刻，城墙的人形黑洞之中，计嘉羽在大口咯血，但在他咯血的同时，他的神圣骨骼内被改造的骨髓正在飞快地造血，具备神圣之力的血液流转全身，修复着他浑身上下的伤。

"虽然困难，但应该还能撑两掌。"计嘉羽轻轻笑了笑，但扯动了伤口，笑得有些艰难。

如果其他人知道了他的想法，定然会无比震惊。计嘉羽居然用七阶魔皇的攻击来测试自己身体的强度，这简直是前所未有的办法，不过的确很奏效。

现在，计嘉羽大概知道自己身体的强度了。

接下来，如果有机会的话，他还要把神圣之力的数量和质量测试一下，最后再测试圣形态和耀形态。

不过，计嘉羽有些犹豫：测试圣形态和耀形态，意义大吗？自己是在圣耀世界中，才能借助圣耀珠虚影施展这两项能力，出去之后，大概率是没有了。

仔细想了想后，计嘉羽决定还是测试一下。虽然概率不大，但万一呢？万一他成了圣耀珠的执掌者，那岂不是提前熟悉圣耀珠的功能了？

诸多念头在脑海中一闪而过，计嘉羽双手撑在身体周围的岩石上，朝着外面攀爬而去。

当他一跃而出，重新站在城墙上时，弋阳正在和那名七阶明圣战斗，而计嘉羽的出现，无疑吸引了诸多人族选拔者的目光。

"他居然没事！"所有人都震惊无比。

丁鹿和叶子航两人的心情忽上忽下，心脏都快跳出来了，不过，看到计嘉羽没事，他们当然是非常高兴的。

刚才看到计嘉羽受了七阶魔皇弋阳一掌，大家都以为计嘉羽身受重伤，甚至是濒临死亡，但万万没想到，他只是胸前有个掌印，嘴角有点血而已，就连脸色都没怎么变白。

计嘉羽抬头看着两名七阶强者，很想参与战斗，但他不会飞，所以只能远距离干扰弋阳。

略作思索之后，计嘉羽飞快地从四周拾起了几杆粗大的黑枪，将神圣之力覆盖于其上，然后使身体呈弓形，轰的一声，猛地将一杆黑枪朝弋阳掷去。

弋阳感受到了计嘉羽的精神力的锁定，起了警惕心，但来不及做出反应了，因为覆盖着神圣之力的黑枪已经来到了他的身前。

因为有器物承载，此时计嘉羽的神圣之力的威能比神圣射线还要强。

在即将被黑枪击中的那一刹那，弋阳强行扭动腰部，让黑枪从他的腰部擦过。但是，巨大的冲击力震得他浑身难受，再面对近处的光明族七阶明圣时，他不小心露出了一个破绽，被那名七阶明圣的单体圣术轰中，受了不轻的伤。

计嘉羽这一记黑枪攻击再度震撼了现场的人族选拔者，就连不远处的光明族人都忍不住注目。

掷出一杆黑枪后，计嘉羽又拿起了第二杆，将神圣之力飞快地覆盖于其上。

正在此时，一道身影忽然来到他的身边，他偏头去看，赫然是六阶明尊苏梦梦。

"我也想帮忙。"

因为计嘉羽坐镇一处，城墙上的局势稍微稳定了些，这就让苏梦梦能够腾出手来。

她看向计嘉羽，问道："你是怎么净化这黑枪的啊？"

"很简单，不过对你而言不简单。"计嘉羽解释完，狠狠地朝高空中的弋阳掷出了一杆黑枪。

"你给我一杆枪，我也想试试。"苏梦梦道。

"真没这么简单。"计嘉羽道，"这需要很强的精神力。不过，你可以拿它们来攻击他们。"

计嘉羽低头看向城墙下如蚁群般的魔族士兵。

"也行。"苏梦梦道。

苏梦梦好歹也是个六阶明尊，拿着黑枪去对付低阶魔族肯定是不成问题的。于是，计嘉羽便多净化了一些黑枪和黑刀。

苏梦梦握着一杆被计嘉羽的神圣之力净化过的黑枪，将自身的神圣之力覆盖于其上，为其提供强大的动能，然后将其掷向城墙下方的魔群。

巨大的冲击力和磅礴的神圣之力席卷了一大群低阶魔族，震撼了许多人族选拔者。

看到自己解决了这么多魔，苏梦梦兴奋不已，但旋即她又有些好奇地问道："她为什么不出手啊？"

计嘉羽顺着苏梦梦的目光看去，看到了一脸淡漠的聂岚浠。

聂岚浠一直神色平静地站在那里，无论是七阶魔皇一掌拍在计嘉羽身上时，还是周围有人族选拔者受到魔族攻击袭扰时，她都没有任何动静，仿佛是一个泥塑、木雕。

计嘉羽收回目光，道："不用管她。"

他跟聂岚浠不熟，不知道她是怎么想的，不过他觉得她必然有她的理由。她不愿意出手，谁也不能强迫她，大不了他把她那一份魔族也解决了，毕竟他的命也是她救的。这么一算，她其实已经做得够多了。

有计嘉羽出手帮七阶明圣对付七阶魔皇弋阳，又有苏梦梦借助计嘉羽净化过的黑枪、黑刀大规模地解决低阶魔族，拦截企图上来攻击计嘉羽的魔，城池北城墙区域的紧张局势得到缓和。

不过，这并不是宋煜辉和一众光明至上教派成员愿意看到的。

计嘉羽越优秀，表现得越出众，他成为圣耀珠执掌者的概率就会越高，光明至上教派的成员便越无法接受。

在光明至上教派成员的心中，"光明至上，余皆劣者"。

虽然宋煜辉他们也是人族选拔者，但在光明至上教派的思想灌输下，这一理念已经深入他们的内心，为了这一理念，他们可以不顾一切。

第44章

倒戈

"轰！"又一杆黑枪从计嘉羽手中破空而出。

声音传到了极远的地方，仅仅只是听声音，许多人族选拔者就心一紧，而真正面对黑枪的七阶魔皇弋阳更是神色一变。

魔气被大量消耗，而且对面的七阶明圣越逼越紧，死亡离弋阳越来越近了。

这是弋阳许久都不曾有过的感觉，而嗅到死亡的气味的时候，他明白自己必须得做点什么来扭转局势了。

"轰！"

忽然间，他身上涌现出的魔煞如同暴冲而出的黑龙，把黑枪给挡了下来，与此同时，他瞥了一眼计嘉羽，眼中有着强烈的恨意。

相比起眼前真正伤害到他的七阶明圣，他更恨计嘉羽。如果不是计嘉羽，对面的七阶明圣根本不可能胜过他，至少不能这样轻易胜过他。

目光转动间，他把城池四周诸多战场的画面收于眼底。现在没有任何魔皇级强者能腾出手来帮助他，他只能靠自己。

"竟能把我逼到这种地步！既然如此，活该你们死得不明不白！"

弋阳看向不远处的七阶明圣，咬咬牙，冷哼了一声。

下一刻，他体表的血管暴涨，喷射出了大量的黑色液体。那些液体在空中游动，构成了一个玄奥的图案。

接着，那个图案把空气中的魔气聚集起来，将弋阳给包裹住了。

这种萦绕于他身体周围的魔气其实与他本身的魔气有着极大的差别，可是，在那些魔气包裹他时，这片天地的气息改变了，似乎目光所及范围内的一草一木、一花一石都成了他的敌人。

"魔之途径！"不远处的城墙上，一些见多识广的人族选拔者惊呼道。

"魔之途径？"

"什么是魔之途径？"不少人族选拔者疑惑地出声问道。

"你们应该都知道神级强者的看家本领是场域吧？要形成场域，凝聚神体，则必须先选定一条路子钻研，钻研到极致，研究透这条路子的奥义，比如说钻研光明元素、黑暗元素，或者钻研火元素、水元素、雷电元素啊什么的。

"魔之途径就是类似的东西。魔想修炼成神，在五阶修出魔煞而后晋升七阶时，必须选定一条魔族的修炼路径，一旦选定便不可更改，直到将来修成魔神。我刚才观察过这个七阶魔皇，他的魔之途径可能跟速度有关。

"对了，还有件事，据说在大灾变刚刚爆发，魔族才来到法蓝星的那段时间里，整个法蓝星都排斥他们，令他们无法施展魔之途径，而他们一旦强行施展魔之途径，必然会伤及根本，乃至死亡。"

"他这是被逼到绝境了啊。"

"既是被七阶明圣逼的，也是被计嘉羽逼的。"

"……"

"呼。"

连续扔出十几杆黑枪，却一次都没击中弋阳，这多少让计嘉羽有些受挫。不过这也挺正常的，毕竟他才四阶，而弋阳是七阶。

而且，黑枪虽然没有击中弋阳，但对弋阳造成的影响一点都不小，不然弋阳也不会动用魔之途径。

"空隧之步！"

弋阳狠狠地凌空一踩，一圈透明波纹从其脚掌上向四面八方扩散。

紧跟着，他往前一步，踩踏在波纹之上。波纹闪动间，他便消失在了原地，下一刻，他却出现在了那名七阶明圣身后。

七阶明圣猝不及防，只能以浑身的神圣之力抵抗。

虽说这名七阶明圣也有神圣肤质和神圣骨骼，但同级之间战斗，肯定是不能拿身体去防御的。但是，关键时刻，她也顾不得其他了。

只见来到七阶明圣身后的弋阳往前一探手，他的手臂竟毫无阻碍地穿透了前者的胸膛。

他的手没有穿透神圣之力、神圣肤质和神圣骨骼的防御，但就是那么神奇地穿透了过去。

那一瞬间，七阶明圣的面色苍白如纸，仿佛身体真的被洞穿了。而弋阳也并不好过，强行动用魔之途径的秘术，让他的身体承受着来自法蓝星世界的排斥力量，以及整个世界的敌意。

在击伤七阶明圣后，弋阳再度启用了空隧之步。这个具备空间之能的秘术让他穿越了数百米，到达了城墙上计嘉羽的身后。

许多人族选拔者的目光一直落在计嘉羽身上，当看到弋阳出现时，他们都瞳孔紧缩，心跳加快。

"完了。"这是他们所有人心中的唯一想法。

就连七阶明圣都抵挡不了的秘术，他们不认为计嘉羽可以抵挡得住。

计嘉羽的通透世界始终覆盖着他身体周围的区域，当弋阳来到他近处时，他第一时间反应过来了，而后调集全身的神圣之力浮在后背，但这并没有给他带来多少安全感。

他当即将精神力触角延伸出去，触碰圣耀珠虚影，圣耀珠虚影瞬间显现在计嘉羽的身前。

圣耀珠虚影闪耀着淡金色的光，每一缕光都温暖耀眼，照耀四方。

感受到光芒的照耀，始终以一个局外人身份站在不远处的聂岚浠，金色眼睛微微闪动，两道像薄膜似的透明光芒无声无息地射向圣耀珠虚影，将它覆盖，让它的气息收敛起来。

因为聂岚浠特殊的手段，外人无法再凭借能量波动感应到圣耀珠虚影，更无法直接看到圣耀珠虚影。

不过，计嘉羽仍然可以看到圣耀珠虚影，而且圣耀珠虚影仍然在发挥作用，威压也仍然存在。

弋阳是第一个被圣耀珠虚影的光芒照耀到的魔。

"啊！"

圣耀珠虚影的光芒照耀在计嘉羽身上，令计嘉羽觉得温暖舒适，但照耀到弋阳身上，却让弋阳觉得炽烈且可怖。那光芒犹如千百把燃烧得通红的铁刀在割他的肉，剐他的骨，让他忍不住惨呼，刚刚凝聚在右手的魔气也顿时消散了。

在弋阳被圣耀珠虚影的光芒照耀的瞬间，计嘉羽双脚一蹬，猛地朝城内的方向跳了下去。

脱离了被圣耀珠虚影的光芒照耀的区域后，弋阳恢复了正常，他看向计嘉羽，眼中充斥着惧意。就在他思索着是否要撤退时，一道魔念忽然从远方飞来，投入了他的脑海当中。

"他身上的气息有古怪，追上去。"

这道魔念来自主导这场战争的魔族最高指挥之一。

弋阳得到命令，不敢不从，当即咬牙朝计嘉羽追了过去。与此同时，他发现身后的城墙上，有好几十个人族选拔者做出了同样的选择，也朝计嘉羽冲了过去。不过，和他要去杀计嘉羽的目的不一样，他们是去帮计嘉羽的。

计嘉羽先前在城墙上做了那么多事，堪称这些人族选拔者的救命恩人，现在救命恩人有难，他们哪能坐视不理呢？哪怕对手是七阶魔皇！

不过，他们似乎不全是去帮忙的，有一部分人身上带着敌意。别人可能察知不到，但弋阳是魔，对这种情绪最为敏感，他确信这群人里有十几个都对计嘉羽有敌意，而且很强烈。

他虽然不知道他们的这种敌意从何而来，但感到非常高兴，因为这无疑为他增加了一分胜算。

这一切都发生在一瞬间，而直到计嘉羽落到一半，众多人族选拔者和光明族人才发出惊呼声。

"他怎么做到的？"

"七阶明圣不都避不开吗？他不但避开了，而且还伤害到那个七阶魔皇了！"

"这简直令人难以置信啊！"

"他到底什么来头啊？"

"可惜了，如果他再来早一点的话，说不定真的能成为那个宝物的执掌者。"

"是啊，太可惜了！"

在人族选拔者们议论纷纷时，计嘉羽落到了城墙下。

弋阳紧跟而上，不顾一切地动用魔之途径抵御来自圣耀珠虚影的光芒，同时找机会攻击计嘉羽。

不过，这比之前更难了，因为此时有一个个人族选拔者挡在他的身前，再加上计嘉羽一刻不停地投掷着黑枪，他有些难以找到机会。

他毕竟已经跟七阶明圣交战了那么久，又多次使用魔之途径的秘术，还受了挺重的伤。

圣耀珠虚影的光芒一直都在，计嘉羽的神圣之力多不见底，那名受了重伤的七阶明圣也赶了过来，再一次开始攻击弋阳。

众多光明族人和人族选拔者都注视着这处战场，一个七阶魔皇级别的魔，居然要因为计嘉羽而殒命。

"机会来了！"

掷出的一杆黑枪击中了弋阳的左腹部后，计嘉羽又举起一杆黑枪，准备再补一击。

看到这一幕，那些人族选拔者都觉得弋阳可能要死了，但现场那些心怀鬼胎的光明至上教派成员却有其他的想法。

他们要杀计嘉羽，而且也这么做了。

在计嘉羽举起黑枪前，那十几名光明至上教派成员就借助守护他的机会围在了他的周围，此时，他们全部掉转方向，朝他攻了过去。

四阶明尊的神圣之力输出以及五阶明圣的圣术，顿时覆盖了计嘉羽所处的位置。

原本已经半死不活的弋阳猛地睁开了双眼，其腹部的伤口迅速愈合，接着，他的体外浮现出了黑色的液体，飞快地将他包裹起来，形成了一个圆球。圆球在虚空中的波纹上跳动，最后出现在计嘉羽所处位置的上空。

虽然没有提前商量，但弋阳和光明至上教派的那些成员竟然神奇地联手了。

后者叛变了！

第45章

愿光明怜悯你

那十几名光明至上教派成员防守在计嘉羽防御最薄弱的位置，在应对外敌时，他们是计嘉羽最得力的帮手，可一旦他们临阵倒戈，他们原本防守的位置立刻就成了能够置计嘉羽于死地的死门。

虽然磅礴的神圣之力和大量的一阶圣术几乎覆盖了计嘉羽可以闪躲的每一处空间，但那些人都只是四五阶的明尊，对他构不成致命威胁。

最关键的是，他们的倒戈给了弋阳机会。要知道，弋阳可是七阶魔皇，哪怕受了重伤，依旧是七阶魔皇！

"次元边界！"弋阳低吼一声。虽然他体内最后的魔气、魔煞瞬间消耗了大半，但浮现在他体外的圆球为他形成了一个隔绝圣耀珠虚影光芒的空间。

圣耀珠虚影对魔族的天然压制失效了！

"啊！"看到这一幕的人族选拔者和光明族人都忍不住惊呼出声。

"他们在做什么?!"丁鹿、叶子航和其他许多人都愤怒无比。

光明至上教派那十几名成员竟然做那样的事，简直连畜生都不如，魔族可是入侵法蓝星的外敌啊，就连不识字的孩童都知道他们是坏人，可光明至上教派那十几名成员却和他们联手偷袭计嘉羽，简直没有人性！

"我一定要杀了他们！"有人大喊道。

"这就是人族的劣根性。"有光明族人在教导自己的下属。

"这个计嘉羽很厉害，创造了那么多次奇迹，但这次大概真的不行了。"

被同伴背叛，受到魔族魔皇的倾力攻击，在这种情况下，计嘉羽要是还能逃出生天，那简直是神迹！

不少人族选拔者和光明族人瞬间动身，准备去帮计嘉羽，可大概率是来不及了。

只是，他们不知道的是，当所有人都认为计嘉羽死定了的时候，计嘉羽自己却很平静。

因为，他早就料到这一刻了。虽说他和光明至上教派那些成员同为人族，同是人族选拔者，对方临阵背叛他的可能性很低，但他还是料到了。

实在是他们的敌意表现得太明显了，没能逃出他的通透世界的感知。

他之所以没有主动出击，是因为想看看这城墙周围的人族选拔者中，到底还有多少光明至上教派成员。

动手的可能不是全部，但通透世界能把周围所有人的心跳情况、微表情反馈给他，让他知道该警惕哪些人。

总之，在千钧一发之际，计嘉羽用精神力触手触碰了圣耀珠虚影，继而又上浮到了那个金色的世界中。

只一刹那，璀璨的金光照耀在计嘉羽身上，融入他体内，增强了他的神圣肤质和神圣骨骼。

那层宛如龙鳞一般的淡金色鳞片密密麻麻地覆盖在他的皮肤表层，轻轻翕动，仿佛在呼吸一般，喷吐出了金色雾气。而在他体内的骨骼上，金色纹路浮现，造血功能增强。

计嘉羽的实力瞬间提升了不止两倍！

弋阳的速度极快，因为他选择修炼的，是被魔族命名为"空"的途径。

空之途径涉及次元、空间一类的能力，修炼者哪怕只有低阶修为，修炼之后，速度之快，远超常人想象。

弋阳来到计嘉羽身后，右手飞快振动，穿透了次元边界，准备插入计嘉羽的心脏中。

也就在这一刻，他忽然看见计嘉羽的眼珠轻轻转动了，计嘉羽竟然通过次元边界看到了他！

他很确定计嘉羽的眼睛在哪里，因为计嘉羽的速度也很快，不比他慢多少，否则他根本不可能看到计嘉羽的眼睛。

他猛然大惊，强烈的恐惧感涌上心头。

在这一秒，他知道自己错了。

他示敌以弱，想利用光明至上教派成员达到目的，可万万没想到，计嘉羽也在示敌以弱，也在利用光明至上教派成员！

可是，箭在弦上，不得不发。诸多念头转瞬即逝，弋阳动用了体内的所有魔气、魔煞，对计嘉羽使出了全力一击，拼死一击！

"追命魔手！"

弋阳的血肉在燃烧，筋骨在崩裂，体内日积月累下来的魔气、魔煞倾泻到他的手臂、手掌上，使其涨大了一圈，探出之时，引动了空间之力。

感受到生灵燃烧生命爆发出的强大威能，以及那动摇了四方的空间之力，不少七八阶的魔皇、明圣都望向计嘉羽。当看到对方年纪不大的时候，他们均露出了惊讶的神色，但也仅此而已，毕竟，在他们眼中，计嘉羽已经是一个死人了。

于是他们收回了目光。

然而，他们不知道的是，此时此刻的弋阳堪称惊骇欲绝，因为他那有穿透之能，穿透七阶明圣身体的追命魔手居然无法穿破计嘉羽体表突然浮现出的那一层淡金色鳞片。

计嘉羽仿佛是一条人形金色巨龙，散发出了让弋阳惧怕的气息，使他心里生出了一股源自本能的恐惧感。

弋阳的手臂撞击在计嘉羽的淡金色鳞片上，如同冰块丢进了火焰里，飞快地融化并蒸发了。他的脸上写满了不可思议与惊恐，然后他看到对面的计嘉羽也露出了惊讶的神色。

他不知道他自己这么强？弋阳胡思乱想起来，思绪渐渐有些模糊。

他猛地一咬舌尖，让自己清醒起来，发力想要撤回右手，可计嘉羽体表的淡金色鳞片爆发出了一股吸力，把他向前拉扯。先是手掌，然后是手腕，再然后是手臂、肩膀、身体，他的身体在消散！

这一幕极其惊悚诡异，要知道，弋阳可是一名七阶魔皇啊！

不只是人族选拔者觉得震撼，众多光明族人和魔也都瞠目结舌，感到荒谬。

不过，大家都注意到了一个现象，虽然计嘉羽的淡金色鳞片对魔有吸力和消融作用，但对人族好像没什么影响。

有些来不及反应的光明至上教派成员在弋阳抵达计嘉羽身后时，也来到了计嘉羽的身前，对他发起了攻击，紧跟着，这群只会近战的光明至上教派成员就惨了。

"嘭！"

计嘉羽体表的淡金色鳞片喷发出雾气，产生的巨大冲击力推动计嘉羽的右手，使得他那硕大的拳头砸在了一个光明至上教派成员的身上。后者如同被犀牛撞击了一样，飞出十几米远才重重地砸在墙上，硬生生地把墙砸出了一个洞，然后大口大口地咯血，看向计嘉羽的眼神显得惊恐无比，像是在看一个怪物。

通透世界把那人的身体状态反馈给了计嘉羽，计嘉羽有些不忍心，但这样的情绪只存在了几秒，因为他深知如果他此时不狠，对方会比他更狠。

于是他又使出一记鞭腿，直接踢中了一名光明至上教派成员的脚踝，对方惨叫着倒在地上，抱着脚踝哀号起来。

圣形态的计嘉羽，力气大得简直有些变态。他火力全开，一边对付七阶魔皇，一边清理光明至上教派那些成员。

所有旁观者都深感不可思议。

而当光明至上教派那些成员被打得接连哀号时，弋阳就那么简简单单地"消融"了。

不过，计嘉羽更愿意形容他是被"吞噬"了。

在弋阳消失时，计嘉羽身上淡金色鳞片的颜色变得越发深了，防御之能也变得更强了。

如果计嘉羽没猜错的话，他在圣形态下的鳞甲可以靠吞噬魔来增强防御之能。

这可是一个了不得的能力，但计嘉羽暂时没时间细想。

在解决了弋阳和那些光明至上教派成员后，计嘉羽主动出击，瞬间化作残影，登上了城墙，出现在那些隔得较远的光明至上教派成员身边。

他的右手狠狠地斜落而下，就把他们给击晕过去了。

虽然他们想对计嘉羽下杀手，但计嘉羽目前还没那么冷血，不会对他们下杀手。

"计嘉羽，你在干什么？"

有人族选拔者出言发问。

"这些人怎么了？"

看到计嘉羽刚刚被部分人族选拔者攻击，其他人族选拔者觉得这件事肯定有内情，因此他们并没有阻止计嘉羽，只是出言询问。

"他们被光明至上教派洗脑了，我只是打晕了他们，没杀他们。"计嘉羽简单地解释了几句。

听到这几句话，众多人族选拔者松了一口气：原来计嘉羽不是疯了，而是在清理敌人。

光明至上教派这个组织他们听说过，那是选拔者计划的疯狂反对者。

这一切都发生在一瞬间，其他人族选拔者还没反应过来呢，计嘉羽的身影就多次闪现，击晕了一个又一个的光明至上教派成员，那些人根本毫无还手之力。

看到这一幕，宋煜辉心里头冰凉。

他是怎么知道光明至上教派成员身份的？要知道，这可是绝密之事！光明至上教派成员是不可能泄露自己或教派其他成员身份的，他凭什么知道的？而且，他为什么会强到这种程度？他不是个四阶明尊吗？

"我一直看着计嘉羽，好几次都以为他要死了，可每一次他都能活下来，他哪来这么多底牌啊？"

"我真怀疑我自己是来一号营地凑数的。"

人族选拔者们既感慨又无奈。

计嘉羽将自己能够分辨出身份的光明至上教派成员都击晕后，最终来到了宋煜辉的面前，眼神有些冷漠。

丁鹿和叶子航就在不远处，他们见到这一幕，心里闪过一个念头，当即愤怒不已。

"宋煜辉，之前你是不是对嘉羽动手了？"

"你简直是个畜生！"

"你怎么能这么做？计嘉羽可是你的救命恩人，是你的同族啊！"

不少先前被计嘉羽救过的人族选拔者也都怒斥宋煜辉。

宋煜辉被千夫所指，心里的恐惧感却尽数消失了。他冷冷地环视了一圈，目光最终定在计嘉羽的身上。

"光明至上，余皆劣者！我跟你们这些低劣的人族没什么好说的。"

"你说我们低劣，你也不照照镜子，看看到底是谁低劣！你连人都不配当！"

宋煜辉的话再度激起了众怒，唯独计嘉羽没有发怒，或者说，他的怒气不是在宋煜辉身上，而是在光明至上教派身上。

宋煜辉是人族选拔者，意味着他也是个孤儿，是被光明族带来选拔者营地的。他后半生的思想、理念都是光明至上教派灌输给他的，那是个邪恶的教派。

如果有机会的话，计嘉羽会去找真正的敌人"讲道理"。

至于现在呢——

"你得死。"计嘉羽道。

"我来到这个世界上，真的活过吗？"宋煜辉冷笑道。

"没有人生来伟大。"计嘉羽道，"但我相信一点，一个人的现在取决于他过往的选择。你从蓝域来到天堂岛，应该有过许多次选择的机会，是你让你自己走到了现在。"

宋煜辉神色一滞，没有接话。他的确有过一些选择的机会，但眼下这条路是最稳妥、最舒适的，哪怕不能成为最终的选拔者，他也会有美好的未来。

至少原本是这样。

"轰！"城墙一角塌陷的声音响起。

计嘉羽不再多说什么，因为留给他的时间不多了。每拖延一秒钟，都会有更多的人族选拔者和光明族人死去。

"你信仰光明至上，那么，愿光明怜悯你。"计嘉羽的眼神瞬间变冷，"但我不会！"

下一秒，在身上的金色鳞片翕动时，他闪现到了宋煜辉的身前。

宋煜辉根本没有反应的时间，便看到计嘉羽的手掌按在了他的胸口上，一股磅礴的神圣之力侵入了他的身体，摧毁了他的心脏与骨、肉。

一秒钟都不到，宋煜辉便失去了生命。他身体软倒，被计嘉羽搂住，轻轻地放在地上。

虽然宋煜辉被光明至上教派洗脑了，而且还杀了计嘉羽一次，但计嘉羽毕竟是个人，还做不到那么冷血。

轻轻把宋煜辉放在地上后，计嘉羽便等着圣耀世界破碎，返回真实世界里。

按照聂岚浠的说法，他只要完成了最后的圣罚考验，就能达到百分之百的契合度了。

可是，在他静静地等待了好几秒钟后，圣耀世界并没有破碎。

他不由得疑惑地望向不远处的聂岚浠。

第46章

七神珠的故事

◆━━◆◇◆━━◆

聂岚浠也在皱眉。她凝视了计嘉羽几秒钟，然后缓缓地道："我也不知道为什么，已经百分之九十九了，应该是还差了一点。"

计嘉羽张了张嘴，有点想质疑聂岚浠的话，可自从认识她以来，她凭借展现出来的能力和学识获取了他的信任，在关乎圣耀珠执掌者的事上，她出一点差错也无可厚非。

只是，计嘉羽低头看了看脚边的尸体，脸色有些发白。

就在计嘉羽不解的时候，距离北城墙约莫五公里处的天穹上，数名七阶、八阶的魔皇、明圣正在战斗。

在感受到七阶魔皇弋阳死亡了之后，几名魔皇通过魔念交流起来。

"他身上的气息……是那个的味道。"

"杀了他还是抓住他？"

"杀了！"

"我讨厌他的气息！"

"下令吧！"

几名高阶魔皇短暂交流了几句之后，利用魔念下达了命令。几秒钟之后，所有魔族的前线指挥都接到了命令，有了新的目标。

人族选拔者计嘉羽，不惜一切代价解决他！

这一指令下达了十几秒钟后，便有第一支魔族军队朝北城门移动，紧跟着是第二支、第三支……

在短短几分钟内，便有数十支魔族军队朝北城门外汇聚而去，原本相对来说比较安全的区域即将成为最残酷的战场。

光明族当然也及时地调兵以作应对，但人族选拔者本就处于战场的最前线，在有着数万人的战场上，他们很难撤退。

一时间，北城墙上的人族选拔者只能在心中万分恐惧的同时，紧张地进行戒备。

看到这一幕，计嘉羽咬紧了牙关。他虽然不知道这具体是怎么一回事，但大致猜得出来这些魔族军队是冲着他来的。

计嘉羽的脑海中闪过一个念头，他刚想行动，苏梦梦忽然来到了他的身边，认真地看着他。

"我不允许你这样做！"

计嘉羽张了张嘴，刚想说话，先前在路上遇见过的王政瑜也跑了过来，挡在计嘉羽的面前。

"我不会再让你去牺牲自己了！"

紧跟着，丁鹿、叶子航和先前一众被计嘉羽守护过的人族选拔者也纷纷汇聚过来。他们知道，魔族军队的突然行动绝非偶然，这里刚有七阶魔皇陨灭，魔族便更改了作战目标，原因还用说吗？

"别这么做。"

"我们一起，可以挡住魔族的攻势。"

"你已经为我们付出很多了！"

众人的话让计嘉羽分外感动，但这并没有什么用，反而更坚定了他那么去做的决心。

掌控着圣耀珠虚影的他是现场最强大、最有能力去应对这场危机的人，他不可能让这些人族选拔者站在他前面，而他躲在后面当缩头乌龟。

他做不到。毕竟，能力越大，责任越大。守护弱小，这是他的人生导师方醒用自己的生命教会他的道理，他也一直打算用生命去践行这个道理。

围在计嘉羽周边的人族选拔者越来越多，他们有的先前被计嘉羽守护过，也有一些是听闻了他的经历，目睹了他刚才的所作所为后，在感动之下决定过来的。

总之，计嘉羽很快便被人潮包围了。

魔越来越多，黑压压的，像是一片乌云，他们整齐划一的踏步声则是轰隆隆的雷鸣，由远及近，碾压而来。

很快，一名坐镇前线的八阶明圣级强者来到了这里。她屏退一众人族选拔者，与计嘉羽单独站在一起，出言询问道："你身上有什么东西？他们为什么把你当成目标？"

"因为圣耀珠虚影。"计嘉羽没有隐瞒。

在这种交战人数巨大的战场上，遮遮掩掩的行为是最要不得的。

计嘉羽没有跟八阶明圣解释来龙去脉，他认为她们肯定一早就知道了。

而且，她们又不傻，莫名其妙地接纳了那么多人族，事先不可能不询问，而人族选拔者有数千人，肯定会有人禁不住压力，吐露实情，那么此处为圣耀世界，他们是选拔者的消息自然瞒不过光明族。

听到计嘉羽的话，这名八阶明圣神色大变，不过她旋即又惊喜地道："你成为执掌者了？"

她虽然身处灾变时期的圣耀世界，但对后世光明族的关心可一点都不少。当她知道光明族所处的局面，以及光明族为了圣耀珠付出了那么多时，也有些担忧和心疼，毕竟如果她没死的话，那群族人里必然有她的后代，说不定还有很多。

听闻计嘉羽成了执掌者，她怎么可能不喜？

不过，计嘉羽很快又摇了摇头："没有，只是虚影而已，真正的圣耀珠在外面。不过，说起来，我一直想知道圣耀珠到底是什么，七神珠又是什么。"

计嘉羽从聂岚浠那里听过圣耀珠和七神珠的名字，但不知道它们的具体来历。

八阶明圣看了一眼城墙下方魔族的聚集情况，犹豫了一下，才向计嘉羽道："三百年前，你们人族的先祖天行以《预言之书》做出了一个预言——三百年后，统治妖精大陆的妖怪族、精怪族，与包括人族在内的所有附庸族群都将毁灭。为了阻止这一事件发生，妖怪族、精怪族的大能联合法蓝星所有族群，倾尽天材地宝，共同炼制出了至高神器七神珠，以抵御毁灭世界的根源，也就是魔兽星的撞击。

"不久前，魔兽星坠落，七神珠果然抵挡住了，并将魔兽星击碎，只留下了魔兽星的两块大陆。完成这一壮举后，七神珠能量消耗殆尽，但在诸多月神、大天神等大能的执掌下，七神珠对魔族造成了极大的伤害，后来有传说称，七神珠乃魔族克星。

"今日一见，果然如此！"

八阶明圣最后说的，是先前计嘉羽的淡金色鳞片吞噬七阶魔皇的场景。

听完了八阶明圣的介绍，计嘉羽久久不能回过神来。他是知道后来的故事的，不久前宋煜辉跟他讲过。

大灾变结束后，当时法蓝星唯一的一块陆地，妖精大陆，受到巨大的冲击而四分五裂，与破碎的魔兽星的两块大陆一起，共留存下六块大陆，史称六域。

魔兽星的坠落导致法蓝星的生态被破坏，奇诡衍生，出现了七片海洋，史称七色海。七海六域统称神澜奇域。

至此，冰河时代结束，法蓝星进入黑暗时代，那一年也被称为黑暗历元年。

那场灾难，则被称为大灾变。大灾变之后，法域秩序国度、蓝域自由国度、圣域圣灵国度相继建立，是为人族三域。

妖怪族和精怪族在大灾变中死伤惨重，强者皆亡，残余势力占据一域，是为妖域。

原生在魔兽星上的外来族群魔族和兽人族各占一域，是为魔域、兽域。

计嘉羽在心中惊叹：这一切之所以能够延续下去，竟是因为七神珠！自己脑海中的虚影，便是其中之一。如果自己真的执掌了它，那回到光明城，完成目标，岂不是轻而易举？不仅如此，一旦自己成了圣耀珠的执掌者，那光明族也就有了对抗魔族的底气。

原来自己也可以这么重要……那自己从小到大偶尔会幻想的场景不是就能变成现实了？在所有人都束手无策的时候，自己潇洒地站出去，用生命保护他们，然后化作光消失。反正自己也是一个人，一个没人会在乎的人，在方醒大哥死后更是如此了……

忽地，计嘉羽甩了甩脑袋，把这些杂念都抛诸脑后。他望向下方密密麻麻的魔族大军，心中沉重。

他现在控制着圣耀珠虚影，未来有很多的可能性，但前提是他得活着回去！

"我想以自身为饵。"计嘉羽忽然认真地看着八阶明圣，说道。

八阶明圣闻言愣了一下，道："如果魔族真的是因为圣耀珠虚影才把你列为目标的话，那你肯定是最佳的钓饵。但是，你想过没有，谁来解决他们？"

"圣耀珠虚影有一个能力，可以将某种特殊的光散发出去。我虽然还不知道它的作用，但有一种强烈的预感，它大概率是针对魔族的。"计嘉羽道，"我来引诱他们，用圣耀珠虚影的光芒去攻击他们，然后，你们来进行收割。"

"如果你的预感出错了呢？"八阶明圣问道。

"那也有其他办法。"计嘉羽说话时，望向不远处的聂岚浠。

聂岚浠从一开始来到这处战场，就始终像个局外人一样，但计嘉羽深知她不可能是局外人。

八阶明圣顺着计嘉羽的目光望向聂岚浠，聂岚浠给她一种看不清摸不透的感觉。

"你确定要这么做吗？"八阶明圣道，"这非常危险。"

"我确定。"计嘉羽道。如果他不这么做的话，战斗在北城墙那边爆发，人族选拔者必然会死伤惨重。

"那就做吧。"八阶明圣道，"我会通知她们做好准备的。"

"谢谢信任。"计嘉羽说完后，体表的鳞片翕动，神圣之力爆发，他一声不吭地化作了残影，向着城墙的西边狂奔而去。

人族选拔者们见状，都傻眼了，他们有心想跟着去，但计嘉羽转眼就化作了一道淡金色光影，消失无踪。

魔族大军也朝着他的方向追了过去。

叶子航和丁鹿站在原地，沉默不言。他们下意识地望向聂岚浠，却发现聂岚浠不知道什么时候也消失了。

就连苏梦梦也追随计嘉羽而去了。

"实力啊！"

"实力啊！"

两人在心中呐喊。

西城墙处的战况激烈程度原本只高出北城墙那边一点，但随着计嘉羽跃下城墙，奔向密林深处，西城墙处的战况顿时就变得激烈起来。

第 47 章

圣耀之光

为了提高魔族士兵猎杀计嘉羽的积极性，也为了强调计嘉羽的重要性，魔族一方领导这次战争的最高指挥对所有魔族士兵承诺了奖励。

任何魔族士兵只要能杀死计嘉羽，都可以获得一滴魔神真血。

须知，魔神真血蕴含着魔神的意志和感悟，可以帮助低阶魔族跨越许多修炼障碍，堪称魔族修炼界的至宝。

一滴魔神真血，让所有魔族士兵都变得疯狂起来了。

西城墙外的密林中，大量魔尊、魔皇循着计嘉羽的气息，拥入其中。

计嘉羽飞到一片大湖上后便悬停不动。他早早召唤出了圣耀珠虚影，其光芒散发而出，如同太阳一样。这光芒让人族感到温暖舒适，却让魔族士兵难以忍受，仿佛受到千刀万剐。

圣耀珠虚影只是正常地发光，便让五阶以下的魔尊无法靠近，但他们仍然不愿离去，远远地躲在密林中观望着，等待着机会。

六阶魔尊远距离尚能抵抗那光芒，近了就不行了，只有七阶以上的魔皇方能勉强抵御。

换言之，计嘉羽的对手全都是七阶以上魔皇，而且数量还不少，足有十七名，其中甚至有三名八阶魔皇，整体战斗力堪称恐怖。

不过，随着七八阶魔皇的到来，七八阶明圣也汇聚了过来。双方没有怎么对峙便直接开战。于是，巨大的能量冲击波向着四面八方扩散而去，位于战圈中的计嘉羽首当其冲，不仅是他，圣耀珠虚影的光照也因此受到了影响。

察觉到圣耀珠虚影光照的变化，千米开外的魔尊纷纷朝计嘉羽靠拢，他们个个魔气、魔煞汹涌升腾，声势浩大。

远方城墙上的人族选拔者和光明族人见此一幕，不禁脸色发白。这种架势的魔尊，别说是计嘉羽了，恐怕就连明圣级强者也挡不住吧？而当这些魔尊都将计嘉羽当成目标的时候，明圣级强者也没法为计嘉羽遮风挡雨。

"他到底要做什么啊？"丁鹿一时气急，他认为计嘉羽的行为明显是在找死。

倒是对计嘉羽更加信服的叶子航有不同的看法："我觉得计神肯定有自己的想法。"

计嘉羽震撼人心的诸多表现让叶子航换了对计嘉羽的称呼。

其余人族选拔者和光明族人也有自己的想法，但他们大多觉得计嘉羽此时无异于蚍蜉撼树，他再怎么厉害，也只是一个四阶明尊而已。

在人们为计嘉羽担忧的时候，面对魔皇级强者的时刻关注，以及大量魔族士兵的潜在威胁，计嘉羽丝毫没有迟疑，率先用精神力触角开启了耀形态。耀形态下，他的神圣回路飞快扩张，韧性增强，大量神圣之力自神圣海洋倾泻而出。

下一秒，他的精神力散发了出去，开始按照圣炎洗礼的规律排列起来，并引动了四面八方的神圣之力。

"轰！"一簇红色的火焰从虚空中升腾而起，而后迅速点燃了周围的神圣之力，让它们也都化作红色火焰。

红色火焰具备超高温以及神圣的特质，对魔族的魔气有着天然的克制之能。正朝计嘉羽冲来的魔族士兵本能地感受到了危险，但红色火焰覆盖的范围太小，他们根本不怕。

在他们看来，计嘉羽只是四阶明尊，哪怕他能超常发挥六阶明尊级别的实力，其神圣之力估计也覆盖不了太大的范围，而他们成千上万的魔足以把火焰熄灭。

他们显然低估了计嘉羽的实力，耀形态下的计嘉羽，可动用的神圣之力之多，远超他们的想象。

于是，在五、六阶魔族士兵来到距离计嘉羽百米的范围内时，计嘉羽加大了神圣之力的输出。瞬间，原本安静燃烧的火焰如同摆动身体的火龙，朝着当先过来的魔族士兵冲了过去。

"轰！"火焰爆发出极其恐怖的威力，将众多魔族士兵吞噬了。

神圣之力蕴含的神级特性让他们很难抵挡，再难高速奔跑。

眼见计嘉羽以一己之力暂时抵挡住了魔族士兵的进攻，人族选拔者和光明族人俱震惊无比。但这仅仅只是一个开始。当火焰烧毁树木，遮蔽大地之时，他身前的圣耀珠虚影的光芒如同在火上浇油一样，给圣炎洗礼增添了独特的力量。

原本还能在圣炎洗礼中略作坚持的四阶魔尊顷刻间便没了生机，而五、六阶的魔尊虽然尚能抵御，但非常艰难，他们体内的魔气、魔煞在飞快地流失。

"退！退！退！快退！"众多魔尊级强者神色剧变，大声嘶吼，可是根本无用。

有魔皇级强者利用魔念向众多元魔、魔尊们下达撤退命令，暂避计嘉羽的锋芒。可是，魔族大军太过庞大，他们全军进发，一个个快速奔跑，当接到命令时，有的魔刹车不及，有的魔原地站定，但更多的还在继续向前冲。

魔族大军陷入了混乱之中，竟然还有大量魔因此而摔倒，被踩踏致死。

这让人族选拔者和光明族人看傻了眼。

眼见魔族大军陷入了混乱，计嘉羽在维持着圣炎洗礼的同时，又把精神力辐射出去，将圣耀珠虚影完全包裹住。

下一秒，一道淡金色的光芒以圣耀珠虚影为中心扩散了过去，半径足有五百米。

在光芒笼罩范围内的魔身体猛地变得僵滞，他们清晰地感觉到自己的身体、血液、骨骼、魔气、魔煞、魔丸都在被缓慢地净化。而且那种净化带着一种钻心的疼痛，让他们冷汗淋漓，战斗力大减。

他们第一时间调动魔气去对抗这种净化，但没有任何用处，这种净化没有来源，没有实物显现，仿佛是空气在针对他们一样。而且，这种净化不单单对元魔和魔尊有效，连魔皇级强者也不能幸免。

须知，对于魔皇级强者来说，任何一点小失误都会导致修成魔神失败，甚至陨灭。

感受到魔皇级强者的战斗力变化，天穹上的明圣们纷纷用惊讶的目光望向地面上的计嘉羽。他居然真的做到了！他的预感不仅是正确的，还带来了惊喜。

在魔族士兵们受到圣耀之光净化时，明圣们的神圣之力竟也被附加了一种净化之力，可以与魔族体表、体内的净化之力产生共振，释放出更为强大的威能。

因为一道光，胜利的天平开始朝着光明族一方倾斜。可也正是因为那一道光，魔族大军收到了更为严苛的死命令：不惜一切代价，也要杀死计嘉羽。

"轰隆隆！"魔族士兵的脚步声宛如山崩之声，他们不顾一切地冲向计嘉羽。各种魔族秘术从天而降，部分被圣炎洗礼的火焰燃烧殆尽，但更多的则坠落到了计嘉羽的身体周围，让计嘉羽觉得自己的五脏六腑翻腾不已。

庆幸的是，因为战局的改变，天穹上的明圣关注到计嘉羽，为他挡下了不少魔族秘术。可如果魔族继续进行这种袭击，她们也保不住计嘉羽，毕竟对面的魔皇级强者也在牵制她们。

踩踏着同族的尸体，魔族大军渐渐靠近计嘉羽。

三百米……两百米……

虽然越是靠近计嘉羽，他们受到净化之力的影响便越大，但这并没能阻挡他们。

一百五十米……

魔族士兵的怒吼声几乎近在咫尺，但计嘉羽站在原地一动不动，似乎在维持圣耀之光和圣炎洗礼的情况下，他没有太多的反抗之能。

一百米……

远方的人族选拔者和光明族人全都提起了心，他们有心帮忙，但从后面追击魔族的他们根本无法绕过魔族大军去帮助计嘉羽。

可就在这时，一道让人感到意外的身影出现在了计嘉羽的身前，是先前第一个追逐计嘉羽脚步的人，苏梦梦。

"你来做什么？"计嘉羽看着她的背影，声音有些沙哑地道。

高强度的精神力和神圣之力的消耗，以及冲击波的撞击，终究还是让他受了不轻的伤。

"来帮你。"苏梦梦道。

"你这样帮不到我，还会害死你自己。"计嘉羽道，"快走吧，现在还来得及。"

"就算只有一秒钟，我也要帮你守住。"苏梦梦语气坚定。

计嘉羽忍不住叹气，这女孩子也太犟了吧。

五十米……

魔族大军越来越近了，有的魔族士兵身材高大，就仿佛已经来到了他们身前。在这关键时刻，计嘉羽望向西面。

在一株高达数十米的大树的顶端，他看到了生有一双金瞳的聂岚浠。聂岚浠望着他，眼神淡漠，似乎并不打算说话或出手。可是，看着她的眼睛，计嘉羽却有了前所未有的安全感。

三十米……

苏梦梦握紧了手中的黑枪，手掌已经被冷汗打湿了。

十米……

这次不再是仿佛，而是魔族大军真的近在咫尺了，只需要瞬间就能将两人围住。

"完了。"这是所有人族选拔者和光明族人共同的想法。

可是，在魔族大军距计嘉羽只有五米的时候，计嘉羽的眸子亮了起来，因为他感受到了异样的波动。

下一刻，他眼前的苏梦梦身上金光大放，一个珠子的虚影浮现在她的身前，照耀四方。

正是圣耀珠，而且也是圣耀珠虚影。

第 48 章

禁忌

苏梦梦身前的圣耀珠虚影和计嘉羽的大小一样，光泽一样，散发出来的气息一样，照射出去的光芒也一样，几乎是完美的复刻版。唯一不同的是，苏梦梦身前的圣耀珠虚影展现在所有人面前了，而计嘉羽的圣耀珠虚影则被聂岚浠遮掩住了。

毫无疑问，这一不同所带来的反应具有极大的差别。

"那是什么？"所有人族选拔者的目光都被圣耀珠虚影所吸引了。

光明族人则感到惊愕、错愕，继而有些激动。

"圣耀珠？"

"我没看错吧？那是圣耀珠？"

"是的，就是它！"

相比起人族选拔者对圣耀珠的一无所知，处于大灾变时期的光明族人几乎无一不知道它。毕竟正是因为七神珠，她们才有与魔族决战的资格，否则的话，她们早就死在魔兽星的撞击之下了。她们之中甚至有不少人亲眼见过圣耀珠，所以可以百分之百确认那就是圣耀珠。

人族选拔者虽然没见过圣耀珠，但听到光明族人的议论，也都纷纷醒悟，继而为之震撼，以及失落。

"圣耀珠，那就是最终选拔者要执掌的宝物吗？"

"如果我没记错的话，圣耀珠可是七神珠之一。"

"所以就确定是苏梦梦了吗？"

"如果是她的话，我倒也挑不出什么错来，她的天赋、实力、人品，我都是信服的。"

"只是可惜了啊，我本来还以为会是计嘉羽呢。"

"怎么可能是他！他的契合度远远不够。"

在选拔者们议论纷纷的时候，受到圣耀珠虚影光芒的近距离照射，苏梦梦身前的大量魔族士兵竟然像是飞灰一样，直接飘散在了天地间。

计嘉羽站在苏梦梦身后，震惊地看着这一幕。

虽说苏梦梦的这个圣耀珠虚影的气息、威能都和他的那个差不多，但苏梦梦这个所发挥出来的威力却超了他的不止十倍。

毫无疑问，这不是苏梦梦所具备的能力。

计嘉羽将目光转向巨树之颠的聂岚浠。

在所有人都被圣耀珠虚影吸引了注意力时，除了他之外，几乎没有任何人注意到聂岚浠。

光照不停，魔族大军进击不停，前者没有消退或衰弱，后者则是大量陨灭，令众多魔皇心痛不已。

看着身前的圣耀珠虚影以光芒大杀四方，苏梦梦同样傻眼了，她能感觉到自己和圣耀珠虚影的一点联系，可她又清楚地知道并不是自己在操控圣耀珠虚影。

是谁呢？她转头望向计嘉羽，可又轻轻地摇了摇头：不是他，自己从他身上感受不到任何相关的气息，不过也有可能是他隐匿了气息。

不是他，那又会是谁呢？对方为什么要借助自己的力量？是不得不这样吗？还是为了掩人耳目？

苏梦梦是一个聪慧的人，从她看到光明至上教派成员刺杀计嘉羽开始，她就明白，无论是谁，一旦有机会成为圣耀珠的执掌者，就会遭受光明至上教派的全力追杀，无论是在圣耀世界中还是在现实世界中。

那么答案就很明显了。圣耀珠虚影的真正执掌者为了避免身份暴露，借助她守护计嘉羽，守护众人，打赢这场战争，其目的是回到现实世界后，避免遭到刺杀。

可这样就让她陷入了危险之中。如果是别人，肯定就不干了，但偏偏她是苏梦梦。

守护同族，保护弱小，这不是吾辈应做之事吗？苏梦梦几乎没怎么仔细考虑，就把这份危险给揽下来了。

随着大量魔族士兵死亡，后方的魔族大军总算止住了前进的步伐，进击的魔族士兵开始变少，危机似乎在消失。

然而，正在此时，苏梦梦的身体却不受控制地随着圣耀珠虚影一起向前飘飞而去，所过之处，光芒如剑，横扫了一片又一片的魔族士兵。

无论是低阶的元魔还是高阶的魔尊，在圣耀珠虚影的光芒之下，都如纸糊泥塑的一般，不堪一击。

所有人族选拔者都沉默了。

这还只是在圣耀世界中的虚影，如果是现实世界的实体，那圣耀珠该有多厉害啊！

难怪光明族会不惜一切代价来为它择出执掌者。

不只是苏梦梦，在她身前的那个圣耀珠虚影动起来的瞬间，计嘉羽的身躯也微不可察地动了一下，他自己感觉到了。

他凝望着自己身前的圣耀珠虚影，发现它频繁地闪烁光芒，传递给他一种说不清道不明的冲动意味。

它似乎是想去配合另外那个圣耀珠虚影。

他尝试着驱动它向前，它顿时迸发出了一道光，照射向另一个圣耀珠虚影，后者同样回馈以光辉。

而在外人看来，此时好像是苏梦梦的那个圣耀珠虚影主动发出璀璨圣光，笼罩在了计嘉羽的身上。

下一刻，计嘉羽原本便已经很宽的神圣回路居然再度拓宽了，根植于神圣海洋中的神圣信标也猛然膨胀，大量神圣之力被汲取到计嘉羽的体内，汹涌如江河。

他对圣耀珠虚影的操控力度似乎也增强了。

于是，他动用精神力，使其按照圣炎洗礼的规律进行排列，引动了四面八方的神圣之力。

一如先前。

"噗！"

一簇火焰从虚空中升腾而出，点燃了虚空中和计嘉羽身体内释放出的神圣之力。

不过，先前的火焰是红色的，现在则是深邃的蓝色。

蓝色火焰形成的圣炎洗礼在两个圣耀珠虚影的照耀下，如同点燃了荒野中的杂草，飞快地向着周围蔓延而去。其火势之盛，威能之恐怖，连上空的魔皇级强者都为之色变，更何况是混在魔族大军中的元魔及魔尊呢？

而且，不仅如此。

在计嘉羽将圣炎洗礼蔓延向四面八方的时候，苏梦梦身前也涌现出了一股强大的精神力。那股精神力似乎拉扯着周围的神圣之力，构成了一种计嘉羽无法识别的神圣规律。

磅礴的神圣之力被引动，在天穹上形成了成片的淡金色云团，云团翻涌之间，有雷霆在咆哮，有闪电在奔涌。

"哗啦啦。"

一滴滴金色的神圣雨水从云团中倾洒而下。

看到雨水铺天盖地地落下，魔皇们全都神色凝重，他们催动自身的魔气、魔煞，用于抵御神圣之雨。

这雨水虽然具备强大的净化之力，净化着他们的魔气、魔煞，但好在威能并不是特别大。

当然，这只是对于魔皇们来说，而对于下方的元魔、魔尊们来说，那雨水几乎就是从天而降的无数巨石了。

每一滴雨水都是那么沉重，那么威能磅礴，令他们难以承受。

不仅如此，雨水落到圣炎洗礼的蓝色火焰中后，如同蕴含狂暴之能的炸弹，发生了一场场波及面极广的神圣爆炸。所有被狂暴的神圣之能波及的魔族士兵，无不惨号。

火烧不停，雨下不停，短短一分钟时间，足有数百名魔族士兵阵亡，按照此趋势下去，再多的魔族士兵都不能抵挡计嘉羽和苏梦梦。

这就是七神珠的力量，专门克制魔族的力量！

如果执掌了七神珠，即便是低阶修炼者，也有应对高阶魔族的能力。

很快，上空正在和七阶、八阶明圣交战的魔皇们便做出了决定，不惜一切代价也要解决计嘉羽和苏梦梦。

他们这个战场的魔只是魔域的一小部分低阶力量而已，连高端战斗力都不算，更遑论顶尖战斗力。

七神珠的执掌者，那可是能灭杀月神乃至大天神的存在。牺牲他们去解决两个潜在的七神珠执掌者，哪怕对方真正执掌七神珠的可能性很小，哪怕对方不属于这个世界，不属于这个时代，他们也觉得值得。

为了魔族崛起之大势，牺牲他们，根本不算什么！

通过一番魔念交流，做出决定后，众多魔皇级强者联手向远方魔族的真正高层传达了此处的情形和他们的决断。

紧跟着，他们一如弋阳，义无反顾地动用了魔之途径的力量，遭受到了来自法蓝星世界法则的敌视和反击，但他们不惧死亡，纷纷向计嘉羽和苏梦梦冲去。

严格来说，是向苏梦梦冲去，毕竟在他们眼中，苏梦梦展现出来的圣耀珠虚影的力量更强些。

当然，他们也没有放过计嘉羽。

在众多魔皇联手之时，天色一下子就暗了下来。

诸多魔之途径甚至撼动了法蓝星世界的法则，让它们自发地爆发了威能，大地迅速开裂，无数魔族士兵惨叫着跌落入裂缝中。但是，与此同时，有汹涌的地炎喷发而出，把计嘉羽和苏梦梦笼罩其中。

天穹上的神圣云团顷刻散去，取而代之的是一片黑色的魔云，魔云倾洒酸雨，冲刷天地。

空间在破碎……

地上粗大的裂缝向远方蔓延，抬高了地面，汹涌的洪水从远方奔流而来，摧毁了沿途的树木。

一派毁天灭地的场景。

而身处在天崩地裂的世界之中，计嘉羽和苏梦梦就像暴风雨中大海上的两艘孤舟，孤立无援，随时都有可能倾覆。

这已经不是魔皇级别的力量了，这是天地的伟力。那些魔皇利用自身触犯禁忌，让法蓝星的法则去毁灭计嘉羽和苏梦梦，他们根本没有可能生还。

人族选拔者和光明族人都绝望了，无论他们是什么等阶，都能清楚地判断，苏梦梦和计嘉羽是真的要死了。

然而，就在计嘉羽和苏梦梦两人被酸雨淹没，被火焰笼罩，被碎裂的空间包裹之时，苏梦梦竟悍然冲向天空，浑身亮起了纯粹的神圣之光，照亮了天地。

那一瞬间，所有人眼中都只有苏梦梦，只有那一道光。

天地在崩裂，他们又感知到了熟悉的气息。

人族选拔者们复又狂喜。

只有计嘉羽默默地望向巨树之颠的聂岚浠，只见她脸色苍白如纸，身前有一个若隐若现的圣耀珠虚影。

只是一个闪身，她就来到了计嘉羽的身旁，静静地看着他，一语不发。

世界轰然破碎。

第 49 章

回归

世界如玻璃一般在眼前破碎后，一片浓郁的绿色映入计嘉羽的眼帘。紧跟着，一道道人影突兀地跌落在绿色中，他们或站或躺，神色各异，姿势各异。

那些站着的选拔者先是茫然地环顾四面八方，旋即脸上逐渐露出或惊魂未定或欣喜若狂的神情来。在这一刻，劫后余生的狂喜冲击着他们的内心。

计嘉羽的情绪波动也不小，毕竟上一秒他还面对着成千上万的魔族士兵，随时都有可能陷入万劫不复的境地，但转眼间，他就从圣耀世界回到了现实世界，不用承担千钧重压，生命暂时无恙。

可计嘉羽在打量完四周后，已经趋于轻松的表情却又变得凝重起来。

原本他的内心还抱有一丝幻想，这个名为真实的圣耀世界仍然是虚假的，死在其中的选拔者们都没有真的死亡，可是，现实狠狠给了他一耳光。

密林中地上躺着的那些，全都是葬身于圣耀世界中的选拔者。这些尸体早已冰凉，身体脏污不堪，散发着浓郁的臭气，令周围的选拔者们忍不住捂鼻，尽管他们知道这样做很不好。

看着这些尸体，计嘉羽陷入了沉默，然而还没等他多想，一道熟悉的声音忽然响起："我们走。"

计嘉羽转头望去，赫然看见聂岚浠正看向密林深处。

"那边是森林。"计嘉羽走到聂岚浠身边，出声道。

"我知道。"聂岚浠道。

你知道？我当然知道你知道。不过，既然你都知道，还要我当你的眼睛干吗？计嘉羽忍不住腹诽。

当然，他也只是在心里说说，毕竟聂岚浠刚刚又救了他一命。

"怎么不走？"聂岚浠道。

"我们走哪里去啊？"计嘉羽很不解。

"去神圣城。"聂岚浠道。

"去那里干吗？"计嘉羽又问。

聂岚浠转过头，用她那透着漠然的金色双瞳盯着计嘉羽："走不走？"

计嘉羽被盯得有些发毛，他有一种预感，如果他不答应的话，聂岚浠恐怕会直接打晕他把他扛走。

于是，他忙道："走走走，我走还不行吗？但让我跟叶子航、丁鹿他们说一声可以吧？"

"再不走就晚了。"聂岚浠道。

"晚了？什么晚了？"计嘉羽下意识地反问。

而他才问出口，就立刻意识到了什么，旋即正色道："既然要晚了，那我更要去找到他们。"

"没必要。"聂岚浠道，"你把他们看得太重要了。"

计嘉羽心想，这样说话多少有些伤人吧？但不用仔细想也能知道，事实的确如此，他们并不那么重要。

略一思索后，计嘉羽决定听聂岚浠的。说实话，他自己都没太搞清楚他为什么这么信任聂岚浠，他对她仿佛有种天然的信任。

于是，两人便在不少选拔者奇怪的眼神中朝着密林中走去，很快便消失在了他们的视野里。

两人才走不久，就有不少光明族人从四面八方赶来，正是先前驻守在圣耀世界外的光明族军队，人数不多，远不到之前的百分之一。

两名留守的圣耀司高层也赶了过来，看到密林中的惨况后，她们陷入了沉默，心中不免腹诽姜可明神的做法，但事情已经发生了，再多想也无用。

她们很快收拾好心情，找到了几个先前契合度较高的选拔者来询问。几分钟后，她们弄清楚了圣耀世界中发生的事情，忍不住狂喜。

苏梦梦竟然召唤出了圣耀珠虚影！

须知，在此之前，她的契合度便很高，现在必然更高了，在这种情况下，她有极大概率成为圣耀珠的执掌者。而且，不只是苏梦梦，其他选拔者经过此次真实圣耀世界的历练，契合度也都有不同程度的提升，先前被寄予厚望的计嘉羽也有不俗的表现。

只是……计嘉羽不见了！

排查完所有幸存选拔者后，两名圣耀司高层发现这样一个令人惊讶的事实。

计嘉羽人呢？不只是他，先前和他一起出现的金瞳女子也不见了！

提到金瞳女子，两名圣耀司高层更为震惊、激动了。选拔者们不了解，她们还能不了解金瞳女子是谁吗？她极有可能是圣耀珠的守护者啊！

传说中，七神珠的执掌者各有一个守护者，守护者通常是女性，与执掌者相辅相成，密不可分。

按道理来讲，守护者和执掌者双方有着来自灵魂深处的吸引力，这种吸引力会让他们走到一块。

只是，刚刚出现在选拔者眼中的苏梦梦最后召唤出圣耀珠虚影的那一幕太让人震撼了。

不过，不管怎么说，计嘉羽和金瞳女子都极为重要，必须找到他们，然后一起将他们带回神圣城，接受执掌圣耀珠的测试。

万一呢？

了解了最基本的情况后，两名圣耀司高层便筹备着带领所有选拔者返回神圣城，然而这在平时并不算事的事，却成了一个难题。

她们人手太少了！

正常来说，这么多选拔者集体消失在圣耀世界中，在圣耀世界外驻守的军队和高手不会少，可关键在于，这次选拔者们在圣耀世界里待的时间太长了，而天堂岛又在这期间发生了许多大事，光明族不得已撤走了圣耀世界外的许多士兵和高层强者。

如果没有意外的话，眼下的这些军队和高手倒也足够护送众多选拔者了，可偏偏光明至上教派狗急跳墙了。

光明至上教派招募的手下在圣耀世界中所做的事，充分表现出其疯狂的状态。两名圣耀司高层有理由相信，在接下来的一段时间里，自己身后的这群选拔者必将遭到光明至上教派最疯狂的袭击。

这是她们最后的机会了，因为圣耀珠的执掌者就快要诞生了。

在距离原圣耀世界笼罩范围十公里处，计嘉羽和金瞳女子聂岚浠两人正溯溪而上。

远方忽然有爆炸声响起，惊人的神圣波动通过空气传递而来，让计嘉羽变了神色。他虽然现在已经是四阶明尊，更有和七阶魔皇战斗的经历，但面对这股波动，他仍然只能算个"弟弟"。

"幸好我们走得早。"计嘉羽不由得看向右手边的聂岚浠，旋即他又有些担心，"不过叶子航、丁鹿他们真的没事吗？"

"光明至上教派是不会浪费精力在他们身上的。"聂岚浠道。

"好吧。"其实道理计嘉羽都懂，但毕竟叶子航、丁鹿是他的朋友，他哪能不担心？

"光明至上教派的胆子也太大了吧！"计嘉羽道，"他们就不怕事后被清算吗？"

"这次是他们最后的机会了，他们会不择手段杜绝一切意外发生。"聂岚浠道，"估计连明神都会下场。"

计嘉羽闻言暗暗咂舌。

如果涉及明神级强者，那绝对是毁天灭地级别的大战，哪怕被略微波及，恐怕也会重伤乃至死亡，他们还是逃得越远越好。

别人不知道，难道他自己还不知道吗？他才是那个率先召唤出圣耀珠虚影的人，而且聂岚浠也能召唤出圣耀珠虚影！这要是被光明至上教派知道了，必然会把他们列为重要目标，恐怕猎杀的优先等级还要高于苏梦梦。

说起苏梦梦，计嘉羽起初是有些担心的，但很快他就想通了。苏梦梦明显是光明至上教派故意留下的一个坑，这姑娘性格太好控制了，光明至上教派恐怕觉得要是她成了圣耀珠执掌者，而她又被光明至上教派控制着，问题也就不是问题了。

只是，凭什么啊？光明至上教派凭什么啊？

这就涉及神圣王国内部的一些斗争了，不是计嘉羽暂时能想明白的，他现在唯一要考虑的，就是如何保住自己的小命。

"轰隆隆！"

爆炸声变得越发密集且狂暴，让计嘉羽远远看了都神色剧变，心想，那边的战斗得有多激烈啊！

"别担心，马上就到我们了。"聂岚浠像是看出了他的想法，出声道。

计嘉羽听了脸都黑了，聂岚浠这不是乌鸦嘴吗？

不过他也清楚，仅凭"金瞳女子"这四个字，追杀他们的光明至上教派成员就不会少。他只期望光明至上教派对他们的实力有严重的误判，这样他们才能顺利抵达神圣城。

这是一处山巅，莹白色的石块砌成了一座圆形的平台，璀璨的光芒从天穹上洒下，十名身穿白袍的光明族人环绕着平台而立。

"消息你们都收到了吧？"

"嗯。"

"圣耀珠即将落入人族手中，我们决不能让这种事发生。伍、陆、柒、捌，你们去拦截西边来的援军；玖、拾，你们去抓捕计嘉羽和那个疑似守护者的金瞳女子；我和贰、叁、肆去拦截神圣城来的援军。这次行动只许成功，不许失败，哪怕付出生命的代价。"

"光明至上！"

这十个光明族人交谈完毕后，当即腾空而起，如闪电一般向远方而去。她们之中最弱的是一名七阶巅峰的明圣，而最强者，赫然便是神圣澄海的战斗力"天花板"——明神级强者。

眼见圣耀珠的执掌者即将诞生，这一在神圣王国经营了多年的教派终于不顾一切了。

第 50 章

裁决者

自选拔者计划开始实施以来，就不断有人族进入神圣王国疆域，初时尚无影响，久而久之，他们融入了光明族社会，与光明族人相爱、生子，下一代混血儿更是在光明族的城市长大，继而影响更多的光明族人。

人族的融入和混血儿的出现带来了诸多不可控因素，让许多光明族人产生了警惕，这就是光明至上教派最初诞生的原因。

数十年过去了，时至今日，屡禁不绝的光明至上教派在神圣王国已经有了很深的根基，信众众多。那些人未必都加入了光明至上教派，但在看轻和针对人族这件事上，站在同一阵线。

不久前，特殊圣耀世界出现，神圣教派极有可能吸纳一名人族选拔者的消息传出后，立刻轰动了整个神圣王国。

须知，神圣教派是神圣澄海真正的权力核心所在，一旦有人族加入，影响之深远不可想象。这自是激起了广大民众的反对心理，在有心人的鼓动下，整个神圣王国的各大重要城市爆发了严重的抗议浪潮，以圣耀世界附近的几座城市最为疯狂。

也正是因此，原本驻守在圣耀世界外的军队才陆续撤离，前去控制城市中的局面。

圣耀世界的消失、大量选拔者的回归与重要人物的诞生让与光明至上教派站在同一战线的光明族人越发不满，抗议的声势也变得越发浩大了。

借着她们制造的混乱，光明至上教派成员朝人族选拔者发起了一次又一次袭击。尽管圣耀司高层和神圣教派军队在尽力保护人族选拔者，但依旧有不少关键人族选拔者牺牲了。

从四面八方赶来的援军也受到了光明至上教派成员的倾力抵抗，那些成员个个信仰坚定，悍不畏死，让神圣教派的援军一时难以赶到指定的救援地点。

而这一切，计嘉羽和聂岚浠自然是不知道的。当然，计嘉羽大致也能猜出来一些。不过，他心中并没有因为抛下选拔者们独自逃走而产生愧疚感，他知道，如果他留在选拔者大军中，暴露了自身或聂岚浠的情况，选拔者们将会遭受更加疯狂的袭击。

毕竟，他的圣耀珠虚影加上聂岚浠守护者的身份，几乎板上钉钉地确定了计嘉羽的执掌者身份。

"太猖狂了！"王音岚忍不住怒喝道。

"这次事情结束后，绝不能再纵容她们了，一定要施以雷霆手段！"王音岚身边，一个年纪较大的九阶明圣级强者脸色很难看。

她们两人恰巧在距离圣耀世界较近的一座城市，在得到圣耀世界消失，选拔者回归的消息后，她们立刻动身前往圣耀世界外围，可沿路却遭受到了七八轮不同程度的袭击。虽然这些攻击的危险性都不高，但多少拖延了她们的速度，而且，她们分明能感觉到有两双如毒蛇般的眼睛正在阴暗处注视着她们，只等她们稍微露出点破绽便会噬咬而上。

"是光明至上教派的十人裁决团，只是不知道是叁号到捌号的哪两个。"王音岚神情愠怒。

作为神圣澄海统治集团的一名高层，王音岚和现场另一位九阶明圣汪芹都知道光明至上教派的内部构成。虽然十人裁决团不承认，但知情者都明白，十人裁决团是光明至上教派的尖端力量，专门用来消灭一些天赋型人族选拔者。

过去几十年，她们游离于光明至上教派之外，自称是独立的组织，但所行之事无一不是在配合光明至上教派。

在神圣教派的打击下，十人裁决团死伤过不少成员，但后来又都补充上来了。

现任的十人裁决团里面，有两名明神级强者，余下的六名九阶和两名八阶全都不是省油的灯，其中叁号到捌号裁决者正是九阶明圣。

"不管来的是谁，来一个我杀一个，来两个我杀一双！"汪芹霸气地道。

"不能跟她们缠斗、死斗，否则就中了她们的计。"王音岚表面上生气，但实际上很冷静。

不过，此时她还有些担心。她已经得到计嘉羽和聂岚浠消失在人族选拔者大军中的消息了，以她对计嘉羽的了解，她猜测计嘉羽必然是在圣耀世界中有所得，或是与聂岚浠有羁绊，否则计嘉羽不会擅自脱离大部队独自行动，只是她不知道计嘉羽明不明白他的这种行为有可能让他陷入死地。

虽说选拔者大军受到围攻很危险，但他单独行动更危险。光明至上教派太疯狂了，不可能放过任何机会。

她现在只能祈祷计嘉羽和聂岚浠有足够的能力与底牌渡过此劫。

半小时后。

意图强行突围的王音岚和汪芹两人遭到了光明至上教派两名九阶明圣的拦截。这两名九阶明圣此次奉命而来，大有视死如归的意思，她们不顾自身安危的打法让王音岚和汪芹两人头疼不已。

渐渐地，当王音岚和汪芹意识到问题的严重性后，也都开始以命搏命起来，只是她们再狠，自然也不如那两个为了内心信仰甘愿放弃生命的光明至上教派裁决团成员狠。

不只是王音岚和汪芹，其余几名赶往选拔者大部队处增援的强者也都受到了阻拦。而随着裁决团成员一一显露身份，神圣教派的高层们都知道了没有露面的两名裁决者是谁。

玖号和拾号裁决者。

这两名裁决者在十名裁决者中排名末尾，但实力不容小觑，均达到了八阶。虽然她们没有露面，但她们去了哪里，神圣教派的高层都知道。

她们是冲着计嘉羽和聂岚浠去了。

在赶路途中接收到这条消息的王音岚和汪芹都面色一沉，没想到光明至上教派的裁决团如此重视计嘉羽和聂岚浠，这下子，计嘉羽他们大概率是凶多吉少了。

"一定要活下来啊！"王音岚内心在祈祷。

神圣城以西三百六十公里远的密林深处，计嘉羽和聂岚浠正在一片湖边休憩。

"我说，你怎么对沿途的森林都这么了解啊？"计嘉羽正在火堆前烤鱼，忍不住问道。

两人从原圣耀世界所在地向神圣城前行，一路上翻越了七座高山、数片密林，大部分时候都是计嘉羽在领路，可每到特定的位置，聂岚浠就会发表意见，然后把计嘉羽带离危险地带，或是找到一个安全的落脚点。要说她没来过这些地方，计嘉羽是百分之百不信的。

聂岚浠坐在计嘉羽身旁，对他的询问充耳不闻，完全没有要回答的意思，只是在计嘉羽翻烤鱼的时候，她才会伸手撒点散发着香味的粉末在烤鱼上。

鲜美的鱼油滴落，香气向四方飘散，聂岚浠金色的双瞳微微闪亮，她刚要伸手去拿木签，又忽然转头望向正北方，那边有两道气势磅礴的人影正疾速飞来。

"嘘。"

计嘉羽也感受到了那两股气息，当即转头望向聂岚浠。聂岚浠把食指竖在嘴边，做了个手势，计嘉羽秒懂。

那两道人影掠过密林上空，并没有发现下方的两人。

也是，森林那么大，从高处看，巨大的湖泊都不过是一个水洼，更何况是两个人呢？当然，这也与聂岚浠善于隐匿有关系，也不知道她用了什么手段，把两人的神圣气息隐藏得非常彻底。

不过两人都知道，他们被找到是迟早的事。

光明至上教派已经癫狂了，打算不惜一切代价扼杀人族执掌者，利用某种秘法找到他们，并非难事。

"抓紧吃吧。"聂岚浠似乎是有所预料，抓住一根木签，开始吃起烤鱼来。

"你还吃得下？"计嘉羽看着她，原本忐忑的心情竟也逐渐平复了。

要知道，刚才那两股气息的主人可是八阶明圣啊！虽说他有与八阶强者作战的经验，可是魔族和光明族不同，况且他现在也无法利用圣耀珠虚影的力量了。在八阶明圣面前，他就是砧板上的鱼肉。在这种情况下，他只能指望聂岚浠了，这个他至今都看不懂的人。

说实话，直到现在他也没后悔过跟她走，他心中有种预感，只有跟着她走，才能真正地活下去，他都不知道自己对她哪来的信心。

五分钟后，那两道身影折返，径直向着计嘉羽和聂岚浠的方向飞来。短短几秒钟后，两人落地，直面计嘉羽和聂岚浠。

那两人肃然而立，计嘉羽和聂岚浠却仍在啃烤鱼。

"计嘉羽？"

"守护者？"

这两名光明至上教派的裁决者一高一矮，一胖一瘦，长相都很普通，但气息却极其骇人。她们一步步走向两人，像两座大山压了过来。

"说出你们和圣耀珠的关系，我可以让你们死得痛快一点。"

计嘉羽闻言，浑身神圣之力蓄势待发，但两名八阶明圣完全没有防备的意思，只是冷静地注视他们。

反倒是聂岚浠，继续吃着烤鱼，并没有把眼前的情况当回事。

"大姐，不管你有什么办法，现在最好快点用出来啊。"计嘉羽频频看向聂岚浠，向她使眼色。他的左手不时摸向额头，大有见势不对直接开启元纹的意思，不过聂岚浠并没有给他这个机会。

异变陡然发生！

第51章

神圣要素

　　此时正是傍晚，夜风微凉，夕阳的余晖洒在湖面上，湖水泛起粼粼波光。忽然间，一连串巨大的气泡从湖底冒出来，气泡密集，渐渐有了翻涌之势。气泡之下，一道庞大的黑影缓缓浮现，顷刻间，它撞破水幕，水花铺天盖地，如山峦般挺拔的身姿遮天蔽日，俯视着下方。

　　而早在看到这狰狞巨兽前，水泡冒出来的那一刻，两名光明至上教派的裁决者便都警惕起来，强大的精神力让她们感受到了一股来自灵魂深处的威胁。

　　这种感觉，她们之前都没有过！

　　须知，在绝大多数修炼者的感知中，神圣之力就像火焰，弱小的是火星、火苗，强大的则是火团、火堆或燎原大火。神圣之力越是强大，就越是无法隐藏，而但凡有修炼者隐藏住了，要么是有外在环境的助益，要么是自身具备着超强的隐匿能力。前者倒还好，假如是后者，则说明其对神圣之力的掌控能力极强。

　　眼前这头巨兽，就非常强！

　　在两名裁决者望向水中巨兽时，计嘉羽也转头看向它。

　　那是一个巨大的头，类似蜥蜴的头，皮肤表层覆盖着细密的鳞片，额角中间探出一根又尖又长的兽角，脖子很长，一直延伸到水中，连接着它那依旧潜藏于湖底的身躯。

其实根本不用感受，单看它的脖子和头也能判断，这绝对是一头无比强大的圣兽，极有可能是九阶甚至是神阶圣兽。

如果它自身不主动显露气息，那谁也看不出来。

计嘉羽看了一会儿那头巨兽，又转头看向聂岚浠。她仍然在平静地吃着烤鱼，似乎对这一切毫不在意。显然，她并不惧怕这头巨兽。

她和它很可能认识。

她到底是什么来历啊？

这一点，其实在圣耀世界里的时候，就一直困扰着计嘉羽。

神异的双瞳，看不透的实力，对圣耀珠的了解，和圣耀珠的羁绊，在天堂岛诸多森林中游刃有余的表现，还有这头湖中巨兽，种种迹象表明她不是一个常人，绝不是什么守护者那么简单。

"哗啦啦。"

湖中巨兽摆动巨大的脖子，将头悬在计嘉羽和聂岚浠的身边，一双铜铃般的竖瞳紧紧地盯着两名八阶裁决者，让她们不敢轻举妄动。

"噗。"

这头巨兽鼻中喷出两团水雾，模糊了计嘉羽的视线。在水雾中，不知怎的，计嘉羽竟感觉有一双眼睛在打量他，可这头湖中巨兽不是在盯着那两名裁决者吗？

"它是小九。"这时，聂岚浠的声音响起。

这……不小了吧……

计嘉羽默默腹诽了一句。他朝这头名为小九的湖中巨兽打了个招呼："你好。"

"嗷。"小九也发出一声低吼，回应了计嘉羽。

一人一兽的交流让两名裁决者的心情跌落到了谷底，她们知道，这次计划失败了，而且就连自身的性命都未必保得住。

"你是怎么认识它的啊？"计嘉羽好奇地问道。在明白小九是站在自己和聂岚浠这边的后，他就不怕那两名八阶裁决者了。

"我在这里长大的。"聂岚浠的回答出乎计嘉羽的意料。

"这里？"计嘉羽环顾四周。这里到处都是参天大树，俨然一片无人涉足的原始森林，聂岚浠竟然在这里长大？

这下子，聂岚浠身上的神秘味道更浓郁了。

这边计嘉羽和聂岚浠在悠闲地交谈着，玖号、拾号两名裁决者却战战兢兢，如履薄冰。

眼见心中怯意越发强烈，玖号和拾号都知道不能再继续这样下去了，她们对视一眼，决定出手。

两名八阶明圣一出手，便直接动用了最强手段。

"嗡。"

天地间有细微的嗡鸣声响起，计嘉羽和聂岚浠清楚地感觉到四面八方正有磅礴的神圣之力在振动、汇聚。它们汇聚在两名八阶明圣周围，凝结成了雾气，继而化作水滴，又凝成了固体，最终构成了神奇的形状。

玖号裁决者身后是一座巨大的金色九层高塔，拾号裁决者身后则是一圈五边形的太阳花。

四阶明尊修炼者，处于进行神圣之力的原始积累、改造肌肤、骨骼的阶段；五阶明尊强者，开始拥有一些神圣属性和圣术、圣纹；借助着神圣属性，六阶明尊开始铸造基石，继而立下神圣门户。

到八阶时，神圣修炼者将会与天地间的神圣之力产生共鸣，继而凝聚出神圣要素，那是进入九阶的敲门砖。

神圣要素可以是任何形态，具体会是什么形态，取决于构建者的能力和实力，它们所发挥出来的功用也是不同的。

两名八阶裁决者召唤出各自的神圣要素的那一刻，原本将头平静地悬在计嘉羽和聂岚浠身旁的小九猛地张嘴，发出了震耳欲聋的咆哮声。旋即它四周的水流瞬间静止，被磅礴的神圣之力附着，化作一根根冰锥，如同万箭齐发一样朝两名裁决者飞去。

两名裁决者神色剧变。

那些冰锥看似普通，但实际上蕴含的神圣之力之庞大，让她们胆寒。

面前这头不知名的湖中巨兽，极有可能到了九阶巅峰，甚至是更强，她们不可能有胜算。

"噗噗噗噗噗！"

两名八阶明圣的神圣要素挡在她们身前，弥散出的大量的神圣之力形成神圣之盾，抵挡着那漫天的冰锥。

看似寻常的攻击，却将神圣之盾击打得满是坑洼，甚至有不少冰锥直接穿透了过去。

孰强孰弱，一眼便知，毕竟小九连躯体都没有显露出来。

计嘉羽瞥了一眼聂岚浠，心想难怪她要拉着自己独自行动呢，在人多的情况下，她不太好暴露她与小九的关系。

"没办法了。"玖号裁决者看着拾号裁决者，神色凝重。

她们这次是抱着赴死的心态来的，可那是以完成任务为前提，现在这种死法，她们无法接受。

"嗯。"拾号裁决者知道玖号在说些什么。

下一刻，她们身后的神圣要素开始飞快地吸收四面八方的神圣之力，膨胀起来，而随着膨胀，它们似乎触及了某种难以言说的物体，而后神圣之力迅速内敛，竟凭空多出了不少神圣属性，威能也大大提升。

不过实力大增的两人并没有自信膨胀，而是驱动着两个神圣要素朝计嘉羽和聂岚浠靠近过去。

她们虽然最终大概率会死在小九的手中，但至死都不会忘记自己的目标是谁。

计嘉羽和聂岚浠。

神圣要素凝聚着两名八阶裁决者一生的感悟和她们通过神圣共鸣而得来的神圣之力，在她们的控制下极为稳定，但当她们想要使其失控时，也非常稳定。

"这次是我们判断失误了，你们俩才最终可能成为执掌者与守护者。"

"但不要高兴得太早，我们光明至上教派不会犯这么愚蠢的错误，就算我们失败了，也还会有其他人继续执行计划，而且，我们还不一定会失败呢！"

在两名裁决者的声音传到计嘉羽的耳中时，那座金色高塔朝他和聂岚浠轰然落下，不过，在距离两人头顶还有二十米时，就被一层水幕给挡住了。

"轰隆隆！"

金色高塔从塔尖开始轰然崩塌，竟形成了冲击波。可冲击波撞击到水幕上时，却只能激起些许涟漪。

不远处的玖号裁决者没有丧气，继续利用神圣共鸣引导着神圣之力，增强高塔的威能，可是收效甚微。

拾号裁决者身后的太阳花旋转着连成一条线，呼啸着向计嘉羽和聂岚浠切割而去，但同样无法冲破水幕的阻挡。

小九只使用了最普通的手段，就让两名八阶裁决者束手无策。

计嘉羽看着近处的激烈交锋，心脏怦怦跳动。

"我想问一下，小九到底是什么实力啊？"计嘉羽忍不住问道。

"我也不知道。"聂岚浠头也不回地道。

计嘉羽闻言陷入沉默，她是真不知道呢？还是知道但不想说呢？

随着时间的流逝，神圣共鸣的作用在下降，两名八阶裁决者的战斗力达到极限了，于是她们开始燃烧自身的神圣信标、神圣肤质和神圣骨骼，最终化作两道光融入了神圣元素中。

先前她们的坚持多少起了点作用，将水幕消耗得只剩下一点点威能了，这下她们燃烧自身，顿时就冲破了水幕。

计嘉羽看得胆战心惊，然而正在此时，巨大的湖泊中再度有水泡浮起，一个比小九的头还要大的头从中探了出来，朝着两名裁决者迅捷地噬咬了过去。

聂岚浠忙道："不能就这么解决她们，要让她们死得有动静一点。"

话音落下，那硕大的头竟瞬间停了下来。

看着那第二个头，感受着它与第一个头一模一样的气息，两名裁决者绝望了。

刚才计嘉羽和聂岚浠都在喊那个怪物小九，那是不是说它有九个头呢？她们迅速地扫视了一眼湖泊，心中猜测恐怕还真有那个可能。

这样一个可怕的存在，是怎么在神圣教派的眼皮底下生存的啊？简直不可思议！

然后，她们的思绪就到此为止了。因为在聂岚浠的授意和小九的控制下，一场爆炸发生了。

第52章

抵达神圣城

森林中，湖泊旁。

两个巨大且狰狞的巨兽头隐匿于水雾之中。展现出两个头的小九散发出来的气势有了大幅度提升，这时计嘉羽几乎已经断定，它绝对是一头神阶的圣兽。

只是不知道它到底是怎么潜藏在神圣教派的眼皮底下的，须知，这里距神圣城可不算太远。

水雾中是疯狂四溢的神圣之力。

只余下精神力的两名八阶裁决者根本无法操控自己的神圣要素，只能任由它们自然而然地与神圣之力产生共鸣，继而崩解在计嘉羽和聂岚浠头顶上方的水幕之上。

眼见两名八阶裁决者的一生修炼成果就要这么无声无息地消失，小九忽然将这些狂暴的神圣之力凝聚起来，把它们握成一个球，紧跟着，将其抛向天空。

"轰！"

伴着一道震耳欲聋的爆炸声，灼目的金光迸射而出，一道狂暴的冲击波向着四面八方扩散而去，山林为之颤动，天穹上的云层也瞬间消散一空。那金光如同太阳一般照耀了一大片区域。

在小九的操控之下，爆炸的威能和影响范围都有不小程度的增加，这就使得遥远距离外的地域也有所感知，对于有心人来说更是如此。

九阶明圣接触法则，初步形成自身的权能雏形，对神圣之力的感知极为敏感。

虽然间隔数百公里远，但所有九阶明圣和明神都感知到了那场神圣大爆炸，那场蕴含着神圣要素，已经触及权能雏形的爆炸。

在王音岚、汪芹与两名光明至上教派裁决者战斗的区域，感知到爆炸带来的波动的四人全都忍不住愣了一下，攻势有所放缓。

两名裁决者从爆炸带来的波动里感受到了熟悉的气息，不禁有些震惊：玖号和拾号到底遭遇了怎样的险境，竟然在实力双双得到突破的情况下，依旧选择以如此激烈的手段来终结对手？那不就是两个明尊吗？不对，计嘉羽是明尊，那个守护者的实力还不清楚，但再强也不会强到哪里去吧？毕竟她的年纪摆在那里。也不知道她们有没有完成任务。

两名裁决者内心沉重了一会儿后，便又冷静起来。

事已至此，重点不在于那两名裁决者的生死，而在于她们的死有没有取得应有的成果，即计嘉羽和聂岚浠有没有死。

不过她们也只是想想而已，发生了这种事情，神圣教派必然会派人去查看，届时便知结果。

如果计嘉羽和聂岚浠都死了，那当然是好事，可一旦他们没死，光明至上教派将会派出更强大的强者去追杀他们。

此时此刻，与她们两人交战的王音岚和汪芹两人同样思绪纷飞。

她们大致感知得到爆炸的方位，也能够猜出制造这一爆炸的源头是谁，以及目标是谁，所以心中的担忧可想而知，当然，惊愕也在所难免。

须知，王音岚对计嘉羽可是很了解的，他绝不可能有这种实力。要是他这么年轻就能逼得两名八阶明圣动用同归于尽的手段，还去什么圣耀世界啊，直接尝试执掌圣耀珠不就可以了吗？

一定是那个金瞳女子。

守护者！

如此看来，计嘉羽成为执掌者的概率又增加了不少，她们只希望计嘉羽他们能够安然无恙。

除了她们四人外，其他多个战场的明圣乃至明神强者们，也都忍不住东想西想。

也正是在爆炸发生半小时后，多名神圣教派的九阶明圣赶到了密林中的湖泊边。

经历了一场大爆炸，这片密林中的树木大多已经倾倒在地，天穹上万里无云，湖水也被生生吹散了好几层，水位下降了半米多，整片区域堪称一片狼藉。除此之外，这里并没有任何异样，也没有任何生命气息。

几名九阶明圣在现场观察了许久，交流了许久，又仔细复查了一番，仍然没有找到异常的地方。

最后，她们集体得出了一个结论，如果计嘉羽和聂岚浠当时在爆炸范围内，哪怕在数公里外，如果他们不具备八阶明圣的实力，绝对会被磅礴的神圣之力瞬间蒸发，不可能幸存。

这一结论让现场大多数九阶明圣陷入了愤怒和懊恼之中，但也有人心中暗喜。

这很正常。

光明至上教派信众众多，神圣教派之中也有他们的潜伏成员，哪怕很多人没有加入光明至上教派，"光明至上"这一理念实际上已经深入了许多人的内心。

一阵颓丧后，几名九阶明圣各自返回。

与此同时，在距离小九所居湖泊往南三十多公里的溪边，计嘉羽和聂岚浠正披荆斩棘地前行。

当空中有流光划过时，计嘉羽忍不住抬头看去。那些流光的主人毫无疑问都是神圣教派的九阶明圣，但聂岚浠不让他去跟她们接触，因为风险太大了。

光明至上教派已经陷入了癫狂，哪怕是潜伏许久的成员，也会为了一丝可能性出手的。

不过计嘉羽也不怎么担心了，他有种强烈的感觉，跟在聂岚浠身边才是最安全的。

在消除了计嘉羽和聂岚浠这两个隐患之后，光明至上教派把更多的注意力投到了选拔者大部队上。此时，这支大部队已经获得了多名九阶明圣的守护，但仍然称不上绝对安全。

遭到两次背叛后，这群九阶明圣已经不敢信任身边的人了。

被守护的选拔者们看着那一场场战斗、一场场背叛与刺杀，全都在瑟瑟发抖。直到这时他们才清楚，在选拔者计划这件事上，光明族内部有着多大的分歧。而在这种不同势力的互相倾轧之下，他们根本毫无反抗能力，只能被迫地跟紧保护者们的步伐。

只要到了神圣城，就都安全了。

当然，前提是他们没成为执掌者。一旦成为执掌者，要承受的风险绝对是现在的百倍以上，整个光明至上教派都会将其当成目标，虽然他们成为执掌者这个概率不会太高。

选拔者中最有可能成为执掌者的那几人，在这场有点逃亡意味的返程中都显得有些沉默，他们既紧张、担忧又害怕，对未来很迷茫。

接下来的几个小时里，选拔者大部队足足遭遇了十七次袭击，以及五次内部人员背叛式的袭杀，最终导致多名契合度较高的选拔者死亡。出现这样的伤亡，实在也是没办法，连隐藏在暗中的神圣教派明神都无法护住所有选拔者。

最终，选拔者们还是抵达了神圣城。

神圣王国的这座首都占地巨大，整座城由内城和外城构成。内城较小，建筑物全是高耸入云的楼状、塔状的，一座比一座高，最矮的只有十几米高，最高的足有数千米高，密密麻麻地挤在一起。外城的建筑物大多很矮，以一种整齐的布局方式向四面八方蔓延而去。在两大城区之间，有一条金色的河流。

此时，神圣城的街道上挤满了人，她们手中挥舞着写有标语的旗帜，呼喊着口号。

标语各有不同，但大致都是一个意思，那就是驱逐人族，还她们一个纯粹的光明族！

也不是没有反对的声音，毕竟神圣王国的真正统治者还是神圣教派，而神圣教派的教宗是无数光明族人崇拜敬仰的大先知，当初就是她力排众议定下的选拔者计划。虽然不知道计划的具体内情，但许多光明族人都相信，大先知绝对不会做无用之事，她这么做，必然有她的道理。

虽然这些光明族人也不太愿意把族群的未来交给一个人族，但如果真到了那种时候，她们也绝对会紧跟大先知的步伐，支持她，相信她。

入城之后，所有选拔者和负责保护工作的人都松了一口气。

尽管风险依旧在，但神圣城中有诸多明神级强者，还有神圣教派的教宗，光明至上教派再想做点什么，就没那么容易了。

在圣耀司九阶明圣的带领下，剩下的选拔者全都朝神圣堂的方向走去。在这个过程中，不只有无数的光明族人在街道两旁高声呐喊，还有圣耀司的许多工作人员在询问和检测选拔者们的状态。接下来，选拔者们将会进行最后一轮测试。

圣耀世界消失了，永久地消失了，这也意味着圣耀珠的执掌者要么没出现，要么就只会出现在这群人中。

检测完，排完序，众多选拔者抵达了神圣堂。

当他们看到位于神圣广场中央那座高耸入云的巍峨建筑时，都忍不住张大了嘴，露出了惊叹之色。

正在此时，一名八阶明圣忽然从人群中冲向他们，然后直接用自身的神圣要素引爆了一件圣器，巨大的冲击波刚要横扫四方，便被一名突然出现在空中的明神级强者轻轻虚握住了，冲击力顿时消弭于无形。

众多选拔者顿时从惊叹中醒了过来，浑身冰凉。即便到了这种时候，他们也不能放松警惕。

就在那名八阶明圣的袭击产生的喧嚣扩散到人群中时，混在人群中的计嘉羽和聂岚浠也看到了这一幕。

聂岚浠看了计嘉羽一眼，那淡漠的眼神像是在说"看到了没"。

计嘉羽看到了，也看清了。

如果他和聂岚浠也在选拔者大部队里，引得光明至上教派的明神级强者不顾一切地进行袭击，那才真是毁天灭地的，必然轰动整个神圣王国。

第53章

不对劲

那名八阶明圣的袭击仿佛是为光明至上教派最后的疯狂行动拉开了序幕，只是短短几秒钟，人群中又飞扑出了多名明圣级强者，她们一个个神色平静，悍不畏死。

与此同时，选拔者中竟也有人突然出手，伤害周围的同伴。

伴着惨叫声响起，无数人露出了惊恐或不可思议的神情。经过这么多次袭击，他们还以为选拔者中的光明至上教派成员都被清除干净了呢，没想到居然还有漏网之鱼。

那些人很快便被神圣教派的明圣或控制或解决，但那些人种下的恐惧和不信任的种子却开花了，选拔者们一个个不着痕迹地拉开了距离。

看到这一幕，隐藏在暗中的明神级强者皱起了眉头。

人群中，计嘉羽和聂岚浠同时道："不对劲。"

话音落下，计嘉羽忽然又有些疑惑："我在不对劲什么？"

"你又在不对劲什么？"他转头望向聂岚浠。

"那些人的状态。"聂岚浠道，"那几个选拔者，不太像是光明至上教派的成员。"

"我也是这么觉得的。"计嘉羽道。他有这样的感觉，可又说不出理由，这种感觉让他觉得很古怪。

"我有一个猜测。"聂岚浠看着计嘉羽，沉默了几秒钟后道。

"可能跟魔族有关？"

"嗯。"聂岚浠点了点头。

然后计嘉羽总算知道哪里不对劲了，似乎从圣耀世界中出来后，他对跟魔族有关的事情多了一分敏感，直觉上的敏感。

这是使用了圣耀珠虚影的后遗症吗？

人群中明圣级强者的行动和部分选拔者的突然袭击让守护选拔者们的明圣、明神越发警惕，一道道强大的神圣之力覆盖了整个神圣广场，监控着上到天穹下到地底的任何细节。

另一边，圣耀司越来越多的工作人员加入了测试行列。由于此次圣耀世界过于特殊，以至于许多选拔者的契合度都达到了可能执掌圣耀珠的最低标准，他们都将去到圣耀珠的面前，做一次可能会改变他们人生的尝试。

在众多选拔者中，苏梦梦无疑是可能性最大的那一个，也是被保护得最为严密的一个，至今还没有选拔者对她出手，可能是知道意义也不大吧。

这场测试足足持续了四个多小时，而后，绝大多数选拔者都被排除在外了。

这也是意料中的事，他们的契合度着实还差得有点远。而让不少工作人员感到意外的是，才进入一号营地没多久的叶子航和丁鹿两人，契合度竟然也达到了临界线，可以去做一次尝试。

两名意料之外的选拔者让圣耀司的工作人员忍不住想起了计嘉羽，他大概是除了苏梦梦之外，最有可能成为执掌者的人了吧。

真可惜。

不过，好在苏梦梦一点事儿都没有。

最终，绝大多数选拔者在守卫者们的保护下离开了神圣广场，余下的二十七名选拔者则在圣耀司的工作人员的带领下，鱼贯而入，走进了神圣堂。

他们即将前往神禁之地。

此时此刻，巨大而空旷的神禁之地中，东、南、西、北方各有四名明神级强者肃然而立，除此之外，尚有十名九阶明圣分别站在各个要害之处。

不多时，在王音岚的带领下，二十七名选拔者来到了这处空旷的神禁之地。

王音岚作为一号营地这个要害部门的管理者，她的忠诚度是毋庸置疑的，先前那些守卫者中，也只有她踏入了神禁之地。

来到神禁之地后，王音岚走向西边那位明神。

神禁之地采取轮值制，守卫的明神是会更替的，以东、南、西、北为称号。不过也只有在特殊时期，神禁之地才会同时有东、南、西、北四位明神在场，比如现在。

四位明神中，以西明神为主导，王音岚上前去与她交涉一番后，便开始安排那些出自一号营地的选拔者做最后的尝试。

虽然苏梦梦是可能性最高的那一个，但第一个前去进行尝试的却不是她，而是一个叫莫瑶的女子，这个女子与圣耀珠的契合度达到了惊人的百分之九十三。

须知，在过去几十年时间里，契合度达到百分之九十三的选拔者屈指可数，而这个莫瑶还不是现场契合度最高的那一个。

事实上，除了王音岚之外，就连现场的明神都不知道那二十七名选拔者的具体契合度是多少。

在莫瑶即将去尝试能否执掌圣耀珠的时候，王音岚终于低声告诉了她实情，告诉了她选拔者计划的来由，告诉了她神禁之地中央那个悬在空中，如石块一样灰暗的珠子是什么东西。

王音岚没有刻意遮掩自己的声音，事实上，她也是有意说给在场的其他选拔者听的。

当众人听到圣耀珠和七神珠的来历时，全都惊讶万分，旋即更加紧张了。他们本来就很紧张，进入神禁之地很紧张，看到四名明神很紧张，听完王音岚的介绍，就已经紧张得无以复加了。

毫无疑问，这或许是会改变他们人生的一件大事，没人可以等闲视之。

他们如此，现场的明圣、明神何尝不是如此？她们有的来自圣耀司，有的来自神圣教派的其他部门，全都在选拔者计划上投入了数不清的精力和时间，而现在终于到了最终时刻。一旦失败，她们过去几十年的努力就白费了，而一旦成功，整个光明族的未来都将得到改变。

片刻后，带着发自灵魂深处的紧张以及满心的期待，莫瑶走向悬于空中的灰暗至极的圣耀珠。

站定在圣耀珠面前后，莫瑶看着它，深深地吸了口气，而后将双手放到了它上面。

神禁之地中，当圣耀珠的执掌仪式开始时，神圣堂外的广场上已经挤满了人，数不清的光明族人拿着旗帜，喊着口号，声音震耳欲聋。

不得不说，虽然光明至上教派崇尚"光明至上"，看不起人族，但自始至终，光明至上教派的真正高层没暴露过选拔者计划的真正内情，因为光明至上教派忠诚于神圣王国与神圣澄海。建立教派，找人族的麻烦没事，可一旦暴露了选拔者计划的真正内情，将会引来魔族，那事情可就大了。

总而言之，光明至上教派还是有底线的。

只是，计嘉羽和聂岚浠觉得越来越不对劲了。

前一秒，计嘉羽还在催促聂岚浠，说他们该去找圣耀司的人了，如果错过了圣耀珠的执掌仪式，那就不好了，而下一秒，两人同时觉得人群中多了一种让他们感到非常恶心的气味。

那是魔的气味。

这种气味出现得极度突兀，让两人都有些猝不及防。

他们互相对视一眼，都觉得有事情要发生了。

在这场由光明至上教派引发的暴乱中，魔族开始趁机浑水摸鱼了。

他们想干什么呢？

这不是计嘉羽第一次面对魔族，可他还是有些紧张。

这时，他越发觉得聂岚浠的选择是明智的，这场由最终的圣耀珠执掌仪式引起的风波不过才开始而已。

"绝不能让这些人族进入神圣教派，绝不能让他们再继续污染我们纯洁的血脉了！"

"赶走他们！"

"这么多年来，我们已经仁至义尽了，是他们一直在得寸进尺，这次我们绝对不能再退缩了！"

"赶走人族！赶走人族！"

在一声声呐喊中，那种让聂岚浠和计嘉羽觉得恶心的气味越发浓郁了，几乎要从许多光明族人的头上冒出来了。

刚开始，这些光明族人还能稍作克制，可是很快她们就有些失控了，连现场维持秩序的城卫军都拦不住她们。因为失控的人太多了，城卫军也不敢轻举妄动，如果力度稍过，就可能会酿成一场巨大的事故。

不过，今天出不出事故，可不与她们克制不克制有关。

随着城民们的动作越来越暴力，有的城卫军开始控制不住了。

仅仅是一次意外，一个城民跌了跤，"城卫军杀人了"这类话语便扩散起来，再然后，骚乱爆发了，并不断扩大范围。

计嘉羽在人群中看着这一幕幕发生，完全惊呆了。他虽然意识到可能有坏事要发生，但万万没想到事情会发展得这么快，这么令人猝不及防。而在激烈的冲突中，令他感到恶心的气味再度变得浓郁，浓郁到让他有些头晕。

虽然神圣广场上骚乱不断，神圣堂也受到了冲击，可是在神圣堂地底下的神禁之地却没有受到丝毫影响。

就在莫瑶的双手触碰圣耀珠的第三秒钟，有光芒自圣耀珠里显现，现场所有明神、明圣都忍不住睁大了眼睛。

光芒变得越发明亮，原本晦暗无光的圣耀珠成了一个小火团。

正在此时，一道透明的波纹顷刻间席卷了整个神禁之地。

场域！明神级别的场域！

王音岚不可思议地望向西边，那位可是西明神啊，是近十年来，守护圣耀珠的主力明神！怎么会叛变呢?!

第 54 章

牛鬼蛇神

场域是明神最基础的手段，也是最强大的手段，一旦动用它，就意味着战局发展到了最严峻的时刻。

而此时此刻，瞬间笼罩神禁之地的场域让所有明圣级强者在刹那间失去了战斗力。

场域之中，施展场域的明神是低阶存在的生命主宰，只有东、南、北三位明神，以及一直跟在王音岚身边，隐藏行迹，保护众多选拔者的那位明神还有移动和反击之力。

尽管觉得惊愕、难以置信，内心千百万个不愿意，这四位十阶明神还是几乎没有任何犹豫地准备展开自身的场域，企图联手打破西明神的场域。

须知，想要打破一个完全展开的场域，只有两种方法：第一种是在场域中撑开自身场域，以自身之强大的实力破坏前者的场域；第二种则是从场域外击伤展开场域的神级强者，使之无法维持场域。

一般来说，十阶明神级强者的场域差距不会特别大，在战斗中，谁能更快更熟练地展开场域，谁就掌握了制胜的关键。但眼下这种情况又有所不同，西明神展开场域时，场域中还有四位明神。别说四位了，就是只有两位，她们若展开场域，西明神也承受不住啊。

然而让四位明神和一众明圣震惊的事发生了，四位明神居然被压制了，被西明神一个人压制了！

四位明神当即色变，她们战斗经验丰富，心里大概有了猜测——西明神要么修成了十一阶，要么已经站在了十阶巅峰到十一阶的门槛上。

应该不是第一种情况，如果是这种情况的话，会闹得尽人皆知的，毕竟星神级强者的突破是无法遮掩的。

不过，即使是十阶巅峰待突破的状态也很令人震惊了，神圣澄海已经有些年头没诞生过月神了。

只是，这样一个人，怎么就被策反了呢？

"为什么？"东明神有些愤怒。她是四位明神中与西明神相处最久的一位，所以也最不解西明神是什么时候加入的光明至上教派。

西明神没有回答，她不想回答这种无聊的问题，当然，就算她想回答，也没力气回答。她虽然已经临近突破了，但阻止四位明神级强者展开场域，还是非常吃力的。

"嗡！"只见西明神右手轻轻一动，整个场域便随之而动。

在苏梦梦等人上方，有团暗金色的光芒在凝聚，只是眨眼便轰击而下。

西明神是一位老牌明神，专修审判权能，有审判明神的称谓，极其擅长攻击。她这一击要是打实了，现场所有选拔者都得死。

一直暗中贴身守护选拔者们的明神自然不能眼睁睁地看着这样的事情发生。作为神圣教派精挑细选派来的守卫明神，这个有些苍老的光明族人有不朽明神之称。只见她强行展开自身场域，将一众选拔者笼罩在其中，与此同时，那团暗金色的光芒如雷霆般击落，化作无数电弧在不朽场域之上跳跃、蔓延，最终消失无踪。

借此机会，另外三名明神也都强行展开场域，一边想办法打破西明神的场域，一边朝选拔者们靠近。

在明知西明神实力强大的情况下，防守才是明智之举。

这里是神禁之地，是神圣堂，是神圣王国最权威、最伟大的地方，这附近到处都是明神级强者，只要她们稍作坚持，危机便会解除。

"审判之轮！"

西明神看得出四位明神的打算，因此没有让她们聚在一起的意思。她直接调动场域中的神圣之力，撼动虚空中无形无质的神圣法则。

空中顿时有一圈圈像太阳光芒似的光环浮现，光环之间迸发出如丝线般的光芒，却具备着切割空间的威能，仅仅只是看一眼，几名选拔者的眼睛便流下了鲜血。

须知，他们与审判之轮间还隔了一层明神场域，审判之轮的威力有多大可想而知。

只见审判之轮旋转着，快速地迸发出一道又一道丝线光芒，让几位明神只有防御之力，根本无法反击。

西明神右手操控审判之轮，左手轻轻一划，选拔者上空的不朽场域便被金光撕扯开一块，被她的场域所控制的神圣之力倾泻而下，化作一条金色的小蛇游向其中一名选拔者。那名选拔者的身体瞬间被小蛇洞穿，洞穿处没有鲜血流下，金光向全身蔓延，他整个人都被神圣化了。

看到这一幕，王音岚眼睛都红了，这可是最终选拔者之一啊！现场任何一个选拔者都有可能执掌圣耀珠，都是死不得的人才！

"叶宇涵，你在让你的祖辈蒙羞，你知道吗？"

"你现在这么做是在叛族，会受到审判的！你根本不配当审判明神！"

王音岚身上竟有微光显现。看到那微光，现场所有明圣、明神都吃了一惊。

在微光显现的同时，西明神那坚不可摧的场域之外，竟有澎湃的神圣之力在汇入。这些神圣之力不同于寻常的神圣之力，而是有一种说不清道不明的特质。不过，如果计嘉羽在这里的话，就可以辨识出来，这是神级神圣之力。

王音岚这位九阶巅峰明圣，在目睹选拔者死亡的刺激之下，居然有突破成为明神级强者的征兆！

四位明神，西明神尚可以压制，但如果是五位，她真的不行。

西明神想阻止王音岚突破，可是她竭尽全力也无法阻止神级神圣之力汇入，毕竟这涉及神圣法则，不是她可以干涉的。

神级神圣之力如星辉洒落，被王音岚体表的微光所吸收，她的皮肤、骨骼、血液，乃至身体的每一个微小的组成部分都在被改造。经过改造的她，身躯转化为了神体，与神级神圣之力相得益彰。

最关键的是，在王音岚的双手之上，透明的波纹若隐若现，那是她即将成形的场域！

西明神施展的场域，那是在她的控制之下，因此神圣广场上的民众都不知道脚下正在发生一场神级大战，可是王音岚的突破是无论如何也遮掩不住的。

九阶巅峰明圣晋阶明神，那可是在撼动神圣法则。神圣法则略一波动，不说尽人皆知，至少小半个城市的光明族人都能感知到。

绝大多数人都为之感到振奋、欣喜，但也有少部分人察觉到了不对劲。

神禁之地？晋阶？怎么听怎么不靠谱啊！

已经从人群中退到街角的计嘉羽再度看了一眼聂岚浠。先前聂岚浠告诉他，神圣广场上的暴乱只是刚刚开始，他还有些不太相信，毕竟这是神圣王国的首都，诸多明圣、明神坐镇的地方，就算再乱，又能乱成什么样呢？现在看来，暴乱已经波及神级强者了。

在神禁之地发生的神级战斗，那必然是内战。

在短暂的讶异后，计嘉羽不免有些担心，他可是亲眼看到丁鹿和叶子航被挑选到最终的选拔者中去了，他们不会有事吧？

在他担忧得手心都有些冒汗的时候，神圣广场西侧一栋三层的古老砖石房中，正有两名女子坐在阳台边，远远地望着广场上的骚乱。她们两人一个身穿金色纱裙，绝美的长相被一层薄纱蒙住，让人有些看不清，另一人则是计嘉羽的老熟人，当初把他带来神圣澄海的陈妙一。

她依旧是那副打扮，耳垂上戴着一对金色镰刀似的耳环，双手背在身后，手腕处被一条金色绳索束缚着。

"王音岚倒是不错，我本以为她毕生都无法突破到十阶了。"陈妙一笑着道。

她没有动手，但她身前的杯子自己飘浮了起来，送到了她的唇边。

"她这些年投注了太多的心思在那些孩子身上，在她心里，他们是比她自己的生命更重要的人，受到如此刺激，突破了倒也正常。"陈妙一对面的金纱女子淡淡地道，她的语气平静，不带一丝感情色彩。

"我真没想到啊，就连叶宇涵都中招了。"陈妙一感叹了一声后，转头看着金纱女子，"还不能出手吗？"

"再等等。"金纱女子道。

"还要等啊？"陈妙一沉默了一秒，有些失望。

"有些事，不能全靠我们。"金纱女子道，"而且，你就不好奇他们的表现吗？"

说话时，金纱女子的目光穿透了重重阻碍，落在了街角的计嘉羽和聂岚浠身上，他们两人仿佛局外人一样，游离在闹事的人群之外。

陈妙一也朝计嘉羽、聂岚浠望了过去，微微一笑，道："倒也的确挺好奇的。"

"那就安心点吧。"金纱女子道。

这里，两名女子在静静地观看，轻声讨论，而另一边，在距离她们约莫一公里远的一栋较高的石楼上，同样有人在分析今天的局面。

这是一群光明至上教派的高层，足有十来人。此时她们全都有些傻眼，因为目前的事态远远超出了她们的计划。

不该是这样的啊！

她们没安排神禁之地的内鬼，而且，她们哪里有那个能力？

她们原本是想着利用骚乱的人群攻入神圣堂，然后再浑水摸鱼，可现在的局面已经失控了！

第 55 章

魔神

神圣广场上，逐渐失控的人群开始施展圣术与城卫军进行对抗，有不少光明族人借此机会朝神圣堂内冲去。只是神圣堂门口和四周时时刻刻都有明圣级强者守护，一开始倒也没有问题，然而冲击神圣堂的人实在是太多，久而久之，明圣也会疲惫，于是防线开始松动。

终于，有人冲进了神圣堂。

短短几秒钟后，低沉的爆炸声响起，不少光明族人在这座神圣王国最雄伟的建筑内失去了生命。

在这些光明族人中，有一个眉毛粗、身材高大的中年女子，她看着身边一个个光明族人莫名其妙地死去，心中既愤怒又无奈。

她叫周雪，是光明至上教派安排来神禁之地破坏执掌仪式的明神级强者。按照原定计划，人群蜂拥而入后，很快就会被神圣教派的人驱赶，而她则可以借机潜入神禁之地中，整个过程并不会造成太大的伤亡，可眼下发生的事完全不是这么回事儿。

她虽然是光明至上教派的成员，可也是个光明族人，她又不是恶魔，看着自己的同族一个个死去，她怎么可能一点感触都没有？

是找出原因救她们，还是去阻止圣耀珠的执掌仪式？她犹豫了。

不过她并没有犹豫太久，就决定先去神禁之地再说。

神圣堂内目前正在发生的事，肯定会有人来处理，而神禁之地内的执掌仪式，只有她才能阻止。比起一群光明族人的生死，人族执掌圣耀珠，进入神圣教派，更进一步地"污染"整个光明族，显然影响更大。

于是，周雪强忍心中的愤怒与悲痛，踏上了进入神禁之地的路。

自神圣堂光明女神像后台进入，足有上千米长的旋转阶梯之下，便是神禁之地。

此时此刻，神禁之地正爆发着神级战斗，原本西明神是碾压式地压制其他四位明神的，可王音岚的突破为这场战斗带来了不确定性。不过，西明神在动用了某种秘法的情况下，依旧能勉强压制四位明神和一位在突破的准明神。

然而，周雪的到来带来了变数。

在周雪转过最后几层台阶时，她看见了西明神的场域，继而感受到了内里被压制的几位明神的场域，不由得大为震惊。她虽然猜到神禁之地可能有异常事件发生，也猜测过具体情形，但万万没想到是眼下这种情况。

西明神居然叛变了，但她绝不是光明至上教派的成员，要是的话，自己肯定能知道。既然不是，那她是哪个阵营的？又是为了什么？

一瞬间，周雪想了很多。

场域中，西明神感受到附近突然多了一个明神，其他几个明神也在猜测这是谁来了。她们大多猜测是神圣教派的援军来了，毕竟时间差不多了，援军也该来了。

只是，周雪的静止、犹豫、沉默让明神们有些搞不清楚了。如果她是神圣教派的明神，现在该打破僵局，然后一起围攻西明神啊，可她完全没有这个意思；如果她是光明至上教派的明神，现在该帮着西明神攻击她们啊，可她也没有行动。

她到底是哪个阵营的啊？

不管周雪属于哪个阵营，她的到来，无疑让本就复杂的局势更加复杂了。

双方沉默了一会儿后，东明神率先发声。

"我是守护圣耀珠的东明神，现命令你协助我们阻止叛族的西明神。"东明神的措辞很严厉。

她也的确有严厉的资格，能够被选来守护圣耀珠，本就说明她在族中实力强、地位高，而光明族的修炼者无不隶属于神圣教派，那陌生的明神无论是她的下属还是同僚，都有义务协助她。

周雪闻言后陷入了沉默，她在犹豫。

准确地说，她是在观察西明神。

作为一个局外人，她有时间也有精力去仔细观察西明神，然后，她就看出了一些问题来。

西明神的状态不对！

周雪被选来执行这次计划，对可能遭遇的对手以及各种各样的情况都考虑过了，西明神此人她也是了解的。

西明神是一个攻击性极强的人，性格暴躁，行事不太考虑后果，不过这些都是表象，她其实一直都有留后手，只在有底气的情况下才会完全不顾后果地行事。

可此时此刻，西明神直接开启场域，动用审判之轮这种能力，大肆消耗自身的神圣之力和神识，完全没有留任何后手，不顾一切地行动，太不像她了。

就算她为了心中理想不顾生命，也不会采用这种战斗方式，这不符合她的行事风格。

而且，西明神身上有种气息，一种让周雪非常不舒服的气息，她刚刚在神圣堂中才感受过。

"魔族……"周雪的脑海中冒出了一个令人惊恐的念头。

如果说在这场神圣教派与光明至上教派的争端中，谁最有可能掺和进来，掺和进来后收获又最大，那毫无疑问是魔族。

毕竟这可是圣耀珠，七神珠之一！

一直以来，光明至上教派在抵制人族，消除选拔者带来的隐患的同时，也在小心翼翼地保密，没让选拔者计划的内情有一丝一毫泄漏，怕的就是给魔族可乘之机。在这一点上，神圣教派更是如此。

如果说，人族"入侵"光明族是内部问题，那么魔族入侵光明族可就是火烧眉毛的外部问题了。在这一点上，哪怕是光明至上教派的明神，此时也没有任何可说的，必须帮东明神她们。

想通之后，周雪不再犹豫，冲入了西明神的场域之中，而后毫不犹豫地开启了自身场域。霎时间，她的场域便以她为中心，扩散出了一百多米。

四位明神的场域和一个正在成形的第五场域让西明神再也无法维持压制之势，她以自身纯能量凝聚而成的场域竟然逐渐出现了细密的裂纹。

场域都无法维持，更何况是腾出手去杀死一众选拔者。

从战斗开始到现在，叶子航、丁鹿、苏梦梦等选拔者便脸色发白。在这种战场上，他们根本连调动神圣之力的资格都没有，只能被保护着，紧张地观看着，等待战斗结束。

不只是他们，那群明圣也根本没有动手的能力。

现在西明神的场域终于出现了破绽，他们也能活动活动了。

正在这时，他们看见先前一直在用双手触摸圣耀珠的莫瑶忽地被圣耀珠给震开了，圣耀珠发出的光芒也在瞬间散去。

"下一个，柳东，你去。"王音岚的声音适时响起。

与此同时，淡不可见的波纹状微光以她为中心开始扩散，原本就已经有破碎征兆的审判场域顿时裂纹密布。

西明神面色苍白，丝丝鲜血从她的嘴角渗出，她的双眼开始泛红，头顶有黑色的雾气在升腾。随着那些黑色雾气的出现及弥漫，现场所有明圣、明神都开始色变，她们分明从那些黑色雾气中感受到了魔族的气息。

这是怎么回事？所有人都蒙了，心中沉重无比。在神圣澄海防备最严密的地方，最强大的圣耀珠守卫者什么时候被魔族影响了？

"唉。

"真是个废物。

"本以为不用我出手，可没想到，你们竟然这么难缠，你也是如此不中用。"

在明圣、明神们肃然以对的时候，一道讥讽声响起。

只见那漫天的黑色雾气忽然飘动起来，凝聚出了一张巨大的脸，脸庞很模糊，但隐约能看清眼睛、鼻子和嘴巴，以及那细密的鳞片。

黑色雾气甫一出现，恐怖的气息顿时朝四面八方弥漫而去，原本还能活动一下身体的一众选拔者瞬间就被压趴到了地上，几乎动弹不得，这还是在有场域防护的情况下。

"魔神！"

"十一阶魔神！"

王音岚等人的脸色剧变。

神禁之地有魔族已经够可怕了，居然还是个十一阶的魔神！

"既然都已经这样了，那就让这座城乱起来吧。"这巨大的人脸魔影轻声说完，一道无形的能量出现，穿透了千米的土层，直达上方。

神圣广场上，原本就已经觉得不对劲的光明族人齐齐一愣。

看着她们发愣不动，那些城卫军和明圣们都有些奇怪，本能地感觉不对劲。下一刹那，那些愣住的光明族人又动了起来，可这次一动，就跟疯了一样。她们发狂似的攻击身边所能看见的一切，用神圣之力，用手，用脚，用嘴……

看到这一幕，远处的陈妙一皱紧了眉头，转头看了一眼金纱女子，后者却神色淡然："还没到时候。"

陈妙一心中有气，但又不能反驳，因为她知道金纱女子会给她讲一些大道理，比如战争总是要死人的，她们现在就身处战争之中，不得已才这样，为的是以后少死一点……

"呼。"

陈妙一强行按捺住心头的怒火，看向计嘉羽和聂岚浠，此时计嘉羽他们两人都对眼前的一幕有着异常的反应。

第56章

罪魔

"啊！"地底下，隐约传来凄厉的叫声。

听到声音，计嘉羽和聂岚浠都愣在了原地，心里生出一种难言的惊悸，似乎有什么恐怖的存在正注视着他们。他们对视一眼，觉得心中不祥的预感似乎在逐渐成真。

短短几秒钟后，原本还在可控范围内的光明族人们逐渐失控。看着近处混乱的局势，两人都有些不知所措。

计嘉羽转头看向聂岚浠，但聂岚浠也沉默了。

在走出山野来到神圣城之前和之后，聂岚浠想过无数种可能，可即便如此，她还是不能把所有事都一一猜中，眼前的局面已经超出她的预料了。

聂岚浠的沉默就是回答，这让计嘉羽又转过了头去。

所以，接下来他该怎么做？

毫无疑问，这场动乱，以他们两人的实力，是没有资格平定的。

这里是神圣城的神圣广场，是神圣王国的核心之地，即便神圣教派高层的反应再慢，也会在短时间内派来星神级和月神级强者，以碾压之势解决此事。

这是正常的走向。

可是，计嘉羽总觉得这场动乱不会这么简单地结束。

他总有一种预感，将有大事发生。

正当这个念头在他心头不断变得坚定的时候，同样是地底下，似乎有金光正蔓延而来。转眼间，那金光穿破土层，如太阳刺破云雾，照耀在计嘉羽的身上。

计嘉羽顿时一惊，转头朝聂岚浠看去，却发现她身上一点金光也没有。

"你看到了吗？"计嘉羽出言问道。

"什么？"聂岚浠有些不解。

"金光啊！"计嘉羽道。

"什么金光？"聂岚浠道，"说清楚点。"

"哦，对不起。"计嘉羽忽然醒悟，他犯傻了，聂岚浠看不见，她只能用精神力去感知，"地底下面渗出金光来，照到我身上了，但你身上还有别的地方都没有。"

聂岚浠沉默了一下，道："也正常。"

话音落下，她顿了顿，道："我们现在下去吧。"

"总感觉下面正在发生什么。"计嘉羽有些不安。

"不管下面在发生什么，圣耀珠在召唤你了。"聂岚浠道，"圣耀珠的执掌难度很大，执掌条件很苛刻，如果你现在不去，它很有可能就不认可你了。"

计嘉羽沉默了一秒后道："那走吧。"

在做出这个决定后，计嘉羽又有些犯难，走是要走的，但怎么走？

此时此刻，在两人面前，数不清的光明族人正在发疯，她们一个个不要命地释放自己的神圣之力，各种各样的圣术漫天飞舞，刻画在身体上的圣纹如群星般闪烁，到处都是呼啸、撕裂之声，时不时便有人惨叫着倒地，场面混乱无比。

"跟着我走。"聂岚浠像是看出了计嘉羽的顾虑，向他说了一句话，旋即往前踏出一步，朝着神圣堂的方向走去。

计嘉羽没有犹豫，跟在聂岚浠的后面。

他很相信聂岚浠，是一种说不清道不明的相信。

两人刚刚挤入人群，便遭到四面八方的光明族人的攻击，一个个身体闪烁着圣纹光芒的五、六阶明尊冲向他们。

忽地，一层暗金色的波纹从聂岚浠的双脚下扩散而出，犹如石头砸入水中激起的水波。

暗金色的波纹所过之处，附近的五、六阶明尊全都被掀飞，继而倒在地上。

计嘉羽看到这一幕，惊讶得说不出话来。他知道聂岚浠很强大，但没想到她强到了这种份儿上。

她究竟是什么实力？

近处的四、五、六阶明尊无法近身，远方被神秘力量影响的七阶明圣的圣术也无法攻击到他们。因为在那些圣术距离他们两人尚有十米远的时候，天穹上便有暗金色能量层亮起，将那些圣术挡了下来。

毫无疑问，这也是聂岚浠的手段。

要知道，这里是现实世界而不是圣耀世界，聂岚浠绝没有借助圣耀珠虚影的其他隐秘之能，这就是她本身的实力。

在聂岚浠的护佑下，两人成功地进入了神圣堂。

神圣堂中腥气扑鼻，一片狼藉，看得两人直皱眉头。

"那边。"

当计嘉羽还沉浸在情绪中时，聂岚浠已经找到了通往神禁之地的路。

跟在聂岚浠身后，计嘉羽不禁想嘟囔一声：到底谁要给谁当眼睛啊？

从旋转阶梯越是向下走，两人越是能感受到那股浓郁的魔族气息，与此同时，圣耀珠的召唤之意也变得越发明显。

渐渐地，计嘉羽有些紧张了。

而在神禁之地中,东明神、南明神、北明神、光明至上教派的明神周雪,以及已经完成晋升的新明神王音岚,正面临着此生最大的威胁。

一名十一阶的魔神!

此时,这魔神是怎么来到神圣澄海,怎么融入西明神体内的,已经不重要了,重要的是她们现在必须拖住他,等神圣教派的其他月神过来击败他。

仅凭她们几个星神,想击败一个十一阶魔族月神,那是不可能的事,因为双方根本不在一个实力层级上,拖是她们唯一能做的事了。

在这个关键时刻,周雪完全没有派别之见,因为在魔族的威胁面前,其他一切斗争都要排在后面。

"快去尝试执掌圣耀珠。"王音岚虚弱的声音在一个个选拔者的耳畔响起,"对于魔族来说,不管执掌者是什么阶什么实力,只要是七神珠,对他们的克制作用都极大,圣耀珠尤其如此。"

一众选拔者在那巨大的魔脸出现后便被压趴在地上,后来明神们把压力完全承接过去后,他们又都站了起来。不过,刚才十阶明神之间的战斗他们都无法插手,更何况是现在。他们面色苍白,一动不敢动,听到王音岚的话后仍旧如此,只有少数几人壮着胆子朝圣耀珠移动过去。

先前失败了的莫瑶失望又恐惧地站在一边,等待着命运的安排,紧跟着,第二名选拔者开始了自己的尝试。

见此一幕,那巨大的魔脸冷哼一声,西明神的神躯竟溢出了丝丝缕缕的金色液体,液体没有滑落,而是直接蒸发,加固了她原本即将崩解的场域。始终旋转着的审判之轮也继续攻击着几名明神,压缩着她们的场域笼罩范围。

与此同时,魔影用黑雾凝聚出了一只巨大的手,朝着圣耀珠抓了过去。

看到那巨大的黑手从天而降,选拔者们的面色越发苍白了。

这时，其中一人的双手触及了圣耀珠，圣耀珠立刻迸发出细密的金光。而这些金光仿佛有生机一样，在空中凝成一根细长的丝线，朝着魔影黑手激射而去。丝线瞬间穿透了黑手，而且在穿透之后又折返回来，来回穿透了几次。

"轰！"黑手散作黑雾消失了。

"七神珠！"

那魔脸看着圣耀珠发出的光，露出了愤怒的神色。

只见他仰头发出一声怒吼，吼声穿透土层，直达神圣广场。广场上的光明族人浑身都升腾起黑色的雾气，雾气疯狂地汇入地底下，在魔脸下方凝聚成脖子、躯干和四肢。伴着魔躯出现，整个魔的气势暴增。

他抬步走向圣耀珠，每走一步，神禁之地几乎都在颤抖。

"阻止他！"几位明神为之色变。

如果说刚才的魔脸具有十一阶魔神的小部分实力，那现在这凝聚出了魔躯的魔影，已经有了魔神正常状态下百分之五十的战斗力，真是一巴掌就能把所有选拔者拍死。

在如此强大的魔神威压之下，就连圣耀珠的光芒都变得暗淡了。

当然，这也不仅仅是因为受到了威压，其实那名选拔者本身的契合度也不足以再支持圣耀珠发光了。

第二名选拔者也失败了，他的契合度同样达到了百分之九十以上。

第二名选拔者失望地松手之后，第三名选拔者顶了上去。他的触摸让圣耀珠再次爆发光芒，就如同火焰照亮黑暗一样。那名魔神稍微停滞了一下脚步，但也仅此而已，他又继续往前走。

他的每一步都沉重而坚定，带着死亡的威胁，其他明神的场域根本无法阻止他前行。

随着一次次光芒亮起，一个个选拔者失败，王音岚等明神渐渐陷入了绝望之中，同时她们也很疑惑，神圣教派的其他明神呢？她们都去哪里了？这不正常啊！

神禁之地中，人族选拔者、明神和魔神三方之间正在博弈。

旋转阶梯上，计嘉羽和聂岚浠两人正不断向下走。

神圣堂外，低阶的光明族人正在疯狂地自相残杀，只有明圣才能与那魔神的秘法稍作抵抗。

在距离神圣广场较远的区域，有光明族人从高处看到这一幕，震惊得说不出话来，同时她们心中都有一个疑惑——神圣教派的人呢？她们的支援呢？

"是时候了吧？"陈妙一已经坐不住了，她站起来望着下方。只是，金纱女子一直不松口，她也一直不能出手。

"确定了，是罪魔。"金纱女子忽然开口道，"再等五分钟，五分钟后收网。"

陈妙一站在原地，双手直接把杯子捏成了粉末，杯中的水也都蒸发了。

第 57 章

七宗罪

五分钟很短，五分钟也很长。

在金纱女子做出决定时，整座神圣城都因为神圣广场上所发生的事而震惊了。

往上数三百多年，别说战争了，神圣城内就连大型的骚乱都没发生过几次，可今天发生的事几乎打破了她们的固有观念。

神圣广场上的光明族人们，简直疯了似的在自相残杀，她们双目血红，不顾一切，仿佛生死仇人一般。

远远看到这一幕，其他所有光明族人都为之胆寒，生怕自己与她们接触后，会变得和她们一样。

低阶光明族人远远地观望着，讨论着。

"神圣广场那里到底发生了什么啊？"

"听说是有魔族入侵！"

"我的孩子是第九圣光监测站的，她说监测站检测到那里有品质超高的魔气！"

"魔族啊！"

听闻此言的光明族人都有些惊恐。

说实话，时隔数百年之久，哪怕以前魔族做了再多惊天地泣鬼神的恶事，她们其实也都不太清楚了，最多从前人的口中或书籍中听说过、看到过，所以仅仅听到"魔族"两个字，她们并不会感到特别害怕。

可是，神圣广场上正在发生的一切让她们胆寒了，畏惧了。这是什么能力啊？操控人心吗？还是夺人心智？简直太可怕了！

低阶的光明族人无法加入或改变战局，众多明圣则纷纷朝着神圣广场的方向冲去，紧跟着，她们陷入了一种艰难的境地。

须知，任何战斗都分为两方——友方和敌方。敌方通常都是对她们抱有恶意的存在，可眼下神圣广场上的敌方并非对她们抱有恶意，而是很明显地被操控了，本质上都是善良且无辜的自己人。

面对自己人，赶来支援的明圣们都不知道该怎么办，是狠下杀手，还是被动防御？

在纠结了一阵后，明圣们还是选择了后者，一边被动防御，一边打晕这群被控制的光明族人。

受影响的光明族人实在是太多了，要知道，选拔者计划引发的抗议可是聚集了数十万光明族人的，而神圣广场又是神圣王国最大的广场，容纳几十万人绰绰有余。

这种混乱的场面，来再多的明圣都不好控制。

眼见混乱蔓延开去，一些疑惑在众多光明族人的脑海中出现——神圣教派的明神都跑哪里去了？大先知跑哪里去了？为什么直到现在都还没人出来解决此事？难道说，大先知和神圣教派的明神都出事了？她们这次所面对的敌人不只是一个或者几个魔，而是魔族的大军？

除此之外，她们也想不到别的可能性了。而一想到魔族大举入侵这种可能性，她们更加惊恐了。

书上写的内容难道要成为现实了吗？

神圣堂的地底下，计嘉羽和聂岚浠终于来到了场域的边缘。

在抵达之前，聂岚浠用自身能力将两人的气息完全隐藏起来了。

也不知道聂岚浠究竟有着什么样的本领，竟让西明神和那罪魔都忽略了他们。

两人站在场域外，静静地望向战场。

从他们的视角来看，场域就像一个水泡，水泡内外是两个世界。

"水泡"内，几位明神撑起了自己的场域，用以抵挡压力。与此同时，选拔者们正在一个个尝试着执掌圣耀珠。

盯着那群选拔者看了一会儿后，计嘉羽松了一口气，叶子航和丁鹿也在其中，两人除了脸色苍白之外，倒也没什么大问题。

确认选拔者们安全后，计嘉羽这才把目光落在圣耀珠上。

此时，圣耀珠正被一名选拔者双手触摸，受其影响，圣耀珠绽放着淡金色的微光，但这层微光几乎无法阻止罪魔迈步。

然而，就在计嘉羽的目光落在圣耀珠上的那一刹那，圣耀珠竟然爆发了万丈金光。那金光如利箭一般穿透了罪魔的躯体，燃烧了不少的魔气，令罪魔的神情略有所改变。

他脸上满是不解和愤怒。

不过，他竟然还是没有看到计嘉羽和聂岚浠两人。

满心愤怒的罪魔的形体竟然开始变化，他的魔躯扭曲着，膨胀着，四肢变得粗大丑陋；漆黑的血管高高鼓起，紧贴着皮肤表层，清晰可见；他的头部肿胀，表情愤怒，浑身散发着一种令人惊心的气息。

"暴怒形态。"

"他是罪魔！"

看到这副模样的罪魔，几位明神终于把他认出来了。

"罪魔？"选拔者们和计嘉羽都有些疑惑。

"罪魔是魔族一个古老的魔神，他修炼的是罪之途径，可以操控七项原罪——傲慢、嫉妒、暴怒、懒惰、贪婪、暴食和色欲。"

聂岚浠的声音响起。

"这么说，刚才神圣广场上的那些光明族人，全都陷入的是愤怒的状态啊，她们是受到了罪魔的影响！"计嘉羽恍然大悟。

"罪魔有七种形态，也是七个形体。"聂岚浠道，"我说神圣教派的反应为什么这么慢呢，看样子是在等待机会，找出罪魔的其他六个形体。"

"这也太残忍了吧？"计嘉羽想起神圣堂中的尸体以及神圣广场上的惨景，有些不忍心。

"如果你站在神圣教派高层的角度去看问题，就会明白这样的牺牲才是最小的牺牲。"聂岚浠倒是很冷静，"任由十一阶罪魔的其他六个形体潜伏在神圣城，那就等于有六个极度不稳定因素随时都可能引爆整座城，到时候造成的损失远大于现在。"

计嘉羽沉默了一秒："道理我都懂，只是，唉……"

在聂岚浠想明白这些的时候，几位明神也想清楚了，大先知必然是在忙着找出罪魔的其他六个形体，因为相比起一个，另外六个形体才是真正的大麻烦。

"呼。"

一瞬间，现场的明神都做出了一个决定——无论如何，也要让这个罪魔的暴怒形体感到麻烦，动用牵扯到其他几个形体的能力。

决定既下，那她们就不能再被动防守了。

可要撼动一个十一阶魔神，光靠她们的力量可不够，哪怕对方只有七个形体之一的一半力量，仍然不够。

还得靠圣耀珠，还得靠那些选拔者。

几位明神把目光转向苏梦梦等人。

第58章

秘密入侵

◆━━━◆━━━◆

此时，二十七名选拔者被淘汰得只剩下七名了，叶子航和丁鹿也被淘汰了。他们虽然都让圣耀珠亮起了不弱的光，但也仅此而已。

现场众多明圣、明神其实都把最后的希望放在了苏梦梦身上，但她们却都坚持让苏梦梦最后一个去尝试执掌圣耀珠。

按道理来说，苏梦梦的契合度最高，之前更是召唤出了圣耀珠虚影，是现场最有可能执掌圣耀珠的人，可王音岚偏偏把她安排到了最后。

原因很简单，圣耀司都觉得契合度高的选拔者触摸圣耀珠的时候，是在向它注入什么。虽然这件事没有事实依据，但毕竟关系到圣耀司数十年来的努力，她们也忍不住迷信了一下。

伴着一个又一个选拔者失败，暴怒罪魔离圣耀珠越来越近了。

几位明神开始主动出击，不惜消耗自身根本，也要把场域扩张到圣耀珠附近去，与圣耀珠绽放的光芒一起阻止暴怒罪魔靠近圣耀珠。

受到多方阻止，暴怒罪魔越发愤怒了。不知怎的，受到操控的西明神的神态也有了暴怒的征兆，她浑身的血液几乎在沸腾，场域范围在缩小，威能却在增强。审判之轮不断旋转，释放出审判之力，撞击在几位明神的场域上，让她们面色泛红，节节败退。

"一会儿他们失败了，你就去。"

看着场域中的战斗，计嘉羽瞳孔紧缩。明神们的战斗看似简单，实则暗藏玄机，分分秒秒都在以法则之力对撞，整个虚空都在震颤。以计嘉羽的实力，他基本很难从四面八方的空气中抽取出神圣之力来。

听到聂岚浠的话，计嘉羽转头看去，却见聂岚浠神色平静，他原本有些紧张的心情也平复了一些。

与此同时，金纱女子口中的五分钟时间也悄然流逝。

五分钟结束后，金纱女子没有向任何人下达命令，整座神圣城中，却忽然有大量的九阶明圣同时行动。不仅如此，全神圣澄海一半多的明神级强者也飞赴各自的目标地点。

所有的明圣、明神中，有三分之一的人的目标地点是光明族各大城市。

此次选拔者计划走向终章，在神圣教派高层的计划中，无论执掌者是否出现，都要利用好这次机会把光明至上教派给肃清。这些年来，光明至上教派给神圣澄海带来的伤害实在是太大了。

而果然没有出乎神圣教派高层的意料，在执掌者即将诞生这一事件的刺激下，光明至上教派的众多高层坐不住了，就连明神都一个个地冒头。

在找出和抓捕住光明至上教派的多个明神后，神圣教派高层严加审讯，顺藤摸瓜，找到了数以千计的光明至上教派成员。

不过，对于神圣教派来说，此次选拔者计划落幕，想要引诱出的大鱼还不是光明至上教派成员，而是魔族！

早在许多年前，神圣教派就知道神圣澄海被魔族秘密入侵了，只不过不知道具体的数量、位置和入侵的时间，而"圣耀珠执掌者"这六个字足以让魔族动心并出手。

事实也没有出乎神圣教派高层的意料，潜伏多年的魔族果然忍不住出手了，虽然代价很大，但是值得！

在这一刻，无数明圣、明神心中带着怒火和恨意，分散向神圣王国各大城市，把那些暗中引导闹事，居心叵测的魔给揪了出来。

不过，这些潜伏在神圣王国的魔有的弱，有的也很强，他们的反抗在诸多城市都闹出了巨大的动静，导致伤亡惨重。

而引发最大骚乱和死伤的，自然是罪魔的其他几个形体——傲慢、嫉妒、懒惰、贪婪！

这四个罪魔形体就潜伏在神圣堂附近，估计是暴怒罪魔留的后手。他们分别被数量数倍于他们的十阶明神拦住了，战斗顿时爆发。

月神级强者也没闲着，她们在找寻剩下的两个罪魔形体，防备他们狗急跳墙。

唯独有一个强者例外——陈妙一。

在五分钟时间过去后，陈妙一一秒都没有多等，直接一个闪身消失在了原地，再次出现时，她已经去到了神圣堂上空。

又一次闪身时，她已经打破了西明神的场域，进入了其中。

她的一切行动简单快捷，毫无花哨动作。

当陈妙一突兀地出现在西明神的场域中时，神禁之地的所有明圣、明神皆一愣，旋即露出惊喜的神色。

"审判长！"

"审判长！"

计嘉羽也看见了陈妙一，不由得愣住了。他万万没想到会在这里看到陈妙一，更没想到她竟然是能让明神级强者都感到惊喜的审判长。

而在这种情况下，突兀地出现在战圈中，又能让明神都激动的存在，毫无疑问是一名月神！

看着陈妙一，计嘉羽的眼神有些奇怪，他忽然觉得这一切有可能并非巧合。

陈妙一去光明城找到并接回他，这场选拔者执掌仪式上发生的事，他身边的金瞳女子，以及他与圣耀珠之间的高契合度，这些真的只是巧合吗？

"审判长，你现在知道你是谁吧？"

忽然间，计嘉羽听到东明神问了陈妙一一个奇怪的问题。

"你猜呢？"陈妙一微微一笑道。

"什么？"计嘉羽有些没听懂。

"陈妙一，神圣裁判所的审判长，外界都称她为大先知的审判之剑，是神圣澄海除大先知外最强的存在，一个战斗狂人。"聂岚浠道，"她有个怪癖，喜欢封印自身能力甚至记忆去战斗，而且经常这么干，所以才会被这么问。"

"这么……厉害的吗？"计嘉羽还是不太敢信，毕竟陈妙一看上去完全没有战斗狂人的气质。

聂岚浠像是看透了他的想法一样，道："她耳垂上那对镰刀似的耳环，叫极刑之镰，是她的圣器。她双手上那根金色绳索叫至圣绳，是大先知给她的圣器，专门用来克制她的战斗欲望。因为她之前冒险战斗时遇到过太多次危险，后来她决定不再进行无意义的战斗，而要为了神圣澄海战至终章。"

计嘉羽听完，沉默了好一会儿，深深地看了一眼聂岚浠，认真地道："你怎么知道这么多啊？"

聂岚浠说的，可不太像是寻常的信息啊！

第 59 章

暴食和色欲

聂岚浠闻言，转头看了计嘉羽几秒钟，张了张嘴，欲言又止。

她本不想说什么的，可犹豫了半天，还是道："以后你会知道的。"

"好吧。"计嘉羽强忍好奇，也没追问。

在两人说话时，陈妙一那张略有肉的脸上，猛地出现狂热的神情，她盯着暴怒罪魔，像是饿狼盯着小绵羊。

"多少年了，我都快忘了魔神真血的味道了。"陈妙一整个人的气质顿时变得诡异而可怖起来。

瘦小的身体，圆圆的脸蛋，清脆的声音，恐怖的战斗力，这巨大的反差让计嘉羽瞬间改变了对陈妙一的看法。

下一秒，陈妙一一闪身，消失在了原地。

"轰！"

西明神原本压迫着几位明神的场域如玻璃般炸碎，西明神本人无声无息地倒在了地上。

周雪见此情形，想也不想就要逃，可突然出现在暴怒罪魔面前的陈妙一却转过头盯住了她，笑道："虽然你帮了她们，但不代表你没做错，留下吧。"

陈妙一的"留下吧"三个字似乎有魔力一样，让周雪僵在原地，一动也不敢动。

计嘉羽见状颇有些吃惊，这气势也太夸张了吧！

但更夸张的还在后面。

只听见"嘣"的一声，束缚住陈妙一的至圣绳竟然直接崩断，化作两根绳索缠绕在她的手腕上。解放双手后的陈妙一轻轻地甩了甩手臂，像是在放松，而后左手虚抓，从虚空中抓出了一杆透明的长枪。

"那是场域吗？"计嘉羽惊讶地看着陈妙一手中的长枪。

他的精神力很强，因此分辨得出场域的气息。此时陈妙一手中的长枪虽然有着形状，非常凝实，但分明也散发着场域的气息。

"嗯。"聂岚浠点了点头，"九阶晋升星神后，其场域覆盖范围大，但是威能一般，而星神晋升月神后，其场域会缩小，变成月神想要它变成的形态，威能也会随之大增。"

"原来如此。"计嘉羽了然。

对场域的操控力、对法则的认知和控制力的不同，就是星神和月神的差距了。

"那再往上呢？"计嘉羽问。

"你以为我是神吗？"聂岚浠转头，静静地看着计嘉羽。

"哈哈。"计嘉羽尴尬地笑了笑，转过头继续去看战场。

由场域凝聚而成的长枪在手，陈妙一没有将其投掷出去，而是冲向暴怒罪魔。她的速度极快，只是一眨眼，她便到了暴怒罪魔的面前。

在神圣澄海战斗力排第二的审判长面前，暴怒罪魔连反应的机会都没有，直接被陈妙一的右脚踩在脸上。紧跟着，她的长枪重重地直插而下，穿透了暴怒罪魔那狰狞的脸，黑色的血液飞溅，落到了陈妙一的脸上……

陈妙一双手握住长枪，飞快地连续突刺，但暴怒罪魔并没有因此而死，只见他浑身升腾起了黑色的雾气。雾气涌动间，竟修复了他的面部，当然，他的气息也变弱了一些。

修复归修复，代价归代价。

陈妙一与暴怒罪魔的战斗看似简单，实则双方的每一次攻击和防御都是在撼动法则。

计嘉羽修炼神圣之力，相当于踏上了神圣法则之路，因此他偶尔能听见一道道像是山峦落地的声音，那是神圣法则在剧烈波动。

"好强啊！"计嘉羽看着不远处的战斗，忍不住感慨。

"大天神之下，她能排在第一。"聂岚浠道，"她根本没用全力，她在压抑自己。"

"怕对手太弱不经打吗？"计嘉羽沉默了几秒钟后道。

"不是，真正的威胁还没来呢。"聂岚浠道。

"真正的威胁？"计嘉羽心中一凛。

"你仔细感受。"聂岚浠道。

"感受什么？"计嘉羽问。

"魔气。"聂岚浠道。

大概是猜到了计嘉羽接下来的问题，聂岚浠提前道："你可以感受到魔气的，至于方法嘛，别问我，问它。"

计嘉羽顺着聂岚浠的目光望向圣耀珠。

感知到计嘉羽的注视，圣耀珠再度绽放出璀璨的光芒，让正在与陈妙一激烈战斗的暴怒罪魔发出愤怒的吼叫，而他越是愤怒，则越是强大。

愤怒是他的力量来源，不只是他，整个神圣城中正在产生愤怒情绪的光明族人都在增强他的实力。

在正常情况下，他的魔气几乎不会断绝，他越来越强的实力会碾压对手，前提是对手没有强过他太多，而偏偏陈妙一就比他强了不止一倍。

陈妙一既是在戏耍暴怒罪魔，也是在拿他当饵。

计嘉羽听了聂岚浠的话，盯了圣耀珠片刻，忽然间，他听见了自己心脏怦然跳动的声音，听到了自己血液流动的哗啦声。正是他的血液，让他与圣耀珠之间产生了某种说不清道不明的联系，也正是他的血液，似乎在产生着一些信息，灌注到他的脑海里。他的双眼渐渐失去了焦距，他的精神力开始辐散出去。

也就是计嘉羽现在失神了，如果是在正常情况下，他肯定能感受得到自己一直以来都没怎么提升的精神力，竟然在高速提升。

精神力辐散、收缩，最终跨越千米的垂直距离，直达神圣广场。

此时的神圣广场上，光明族人自相残杀的情况依旧在继续发生。

计嘉羽的精神力观察着她们的状态，确定这些光明族人的确是受到了罪魔的影响。

数以十万计的光明族人状态各有不同，但总的来说分为五种类型，恰巧与七宗罪中的五个相对应——暴怒、嫉妒、傲慢、懒惰和贪婪。

唯独没有暴食和色欲！

计嘉羽恍然大悟，聂岚浠所说的真正的威胁，就是暴食罪魔和色欲罪魔吧！

他们一直没有出现，陈妙一就一直不敢也不能动用全力。

想必神圣教派的底牌也还覆着，没有掀开！

第 60 章

全场焦点

暴怒，让人们变得狂暴，没有理智。

嫉妒，让人们忍不住地排斥、贬低和仇视他人。

傲慢，让人们自视甚高，看不起他人，漠视和蔑视他人。

懒惰，让人们丧失挣扎的意志，哪怕死亡的危机变大，也依旧提不起劲来。

贪婪，让人们不懂得满足，想要夺取一切。

陷入这五种情绪中的光明族人在情绪的引导下，疯狂地自相残杀。

暴怒者在愤怒中不顾一切地杀人，她们毫不在意自身的伤势，满心都是滔天的怒火。

嫉妒者妒忌身边的每一个人，继而产生了针对、排斥对方的心理，战斗由此开启。

懒惰者在面对暴怒者和嫉妒者时，甚至不愿反击、抵挡，只会安心等死，死亡率极高。

贪婪、傲慢……五种原罪，五种情绪，让暴乱持续发生，使得神圣广场的上空产生了丝丝缕缕的魔气。那些魔气向五名罪魔汇聚而去，增强着他们的实力，扩大着他们的影响，使得神圣广场上光明族人的死亡率不断攀升。

在距离神圣广场约莫三公里远的一座宫殿中，十数名光明族人正围坐于桌前，激烈地讨论着。

她们身前的桌上摆放着一页页纸，上面是各方汇聚而来的伤亡数字。

"这样下去不行啊！"

"死伤人数太多了，我们的人根本无法有效地遏制罪魔造成的影响！"

"这也没办法啊，我们把能派出去的人全都派出去了！"

"月神呢？我们的月神呢？"

"魔族在这种关键时刻出手，你们以为真的只有派出罪魔那么简单吗？我们的月神都在你们不知道的地方战斗呢，她们那边的战斗才是最重要的，我们管好我们这边就行了。"

"审判长那么强，却被一个暴怒罪魔牵制住，我觉得不太正常啊！难道就没有其他办法找出色欲罪魔和暴食罪魔吗？"

"如果有的话，审判长还需要等吗？她一个人就能解决所有罪魔！"

"唉……"

看着越来越多的伤亡数字，现场的神圣教派智囊全都在叹息。这次计划，无论最终结果如何，对于那些死亡的光明族人和她们的家庭来说，都是失败的。

这些神圣教派智囊现在要做的，就是尽量减少伤亡。

"要是执掌者出现了就好了。"忽然有人说了一句。

"是啊。"好几道附和声响起。

七神珠中，圣耀珠最为擅长寻觅魔的气息，对魔的压制性也最强。如果有人执掌了它，必然可以通过它找出潜藏在暗中的色欲罪魔和暴食罪魔，继而终结这一场战斗。

"应该马上就要轮到苏梦梦了吧？"

"这么多年的努力，终于要在她的身上得到回报了吗？"

此时此刻，不只是一地的神圣教派智囊，所有知晓苏梦梦潜力的光明族人，都将她当作一个不小的希望。

当然，光明族人心中最大的希望，自然还是神圣裁判所的审判长，大先知手中的审判之剑陈妙一。如果不是色欲罪魔和暴食罪魔有特殊的潜藏之法，现在必然已经被陈妙一给斩了！

神禁之地中，战斗仍在继续。

这时，几位明神和众多明圣已经清闲下来了。自从陈妙一到来以后，就没她们什么事了，于是她们一边守护着选拔者们去进行执掌者仪式，一边分心监视周雪，还有两名明神在观察着西明神的情况。直到现在，她们都不相信西明神已经被操控了。

虽然可能性不大，而且这件事的严重性很可怕，但一想到连神圣城中都能潜伏魔族月神，以及为数众多的魔，也就不奇怪了。

凡事只要牵扯上魔族，出现什么意外都不奇怪。

陈妙一则几乎在折磨暴怒罪魔。无论暴怒罪魔如何暴怒，如何吸纳暴怒情绪变得更强大，在陈妙一的手下都像个孩子般脆弱，看得计嘉羽几乎有些发呆。

这种实力简直可怕！

他每秒钟都能感受得到虚空中有无形的法则在剧烈地震颤，正是那些法则的力量让暴怒罪魔只能无能地狂呼。

但这样下去始终是不行的，暴怒罪魔再被折磨，状态再惨，暴食罪魔和色欲罪魔都一直没有出现。

"快了。"聂岚浠道。

计嘉羽也猜到了。

罪魔出现是因为什么？是因为执掌者即将诞生，而在场的众人里，谁成为执掌者的概率最大？

苏梦梦。

等到她去尝试执掌圣耀珠的时候，想必也就是暴食罪魔和色欲罪魔出手的时候了。陈妙一和王音岚明神也正在等那一刻。

"你也要准备了。"聂岚浠道。

"嗯。"计嘉羽有些紧张。

聂岚浠坚定地相信着计嘉羽才是执掌者，不过计嘉羽自己不太信。毕竟这太梦幻了，光明族几十年来努力寻找的宝物主人竟然是他，这想想都有些不可思议。

伴着倒数第二名选拔者失败，现场所有选拔者中，只剩下苏梦梦了。

这个一直以来被寄予厚望的女孩子，从圣耀世界出来后，更是吸引了神圣教派绝大多数高层的注意，而此时的她却并不是那么自信。

特别是在王音岚告诉了她现状，使她明白自身即将有可能肩负重任的时候，她心里却有些忐忑。她清楚地知道圣耀世界破碎前，那圣耀珠虚影根本就不是她召唤出来的，可是事已至此，她也没有退路了。

不只是现场的明圣、明神在看着她，神圣教派的许多高层也通过神圣秘法在神禁之地外关注着她。这一刻，无数双眼睛落在她的身上。

选拔者计划，数十年无数光明族人的努力，这场由魔族掀起的巨大危机，都将落在她这个执掌者的肩上。

但她真的是那个执掌者吗？

苏梦梦深吸了一口气，不再多想了，毕竟现在想再多又有什么用呢？是与不是，只在双手触碰圣耀珠之间。于是，下一秒，她在心里坚定地和自己说了几句"我是我是我是"之后，便缓缓伸出双手，将圣耀珠握住了。

刺目的金色光芒向着四面八方横扫而去，被金色光芒照耀到的暴怒罪魔发出了震耳欲聋的惨叫声！

第 61 章

真正的目标

暴怒罪魔的惨叫声如同冲锋的号角，让一道魔影顷刻间从地面穿透下来。千米厚的土层中数不清的神圣结界被其一一击破，仿佛纸糊的一般脆弱。但实际上当然不是，只不过那道魔影携带了数目惊人的魔器，在他穿越千米距离时，不断以损耗强大的魔器为代价来冲破神圣结界的防御。

几乎眨眼间，他便来到了神禁之地，来到了苏梦梦的身前。

从表面上看，他几乎和人族没有任何差别。

他长了一张中性的脸，可以说他俊美，也可以说他秀美；他有一头粉色的头发，金色的双瞳，穿着一身白色的长袍，整个人从外表看根本看不出是一个魔。

一个控制色欲的魔。

但从他出现的那一刻起，现场的所有明圣、选拔者就开始目眩神摇起来，他们看向色欲罪魔的时候，呼吸逐渐变得粗重，眼睛也红了起来。

就连明神级强者也受到了不小的影响，产生了一种想得到色欲罪魔的念头。

可当他们产生这种念头的时候，色欲罪魔又分明传递给他们一个奇特的信息，那就是他们是得不到他的。

于是，明圣和选拔者们纷纷急切地转头四顾。当他们看到自己中意的长相时，再度陷入了"色欲熏心"的状态。他们迫切地想得到自己喜欢的人，如果得不到，那也不能让别人得到，活的可以，死的也没差。

计嘉羽和聂岚浠离得不算远，但他们并没有受到色欲罪魔的影响，这不禁让计嘉羽越发惊奇于聂岚浠的能力。

到底是什么样的实力，什么样的能力，才可以屏蔽明神的视线和感知，还是一位在神圣澄海仅次于大先知的月神级强者？

简直不可思议！

色欲罪魔一到来，原本还安然的明圣、选拔者便陷入了危险当中。而几位明神在察觉到他们的状态后，并没有第一时间去救他们，而是纷纷朝着色欲罪魔冲了过去。

此时此刻，保护苏梦梦才是第一要务！

在苏梦梦的手下，圣耀珠简直像太阳一样耀眼，这几乎证实了众人心中她是执掌者的猜想。

就连计嘉羽都产生了这样的想法。

"是我不够好看吗？非得看他们？"

正在这时，陈妙一的声音忽然炸响在所有选拔者和明圣的耳中，冲散了他们耳畔的低语。

在庞大的精神力的影响下，这些选拔者和明圣纷纷从被色欲罪魔影响的状态中反应过来，逐渐变得清醒。

另一边，陈妙一直接一枪插中暴怒罪魔的左眼，将他钉在了地面上，紧跟着，她一个闪身出现在苏梦梦的身前，直视眼前的色欲罪魔。

色欲罪魔身体周围弥漫着一层淡不可见的粉红色雾气，细看的话，会发现那些雾气竟是一个个或美貌或帅气的光明族人。雾气呼啸着组成一条粉红之河，向面前的陈妙一吹去。但陈妙一只是轻轻一吹，那条粉红之河便消散一空。

陈妙一伸手摘下左耳上那只镰刀耳环，极刑之镰，然后将月神级的神圣之力疯狂灌注其中。

短短一刹那，极刑之镰便变大到一人高。陈妙一双手持着极刑之镰，直接轻轻一划，一道金色刀痕便划破了空间。

漆黑的空间释放出了乱流，瞬间便把色欲罪魔给切割成了碎片，但色欲罪魔的复原能力极快，短短两三秒后就又恢复成了原样，然后陈妙一再度挥动极刑之镰，用空间乱流去消耗、削弱他。

在色欲罪魔复原的期间，陈妙一还不忘加深对暴怒罪魔的压制。

直到此时，陈妙一都还没动用全力，没把注意力完全放在暴怒罪魔和色欲罪魔身上，因为还有暴食罪魔没有现身，而最后现身的，必然是威胁性最大的。

"安心。"陈妙一看着苏梦梦，微微笑了笑。

双掌覆在圣耀珠上的苏梦梦，没来由地觉得一阵心安。

此时的圣耀珠正散发出一股强大的吸力，从苏梦梦体内吸出了一股能量。那股能量平时潜伏在苏梦梦体内，她从未感知到过，也不知道具体是什么。

正是在那股能量的注入之下，圣耀珠才爆发出了惊天的光芒。

而且，圣耀珠越来越亮，对暴怒罪魔和色欲罪魔的压制作用也越来越强。不过，苏梦梦明显能感觉到圣耀珠需求的能量极多，而她自身的那点能量是满足不了它的，再过不久，等它的亮度达到巅峰后，它便会由盛转衰，她也会丧失"最有可能执掌圣耀珠的人族"的头衔。

圣耀珠大放光芒，让王音岚等人激动无比，可是黑暗中，暴食罪魔却一直没有出现。

看来他在等，也不知道他在等什么。

"她快要不行了。"望着不远处的苏梦梦，聂岚浠忽然道。

"这你也能看出来？"计嘉羽已经不惊讶了，单纯只是问。

"嗯。"聂岚浠点了点头。

她微微抬起右手，远处的圣耀珠竟轻微地移动了一下，同时，有蛋壳破碎似的声音响起。听到那道声音，现场所有明圣、明神全都惊讶了。

只有陈妙一依然神色平静。

就连暴怒罪魔和色欲罪魔都愣了一下，心中思绪纷乱，他们在想：不会搞错了吧？

苏梦梦本人感觉到圣耀珠的移动，也惊讶了一下，旋即心里产生了一个念头。

"是他？"

之前在圣耀世界内时，有人借助她的手让圣耀珠虚影显现了出来，刚才她又有了同样的感受，联想到消失无踪的计嘉羽和聂岚浠，她心中有了猜测。

不过，他们不是死了吗？

计嘉羽和聂岚浠的死，可是在众多选拔者里引起了轰动的，毕竟，在圣耀世界中，计嘉羽可是收获了不少震撼的目光和好感的。聂岚浠虽出现的时间短，但也给众多选拔者留下了深刻的印象。

也正是在圣耀珠移动的下一秒钟，计嘉羽和聂岚浠两人同时感觉到身体周围的魔气在急剧增加。

一个巨大的黑影出现在了他们的身后。

聂岚浠再也维持不住平静的神色，计嘉羽也感受到了死亡的威胁。

只有陈妙一，依旧是那么平静。

第 62 章

定罪

蓦然间，陈妙一转头看向计嘉羽，看到了他身后那庞大的黑影。

"她能看见我们？"聂岚浠有那么一瞬间觉得惊讶，心中产生了一丝危机感，但这一丝危机感很快便又散去了，因为她很清楚，陈妙一不会他们产生威胁。

只不过，陈妙一隐藏得好深啊！

"暴食罪魔！"

虽然黑影在计嘉羽的身后，计嘉羽没看见黑影，但是计嘉羽那增强过的精神力已经勾勒出了黑影的形态。那是一个有着尖嘴的巨大怪物，微微张开的嘴中可以看到乱七八糟的尖牙，牙齿的缝隙间还残留有血肉，恐怖至极。一股口臭带着死亡的威胁扑面而来，让计嘉羽几乎窒息。

正在这时，陈妙一出现在了计嘉羽的身后，远处把暴怒罪魔钉在地上动弹不得的场域长枪突然消失，又突然出现在她手中。接着，长枪扭曲，化作一个圆形的小球，朝着暴食罪魔的尖嘴中飞去。

暴食罪魔来不及闪躲，把小球含在了口中，紧跟着，小球瞬间膨胀，把暴食罪魔的尖嘴撑破，继而爆炸，散发出透明的波纹，如同流动的河流一般把暴食罪魔、暴怒罪魔和色欲罪魔笼罩了。

神圣澄海这位地位、实力仅次于大先知的审判长的场域，真正地爆发了威能！

月神场域覆盖三名罪魔后，一道冲天的光柱从他们所在的位置升腾而起，撞击在神禁之地的天花板后，轰然炸碎，散向四周，后又如雨般坠落，顷刻间形成了一个金字塔形的场域牢狱。

牢狱之中，一个个镰刀形状的印记浮现，如春天的飞花似的散落而下，落在三名罪魔身上后，印刻在其魔躯、骨骼之上。

下一秒，那印记所在之处，有金色的火焰轰然燃烧，三名罪魔顿时发出了凄惨的叫声。他们分别以魔气震动魔之途径所代表的法则，想施展场域，可是他们只是罪魔的三个形体，无法构成完整的场域，根本抗衡不了一个巅峰级月神的场域。

"好强！"

被陈妙一挡在身后的计嘉羽看着身前的女子，无法想象她那个小小的身躯里是如何容纳这么庞大的力量的。

然而，让他惊讶的事还在后面。

在金字塔形牢狱形成后不久，三名罪魔身上的魔气居然飘散出来，有被神圣之力净化的迹象，而且趋势越来越明显。而借助他们那被净化的魔气，陈妙一的金字塔形牢狱继续散发出璀璨的金光，金光穿透了泥土，直达地面，把其他四名罪魔也都笼罩了。

尽管相隔上万米甚至数十万米远，她的场域就那么令人不可思议地笼罩了他们。

如果此时从天穹上俯瞰下方，就会发现陈妙一的神圣之力升腾起的光柱就像天上的星辰，虽然相隔极远，却能构成奇特的形状，有着说不出来的美感和恐怖的威能。

"好厉害……"

计嘉羽已然无言，心头一片火热。

如果他也有这种实力，何愁目标不能达到？

神禁之地的战争逐渐显现在世人的眼中，无数光明族人看到那璀璨圣光后，都意识到是审判长出手了。

　　毕竟，陈妙一的场域能力几乎尽人皆知。

　　陈妙一成为审判长已经有上百年之久了，在这上百年里，她化身数十个角色，在神圣澄海留下了惊人的传说，可谓是神圣教派高层中最不神秘的一个了。

　　她的场域，名为救赎。在她的操控下，救赎场域能够施展多种能力，其中排名前三的一个能力名为定罪。一旦被其定罪锁定，神圣之力便会以神圣法则为跳板，到达神圣澄海任何一个区域，将目标困缚，继而予以击杀。

　　如此磅礴的神圣之力，如此强大的精准定位能力，毫无疑问，是审判长出手了！

　　无数受灾、受难，抑或是只能看着族人们受苦的光明族人开始欢呼。

　　审判长出手，大天神之下，无人是其对手。

　　这里是神圣澄海，可是光明族人的主场！

　　普通的光明族人对陈妙一的出手欢呼雀跃，但知晓内情的高层却没有把这当回事。陈妙一击败罪魔那是理所应当的事，她们现在最关注的还是苏梦梦。

　　苏梦梦还没有成功执掌圣耀珠！

　　此时此刻，神禁之地中，圣耀珠前。

　　苏梦梦逐渐感到虚弱，体内那神异的能量在消退，圣耀珠的光芒也在收敛。

　　许多光明族人隔着遥远的距离看到这一幕，纷纷有些失望。

　　苏梦梦是那个最有可能执掌圣耀珠的人，如果连她都无法执掌圣耀珠的话，那还有谁可以？没人！

执行了几十年的选拔者计划，上百万人的努力，难道就这么白费了？

她们不愿相信，还在等待奇迹的发生。直到此时，她们仍然没看到神禁之地入口处的计嘉羽和聂岚浠，不仅远处的人没看到，就连神禁之地内的明神、明圣以及选拔者也没看到。

只有陈妙一看到了，也只有她依旧信心坚定。事实上，从一开始，她就只把希望放在计嘉羽的身上，她从一开始也只想保护计嘉羽，所以直到现在她还是没有尽全力。

在她以一己之力压制罪魔的七个形体的时候，七个形体有溃散然后合体的趋势。毕竟想杀死一个十一阶月神，哪怕是在主场，哪怕是陈妙一，也不是那么轻松的事。

"啊！"在罪魔所在的区域，爆发了七道震耳欲聋的吼声。

罪魔那逐渐被圣光化的躯体飞快化作细小的黑点，融入虚空中某种特殊的法则，短短几秒钟后便消失不见。

与此同时，在神圣广场之上，一个十几米高的魔影浮现。他有着七个巨大的头，每一个都是不同的形态，有愤怒之态，有嫉妒之态，有色欲之态……

在他出现的那一瞬间，整个神圣广场上的魔气顿时开始肆虐。

天穹上，一个光罩若隐若现。只见点点金光在光罩上汇聚，降下了一道璀璨的金色光柱，光柱瞬间击中罪魔，却只能在其体表的鳞甲上留下些许金色的痕迹。

法蓝星上，任何大国的首都都有结界守护，但这些结界大多是防止外部敌人入侵的，很少有用来击杀内部敌人的。

想解决这个麻烦，还得看神圣澄海的守卫者们。

第 63 章

死亡污染

"卑微的蝼蚁，臣服于我吧。"沐浴着金色的神光，有着七个头颅的罪魔俯视着下方的光明族人，发出了低沉的声音。声音所过之处，无数光明族人的心灵受到影响，她们的暴怒、嫉妒、傲慢、懒惰等情绪在不断加深，而且声音的影响范围扩大了数十平方公里。距离越近，影响越大，距离越远，影响越小。

眼看着族人受到罪魔的影响，有明神级强者试图利用自身的场域去抵御和消除那些影响。距离罪魔远的稍有用处，但距离他较近的，那些直视过他的双眼的光明族人，彻彻底底地沦为了他的奴隶，哪怕是陈妙一都没办法让她们恢复正常。

在罪魔的操控下，她们不只是自相残杀，还在大肆破坏城中的建筑物，整个神圣城一片混乱。

神禁之地中的陈妙一也来到了地面上，和罪魔对峙、厮杀。

望着陈妙一走时残留的金光，计嘉羽脑海中不断回响着她走时留下的话语。

"找准机会，不要犹豫，你才是真正的圣耀珠执掌者。"

陈妙一的话证实了聂岚浠的言语，也让计嘉羽越发感到责任重大，内心有些忐忑紧张。

不远处，苏梦梦身前的圣耀珠已经彻底失去了光泽，化作灰色的石头模样。

所有目睹这一幕的光明族人大失所望，心中的信仰有崩塌的迹象。

这就是大先知布局了数十年的计划的最终结果吗？这样的失败，这一切付出，值得吗？

光明族人们因为苏梦梦的失败而变得失望，然而苏梦梦自己却很淡然，她从一开始就知道自己不是那个人，尽管她有过些许期待，但心底深处还是很清楚的。

没有过多的期待，也就不会太失望。

苏梦梦退开后，全场一片死寂。

神圣城中，诸多或雄伟或普通的建筑物内，神圣教派的一众智囊有些不相信。

"真的就是这样了吗？"

"我还等着苏梦梦执掌了圣耀珠后，把她们救回来呢。"

"她不是都召唤出圣耀珠虚影了吗？她的契合度也达到百分之九十九了啊，这样都不行吗？"

"……"

"我们当初走这条路，真的是对的吗？"

一众智囊在质疑，在反思，在烦恼。

神圣广场上，陈妙一双手持着极刑之镰不断挥动，划破空间，利用空间乱流伤害罪魔的身躯，但罪魔却始终能靠汲取光明族人的负面情绪恢复过来。

其间双方的战斗无可避免地波及了光明族人，然而陈妙一却没有丝毫收手的意思，不小心伤害了光明族人的时候，表面神色也是平静的。

她心里清楚，许多光明族人都清楚，这是杀死罪魔必须付出的代价。

想要毫无代价地杀死罪魔，那是不可能的事情。

陈妙一终究还是比罪魔强很多，而且罪魔似乎缺失了一些什么，他空有磅礴的魔气和深入本能的战斗经验，却有些蠢，像是没有智慧一样。

渐渐地，陈妙一对罪魔的伤害变成了永久性的。

在神圣城结界和其他明神的偶尔支持下，陈妙一将罪魔的傲慢头颅给斩落了。这一次，他再也无法用魔气再造头颅了。

他疲惫了，他的魔气快要耗尽了。

可是，当傲慢头颅掉落地面后的第二分钟，竟化作腥臭漆黑的污水渗入了地底，向四面八方扩散，再流入脚踩着地面的光明族人身上。原本只是情绪受到影响的光明族人立刻发出恐怖的尖叫声，她们的身躯上长出了鳞甲，额上长出了尖角，脸庞变得狰狞可怖，浑身弥散着令人作呕的魔气。

"魔化！"一些明圣、明神看到这一幕，心一沉。

魔化，通常是强大的魔死亡后，他血液中的特殊因子导致的改变，是肌肤的改变、骨骼的改变，也是精神力的改变，更是彻彻底底的改变。

一旦魔化，几乎没有回旋余地。

可是，魔化他族人不是要靠魔族血液吗？不是要到月神巅峰吗？不是要有强大的魔气催动吗？为什么罪魔的头颅化作的污水也可以？他明明面临死亡，而且他的血液也被陈妙一的极刑之镰和神圣之光蒸发了百分之九十。

可是不管怎样，现实就是这样，魔化现象发生了，而且还在继续蔓延。

短短几十秒的时间，数以千计的光明族人被魔化，像是一具具行尸走肉，对同族发起了攻击。她们被杀死后，还会化作魔气反馈到罪魔的身上，增加他的魔气。

"你死后，我要把你的灵魂拿去灼烧三百年、三千年、三万年。"

陈妙一的神色依旧平静，但是口吻变了，语气极度冰冷，压抑着愤怒。

七头罪魔，不对，六头罪魔不说话，只是发出六种不同的嗤笑声。

接下来，陈妙一在攻击罪魔的时候，特别注意不让他的血液落在地面上，尽可能用神圣火焰去烧毁、蒸发，可作用并不大，哪怕她的神圣火焰是由月神级的神圣之力形成的，也依旧无法把罪魔的血液烧尽。

他的血液中的特殊因子顺着魔兽星入侵法蓝星的法则，蔓延到神圣城各个角落，如同附骨之疽一般难以消除。

"我的死亡污染怎么样？"一道低沉的魔音忽然在陈妙一的耳中响起。

陈妙一望向六头罪魔，他的六个头颅都没有开口。

"我早就死了，现在的身躯不过是数百年前的尸体而已，再杀死我，也没什么意义。倒是你，看着你的族人一个个魔化死去，心情如何？哈哈哈哈……

"卑微的法蓝星蝼蚁，早早臣服于我们伟大的魔族，尚有一线生机，不要再冥顽不灵了。"

面对不知从哪里传来的声音，陈妙一不为所动，手中的极刑之镰挥动间，空间破碎，乱流肆虐。六头罪魔的身躯被切割出一条条伤痕，惨叫声不断响起。

"去死吧。"陈妙一轻声道。

"死？那我就死给你看，哈哈哈哈……"

六头罪魔发出狂笑，魔躯轰然崩碎，化作腥臭的黑色污水，从天而降。黑水穿透了场域，穿透了结界，落在神圣城的各个角落。

接着，它们汇聚成水流，流入了神圣城的下水道系统，有意识一般向城外的河道流去。

第 64 章

执掌

"糟了!"

神圣城中，到处都有明圣、明神布置的结界和圣术，其中一部分可以记录场景和声音，再投射于圣光之上，同时有专门的光明族人通过投射的场景、声音监控全城，保护民众的安全。

就在刚才，她们看到数不尽的黑色污水流向城市各处和城外，而黑色污水又可以令光明族人魔化，且魔化者也会稍微影响其他光明族人。如果任由黑色污水流入河流，流入水库，流入海洋的话，整个神圣王国都将受到重创。

不得不说，在无法完成原有目标的情况下，六头罪魔这个与光明族同归于尽的行为给光明族带来了巨大的打击。

陈妙一神色一变，旋即引动神圣之力并提高它们的浓度，让它们化作水流，向黑色污水流淌的方向追去。

神圣之力所过之处，覆盖了黑色污水，或将其消除，或与其融为一体，化作非金非黑的颜色。

看得出来，即便陈妙一是十一阶巅峰月神，面对六头罪魔同归于尽的招数，也没办法轻松应对。

她只能延缓污水的扩散，并尽可能地减少黑色污水的影响。那是一名十一阶魔神以生命为代价凝出的污染物，一旦沾染，先不说人，那片土地可能都会成为恶土。

不少光明族人看到这一幕，内心几乎绝望。这要是一个处理不好，神圣城恐怕都会被毁掉。

其实，如果圣耀珠被成功执掌的话，这件事根本就不算事儿，圣耀珠有净化能力，特别是针对魔族的污染和毒素。

只不过，连苏梦梦都失败了，执掌圣耀珠的计划也便成了泡影。

黑色污水顺水而下，飞快地影响着无数光明族人，魔化后的光明族人开始大肆破坏城建，或是自相残杀，她们的血液同样具备一定的污染性，残留在地面上，难以消除。

陈妙一一边控制黑色污水，一边在神禁之地中凝聚出了一个神圣之力分身。

对于她这种月神来说，凝聚出一个分身的难度相当于打个响指。

而当计嘉羽看见能量体的陈妙一时，还没做出任何反应，陈妙一便道："差不多了。"

一旁的聂岚浠也冲计嘉羽点了点头。

计嘉羽听了陈妙一的话，看到聂岚浠的动作，转头望了望不远处像灰色石头一样的圣耀珠，心中不免有些紧张。

终于到这一刻了。

"我应该怎么做呢？"虽然已经亲眼看过许多选拔者演示了，但计嘉羽还是担心，怕其中有什么他不知道的奥妙。

"用手触碰它就行。"陈妙一道。

"好吧……"计嘉羽深吸了一口气，缓步朝圣耀珠走去。

这次，聂岚浠没跟着他。

就在他走出聂岚浠身前十米的范围时，神禁之地中的明神、明圣、选拔者突然看见了他，继而陷入了震惊当中。

须知，现场的众多选拔者，每一个都认识计嘉羽，毕竟他在圣耀世界里可是闹出了相当大的动静的。

现场的明神、明圣也认识计嘉羽，因为他在测试契合度时看见了圣耀珠守护者的事，也让她们非常上心。

但这种上心都随着不久前发生的一场巨大的爆炸消失了，所有人都以为计嘉羽和聂岚浠已经死在了光明至上教派的袭杀之下，然而现在，计嘉羽却突兀地来到了神禁之地，仿佛一个鬼神。

"嘉羽！"叶子航和丁鹿两人最是惊喜，也最先反应过来，都忍不住跑向计嘉羽。

"你果然还活着！我就知道你肯定不会死的！"丁鹿的眼圈都红了。

"你没事吧，计神？"叶子航上下仔细打量着计嘉羽的身体，就差上手去摸了。

"没事，看到你们没事，我也就放心了。"计嘉羽笑道。

"你知道吗？你这个口吻有点像老奶奶。"叶子航眼圈也有些红，忙挥了挥手道。

"所以，之前到底发生了什么啊？你怎么会突然来到这里？"丁鹿倒是很快就收拾好了自己的情绪，问道。

"这些之后再说吧，现在不是时候。"计嘉羽道。

他指了指不远处的圣耀珠："我现在要去试试，看看能不能执掌它。"

丁鹿和叶子航转头看去，旋即回头，精神振奋。他们虽然跟计嘉羽相处的时间不长，但始终都相信计嘉羽才是那个最有可能创造奇迹的人。

而在王音岚等明神、明圣看来，计嘉羽则是最后的希望，但她们也并没有抱太大的希望，毕竟连召唤出了圣耀珠虚影的苏梦梦都失败了，计嘉羽成功执掌圣耀珠的概率实在是小之又小。

如果给他足够的时间，他未必不能创造奇迹，可圣耀珠能量的枯竭实在是来得太突然了。

不过，不管怎么说，他的到来算是给了无数绝望的光明族人最后的一丝希望。

"加油。"苏梦梦也走近计嘉羽，轻声说道。

她虽然一直被蒙在鼓里，但大概猜得出来，她身上发生的好几次异常事件都跟计嘉羽有关，都跟那个金瞳女子有关。

说起金瞳女子，她也突兀地出现在了神禁之地，吸引了众多明神、明圣、选拔者的注意。

就在他们议论纷纷之际，计嘉羽终于来到了圣耀珠的面前。

看着近在咫尺的灰色石珠，计嘉羽心跳开始加快，呼吸的频率都略有些混乱。他深吸了一口气，又转头看了一眼聂岚浠，好不容易平复了心情，这才伸出双手，朝着圣耀珠按去。

当他的手掌碰到圣耀珠的那一刻，圣耀珠绽放出了万丈光芒。这种万丈光芒刚刚才出现在苏梦梦手里，所以大家虽然惊讶，却也没有太过震惊，只是隐隐有些期待。

金色光芒持续迸发，横扫了整个神禁之地，穿透土层，直达地面。

不时有"嗞嗞嗞"的声音响起。听着声音，看着光幕，许多光明族人发现，计嘉羽引发的圣耀珠光芒竟把罪魔的黑色污水给净化了。

她们不禁有些期待，要是金光覆盖的范围能再大一些就好了。

不过，就在她们刚刚产生这种念头的时候，意外陡生！

距离计嘉羽只有十几米远的苏梦梦忽地闪现到计嘉羽的身前，她的身躯眨眼间便被黑色的鳞甲覆盖了，眼睛化作竖瞳，身体周围魔气弥漫。

她双手一按，直接把计嘉羽右臂上的肌肉都按得塌陷了。

第 65 章

图穷匕见

一瞬间发生的变故让所有人都始料未及。如果说在场谁有可能被魔所附身、操控，就算是王音岚，是其他明神，也绝不可能是苏梦梦，毕竟她刚刚才触摸过圣耀珠，刚刚才尝试过执掌它。

因为正常来说，她要是被魔所附身、操控，肯定会被圣耀珠净化的。

可眼前发生的事让每一个人都惊呆了。

计嘉羽也没反应过来，聂岚浠和陈妙一都怔住了。

不得不说，这次偷袭太到位了。

苏梦梦的形体还在继续变化，气势、气息也在飙升。随着她变得越来越强大，计嘉羽的肩膀处也有了骨裂之声响起，他忍不住发出了一声惨叫。

惨叫声把现场众人给唤醒了过来。下一秒钟，苏梦梦的右脚狠狠地一跺，一圈肉眼可见的冲击波顿时朝着四面八方扩散而去。冲击波内携带着大量的魔气，把明神都给掀飞了，与此同时，冲击波震散了陈妙一的分身，继续向远方扩散。

仅从这圈冲击波来看，苏梦梦此时就具备着月神级的力量。冲击波横扫了小半座神圣城，那些疯狂涌动的黑色污水仿佛受到了召唤，竟尽数深入泥土中，倒流向神禁之地。

"哗啦啦"，顷刻间，神禁之地便下起了黑色的暴雨。

其中一位明神当即撑开场域，为选拔者和明圣们遮风挡雨，其他几位明神则再度朝着计嘉羽冲了过去。

"轰！"低沉的爆炸声响起，陈妙一从地面上赶来。她面色铁青，似乎是难以接受这一情况。

这不对劲！非常不对劲！

罪魔居然是在诈死，他用诈死转移了全城上下所有人的注意力，但实际上，他的目标从未改变过，那就是计嘉羽。

他是怎么知道计嘉羽就是那个人的？要知道，整个神圣教派高层中，也没几个人知道。

是的，许多人都不知道，包括计嘉羽自己都不知道，他从当初被找到开始，就被神圣教派高层视为极有可能执掌圣耀珠的人之一。

其实陈妙一也不是特别清楚计嘉羽为什么就是那个人，但这件事是大先知告诉她的，所以她就无条件地相信了。

知道是计嘉羽后，接下来的事情就好办了，无非就是找到他，然后带他回神圣澄海。

陈妙一本来还以为自己会费一番力气才能把计嘉羽带回神圣澄海，但发生在计嘉羽身上的不幸让她省了一番力气。

虽然知道那个人极有可能是计嘉羽，但大先知和陈妙一也不敢给予他特殊待遇，害怕有心人或魔族找到他，做一些不利于他的事情。

另外，她和大先知也想利用计嘉羽来引出一些人。

首先自然是光明至上教派的人。

光明至上教派自创立以来，就对神圣王国的秩序造成了极大的破坏，前些年还比较克制，所以神圣教派也就没有下狠手，但近些年，随着光明至上教派成员越来越过分，神圣教派也越发不能容忍了。

只不过，神圣教派高层直到下决心要打击光明至上教派，才发现在这几十年的时间里，光明至上教派的势力已经庞大到无法轻易铲除的地步了。

上到神圣教派，下到普通民众，全都有他们的成员，甚至连神圣教派的许多行动都被泄露给了光明至上教派，导致多次行动失败。

据陈妙一所知，在神圣澄海并不多的月神级强者中，似乎都有光明至上教派的成员，其实倒也不能说是成员吧，只是支持"光明至上"的理念。

在这种情况下，光明至上教派已经成了神圣澄海的顽疾，必须尽可能将其铲除，而计嘉羽就是这么一个契机。

除了要铲除光明至上教派外，潜伏在神圣澄海的魔族，也是神圣教派要铲除的目标。

比起光明至上教派，魔族的威胁显然更大。

大先知一开始就知道当初大灾变结束后，魔族有在神圣澄海布局，整个神圣澄海可不止罪魔这么一个月神。如果只有他一个的话，神圣城也不至于遭受这样的灾难了。

现在整个神圣澄海的神圣教派高层都被动员了，许多城市都在爆发大战，荒野林间更有月神在厮杀。

总之，计嘉羽的身份是一个保密性相当高的情报，但现在罪魔却用实际行动告诉陈妙一，他从一开始就只把计嘉羽当成目标，无论是最初的七个形体，对苏梦梦的偷袭，还是在神圣城上凝聚身躯，假死化作黑色污水散入地底，这一切都是在等眼下这一刻——杀死计嘉羽。

"啊！"计嘉羽的惨叫声在继续，他的身旁，被罪魔附身的苏梦梦正在加大魔气的输出。

其实，按照她月神级的战斗力，正常来说计嘉羽应该早就死了，幸好计嘉羽的双手按住了圣耀珠，而圣耀珠散发的光芒又能削弱罪魔的实力，同时赋予计嘉羽一种抵御魔气的力量。

可即便如此，计嘉羽也快坚持不住了。

要知道，他面对的可是月神级的魔啊！然而他又能怎么办呢？他只是一个明尊而已。

此时此刻，计嘉羽感觉自己体内有种特殊的能量正朝着圣耀珠汇去，一同汇去的，还有他血管中奔流的血液。他的血液覆盖在圣耀珠上后，让它染上了一层红色，发出了红光，红光与金光混杂，越发助长了光芒的威能。

计嘉羽的眼前有幻影浮现，一幕幕曾被圣耀珠照耀过的场景呈现在他的眼前。渐渐地，他感受不到肩膀的疼痛了，沉浸在那些画面中。

伴着他眼神的迷离，身躯的放松，不远处的聂岚浠神色凝重。她看得出来，计嘉羽已经失去了抵抗能力。

在这种情况下，他没办法自救，只能靠外力，然而所有明神都被拦住了，陈妙一也在赶来的途中。能救计嘉羽的，似乎只有她了。

罪魔应该没有把她放在眼里，只是，她要这么做吗？

聂岚浠静静地看着计嘉羽，看着那个她唯一能看到的人。

从小到大，她的双眼之中便是一片金色，她没见过自己的父母，没见过自己儿时的玩伴，没见过高山、湖泊、大海、天空，她以为自己此生都看不见东西了，但万万没想到，计嘉羽出现了，照亮了她的世界。

这样一个人，她要去救吗？

第 66 章

聂岚浠

诚如计嘉羽所知，聂岚浠是一个人族和光明族的混血儿。她出生在一个普通的家庭，但她的父母并不普通。她的父亲本是蓝域一位大人物，但因国家高层的倾轧，不得已来到神圣澄海，隐居在启明城附近一个人族村落中。

虽然光明族同意人族创建启明城，但那是在创建者、居住者都是选拔者的前提下，是在选拔者为光明族付出过的前提下。

聂岚浠的父亲可并不是选拔者。而事实上，类似聂岚浠父亲这样的人，神圣澄海有不少。毕竟，神圣澄海离蓝域很近，是蓝域一些流亡者的优先选择地。

神圣澄海也有相应的机构专门追捕这些流亡者，大多数情况都只是把他们遣送回蓝域，但也有极少数负隅顽抗者被就地击杀。

聂岚浠的母亲就是那样一个机构的追捕者。

故事其实很简单，在几个月时间里，聂岚浠的父母一个抓捕，一个逃避，两人有所来往，而后相爱，再之后便诞下了聂岚浠。

自两人相爱到双双死去，他们都隐姓埋名，低调生活，特别是在他们的女儿极度特殊的情况下。

聂岚浠的双目失明是天生的，其实也算不上失明，只不过是聂岚浠生来便具备超强的神圣之力。那些神圣之力蔓延至她全身的每一个微小之处，包括她的双眼，这也就导致她的眼睛只能够看见神圣之力。

在神圣澄海的历史上，有这样的神圣天赋的人屈指可数，而现任大先知便是其中之一。

这种只能感知到神圣之力的能力，被称为神圣视界。毫无疑问，这是一种恩赐，也是一种诅咒。

说出来许多光明族人可能不敢相信，聂岚浠出生的时候就已经具备四阶明尊的实力了，而伴着年纪的增长，她三岁的时候就是五阶了，六岁的时候六阶，八岁的时候就自然而然地突破到了七阶。

这还是聂岚浠的父母极力帮她压制神圣之力提升的结果。他们两人的身份太特殊了，聂岚浠的出生本就是个错误，再加上她的天赋，很可能会导致神圣教派高层对她有其他想法。

碍于这种种原因，聂岚浠的父母不愿让她修炼，也不愿意让她曝光自身的天赋和能力，除非她有能力消除一切危险。

但这基本不大可能。

按照聂岚浠父母的猜想，神圣教派的某些月神不太可能接受这么一个天赋卓绝的混血儿。要知道，大先知向来是不在意这些的，要是大先知真的愿意倾囊相授，往后神圣教派落入混血儿之手可怎么办？

这可是比计嘉羽执掌圣耀珠更可怕的事。圣耀珠只是一件神物，而大先知的位置则是一整个神圣王国的根基。

总之，在这种低调的生活下，聂岚浠平平安安地长大了，直到前些年，聂岚浠的父母双双死去。

他们的死不是因为外力，但也绝非偶然。临死前，他们不许聂岚浠调查他们的死因，不许她想着报仇，不许她在不能保证自己安全的情况下动用真正实力，一切都必须以她的安全为主。

聂岚浠听从了父母的话，自此之后，她便步入了神圣澄海的各大名山，与那些圣兽为伍，基本没再和外界接触过。

她本以为在她能彻底掌控自身能力前，大概率是不会再进入光明族的社会了，但一年多以前的某个夜晚，情况发生了变化。

聂岚浠做了个梦，梦醒之后，她忽然就拥有了召唤圣耀珠虚影的能力。

这种能力来得如此莫名其妙，让本就已经很强大的她更加强大了。她当时多少有些苦恼，这下子要多久才能走出山林？虽然她其实也并没有多想走出山林，只不过想祭奠一下父母，回去看看自己曾经长大的地方罢了。

之后的一年时间，聂岚浠一边学着掌控自身庞大的神圣之力，一边在学习掌控圣耀珠虚影。

随着她对圣耀珠虚影的熟练掌控，她看见了许多虚幻的画面，知道了许多常人不知道的秘密，知道了魔族的威胁，知道了执掌者的事。

但说实话，她对这些一点兴趣都没有。她不关心魔族入侵，也不关心圣耀珠的执掌者是谁，只想安安心心地修炼，继续平平安安、健健康康地活着，就像她父母期望的那样。

可是，世事总是不如愿的。

圣耀世界的突然爆发，执掌者计嘉羽的出现，让她对这个世界有了新的看法。

她仍然不在意魔族的入侵，不在意什么圣耀珠执掌者，但她在意计嘉羽，这个她唯一能看见的男孩子。

虽然她不想承认，但她不得不承认，她打心眼里觉得计嘉羽不一样，两人似乎生来就存在着某种羁绊。

她不想他死去，所以她不再压抑自己了。

"轰！"

只听见一道低沉的爆炸声响起。聂岚浠穿越空间，直达计嘉羽的身边。她面无表情，金色双瞳亦非常冷漠，脖子上的白色围脖轻轻飘动，整个人显得有些不太真实。

她的双手落在苏梦梦身上。在苏梦梦震惊的眼神中，她轻轻地推了苏梦梦一下。下一秒，苏梦梦整个人直接轰的一声撞入了神禁之地的墙面，砸出了一个深不见底的坑洞。

整个神禁之地似乎都晃动了一下。

聂岚浠的脸色有些苍白。她虽然天赋卓绝，虽然很强，但再强也没到月神级别。刚刚她耗尽了全身的神圣之力，在圣耀珠虚影的帮助下将苏梦梦轰了出去，这才让一个月神级强者在猝不及防的情况下难以抵御。

但也仅此而已。

不过，也够了。

她的出现，为现场的明神，尤其是陈妙一，争取了短暂的时间，也为计嘉羽争取了短暂的时间。

"坏我大事，给我去死！"

就连一秒钟都不到，跌入地底的罪魔便冲了出来，右手中幻化出了一个巨锤，向聂岚浠砸了过去。但一条手臂突兀地出现，挡在了巨锤前面，手掌拍击在巨锤之上，将其牢牢挡住了。

罪魔偏头去看，看见的是一张冰冷的面孔。

陈妙一，这个来自神圣澄海的审判长！

"这次，你真的要死了。"陈妙一语气平静，仿佛是在宣告什么。

第 67 章

天崩地裂

一切都发生在一瞬间，选拔者们都还没来得及为计嘉羽担心，局势便已经逆转了过来。

"刚才就觉得你不对劲。"

陈妙一浑身金光大亮，双手一甩，猛地将双镰掷出。双镰旋转之间，精纯到极致的神圣之力从镰刃中释放而出，朝罪魔冲去。

与此同时，她的场域也从她的脚下朝罪魔蔓延。

虽然罪魔占据了苏梦梦的身躯，但在这种紧要关头，陈妙一根本不会管苏梦梦的死活。

现场的选拔者们虽然有些难过，虽然有些无法接受，但也无能为力。

这就是魔族所作之恶，他们根本不会在乎你在乎的，行事没有顾虑和底线，是整个法蓝星无数族群共同的敌人。

被场域追逐，被镰刀产生的气劲袭扰，已经将七大形体收归于一身的罪魔本处于全盛状态，但在陈妙一的攻击下，他依旧落了下风。

早在大灾变时期，魔兽星坠落，魔兽星法则撞击法蓝星法则的时候，他便只是十一阶魔神中较弱的一个，更遑论大灾变数百年后魔兽星法则与法蓝星法则激烈对抗的如今。

当然，最关键的还是圣耀珠持续不断地绽放出璀璨的光芒，在光照下，他的魔气受到了极大程度的削弱。

有陈妙一挡在身前，有聂岚浠陪伴在身边，计嘉羽总算可以安心地体验那奇妙的感觉了。

　　此时此刻，计嘉羽眼前的幻影已经逐渐消失，取而代之的是一片光，一片金灿灿的光。在那光芒的照耀下，他右肩的伤口竟飞快地愈合，身体有了温暖的感觉。

　　他自己看不见，但神禁之地的明神、明圣、选拔者们，以及部分一直在外面观察着神禁之地的光明族人全都震惊了。

　　发生在他们眼前的一幕，令他们浑身颤抖。

　　计嘉羽的体表竟然有金色的鳞片浮现，那一片片鳞片的内里似乎流转着乳白色的光，鳞片轻轻翕动着，喷出了淡淡的金色雾气。金色雾气逐渐变得浓重，将计嘉羽和圣耀珠笼罩，站在计嘉羽身旁的聂岚浠也被雾气所包围。

　　这个画面在计嘉羽和聂岚浠看来，其实是有些稀松平常的。这不就是之前在圣耀世界里的时候，计嘉羽用精神力催动圣耀珠虚影时的特殊形态吗？但他现在没在圣耀世界里，让他体表产生金色鳞片的，也不再是圣耀珠虚影了。

　　这可是契合度即将达到百分之百的苏梦梦都没能做到的。

　　"他就是那个人吗？"

　　"也是，能看到守护者的人，怎么可能寻常啊？"

　　"终于！几十年的努力，终于啊！"

　　许多光明族人差点哭了出来。

　　"不愧是计神啊！"被明神场域保护起来的叶子航也非常激动。

　　现场唯独有一个人不太开心，不对，是一个魔，罪魔。

　　他在神圣澄海潜伏了数百年，为的就是阻止圣耀珠的执掌者诞生，为的就是在执掌者诞生时，永久性地破坏圣耀珠。可他明明都计划得那么周全了，最后还是失败了。

都是那个女孩儿！

通过她的长相、骨骼来推算，她最多才二十岁，而这个年纪就有这样的实力，就算在同代的魔里面，也称得上绝顶的天才了。

她应该有八阶的实力，而刚才能将他一击而退，完全是凭借着圣耀珠虚影的力量。

失策啊！罪魔心中冒火，这让他的暴怒情绪飞快膨胀，魔躯顿时也有了相应的变化，战斗力增强，但智力稍微退减了一些。

"嗡。"

在确定罪魔是完全体，魔躯和精神力全在此处后，陈妙一彻底不留后手了。她的神识狂涌、翻覆间，整个虚空中似乎有山峰落下，让罪魔思考的速度都变得缓慢起来。整个神圣城都在震颤。在人们看不见的世界里，一条作为世界基础存在的法则在波动。它每一次波动，都会释放出磅礴的力量。

神禁之地中，无穷无尽的神圣之力涌现，或化作勇气之盾，或凝成斗志之枪，或是化作圣洁天使降临，或是化作破魔使者显现，顷刻间便把罪魔给包围了起来。

罪魔也不甘示弱。危急关头，他也顾及不了太多，直接用自身的魔识和魔气沟通了虚空中的魔域法则。

魔域法则震荡之间，同样有魔气涌现。在黑色的魔气中，隐隐能看见一座巨大的宫殿，宫殿周围则是数不清的跪在地上叩拜的魔。他们一个个虔诚地口诵罪魔的命令，用生命为他增加魔气，提升他的战斗力。

魔气与神圣之力撞击，相互侵蚀，"嗞嗞嗞"的声音响起，偶尔还会爆发低沉的爆炸声，原本坚固的神禁之地竟然在魔气与神圣之力的冲撞中变得更大了。

其实就是土层因受到腐蚀而消散了。

陈妙一是巅峰级别的月神，又是在主场战斗，她在心理上就很放松，一直占据着优势，碾压着罪魔。

罪魔则是从一开始就知道自己是无法存活下去的。他孤身入神圣城，本就是入必死之局。

问题在于在这种绝望的情况下，他要怎么才能发挥出最大的余热，怎么才能帮到魔域。

只有死，像之前那样，用魔化的手段去污染光明族。

只不过这次不是假死，而是真死。

既然如此，罪魔不再多想，将魔识全部释放，去沟通虚空中的魔域法则。

在罪魔的催动下，那片神异的世界里，如同黑色巨蟒的魔域法则开始扭动起来，撞击着同样粗大的金色神圣法则。两大不同世界的法则相撞，整个神圣城都开始颤抖。

虚空在一刹那间开裂，由精纯的魔气凝聚而成的晶体坠落而下。

这种晶体对于魔来说是修炼至宝，但对于光明族人来说，却宛如剧毒之物。它们都还没落到地上，就被同时坠下的神圣结晶净化，但不是全部，残存的气体弥散在整座城市中。

短短十几秒钟的时间里，神圣城便被两种气体所笼罩了。哪怕是明圣级光明族人，都只有自保之力，没有反击之能。

"天裂开了啊！"

光明族人仰望高天，只见湛蓝的天空上，两道长不见尽头的宽大裂缝清晰可见。一个金色的世界，一个黑暗的世界，一个让人神往，一个让人恐惧。

第 68 章

执掌者诞生（上）

天开了两个大口子，神圣城中到处都是弥散的魔气、从天而降的魔气结晶，以及被魔化的光明族人。惨叫声、呼救声、厮杀声、建筑物倒塌的声音此起彼伏。

几乎无法遏制的混乱波及城市的每一个角落，所有有能力自救的光明族人都开始自救。神圣城的城卫军、官方的一些机构和组织也做了动员。而不能自救的人则在等待救援。

这里是神圣城，无论发生了什么事，光明族人都始终相信灾难不会持续太久。

事实也是如此。

就在天空开裂后不久，一束巨大的乳白色光芒从城市中心处升腾而起，眨眼便直达高空，在黑色的裂缝处轰然炸开，而后开始补裂缝，使之恢复如初。

只是，泄入神圣城的魔气已经很多了，甚至还出现了一些连明神级强者都无法消灭的法则碎片。在它们的影响下，整座神圣城都在滑向深渊。

而更让人惊恐的事还在后面。

正在神禁之地中与陈妙一厮杀的罪魔忽地变得透明起来，一个个魔躯从他身体内分裂而出，正是他的七个形体。

他们悬于空中，俯视着下方，每一个的表情都狰狞可怖。

"哈哈哈哈……我是你们此生最可怕的对手。我是不可敌的，不可敌的！"罪魔的傲慢头颅用不屑的眼神望向众人，在狂笑声中化作黑色的光柱，穿透土层去到地面上，融入了那些魔气与法则碎片中，助长了它们的威势。

陈妙一的场域紧跟而去，但只来得及拦截下一部分。

与此同时，罪魔的嫉妒头颅也发出了声音。

"我嫉妒你们可以现在死去，我嫉妒你们可以跟我一起死去！"话音未落，他同样化作了黑色的光。

陈妙一听着、看着，神色凝重。

罪魔以自身的魔气、魔识强行撬动魔域法则，受到反噬，已经没有生的可能，于是他利用反噬之力，分化了自身，献祭了自身，一如先前。只不过，这次的威能要超过上次。

"神圣澄海终将陷落，所有光明族人都必将成为魔族的奴隶！哈哈哈哈哈……你们都会凄惨地死去！"这是罪魔的暴怒头颅发出的声音。

懒惰头颅张了张嘴，似懒得说话，同样化作黑光消失。

神圣城上空，黑色云团瞬间凝聚，遮天蔽日，亿万道细碎的黑光在云中流转、撞击，然后迸发出黑色闪电。伴着轰隆隆的雷声，雨水落下，砸落在地面和建筑物上，如岩浆般侵蚀、灼烧建筑物，响起"嗞嗞嗞"的声音。

建筑物和地上的石块都是这样，更遑论光明族人。

一些在城中的明神级强者撑开了自己的场域，笼罩了一片区域，可神圣城太大了，即便是明神也无法拯救所有人。

关键时刻，神圣教派的多名月神级强者和大先知不知道去哪里了。

于是，神圣王国、神圣教派的不少高层都把希望寄托在计嘉羽的身上。虽然她们也不清楚一个明尊执掌圣耀珠后具体能发挥多大的效用，但有总比没有强吧！那可是圣耀珠啊！选拔者计划几十年的核心，绝不会普通！

不只是她们，陈妙一也把目光投到了金光之中。

此时此刻，计嘉羽正在接受圣耀珠的改造。

是的，现在不再只是他向圣耀珠输入奇异能量了，圣耀珠也在给予他反馈。

那是一种至真至纯的能量，它融入了计嘉羽的骨血、精神力乃至于灵魂，从内而外地改变着他。伴着这些改变，他与圣耀珠之间的关联也变得越发密切。

除此之外，他还能清楚地感觉到自己身边正站着一个人。

不是用精神力去感知，也不是用眼睛去看，而是没来由地就知道自己身边站着一个从气息到灵魂都与自己极度相似的一个人。

聂岚浠，圣耀珠执掌者的守护者。

看过圣耀珠展现的幻影，他已经知道了守护者的定位和职责，更明白从今天开始，两人的关系就会变得密不可分。

光芒逐渐敛去。

见此一幕，罪魔有了紧迫感，他仅剩下的三个形体也纷纷发出言语，而后化作了黑光。这让神圣城的形势变得越发危急，黑色雷霆劈落之地，大量光明族人变成了魔物……到处都在发生人间惨剧。

"救救我们吧！"

"救救我的孩子吧！"

有母亲号哭着看着自己变异的孩子，哪怕她的孩子已经化作魔物来到了她的身前，张开了巨口，她也依旧没有害怕，只是心疼和难过。她的孩子要是有幸能活下来，知道自己吃了自己的母亲，该会多么痛苦啊！该怎么活下去啊！

光明族人不像人类，不需要怀胎十月才会诞下孩子，但她们对自己孩子的爱丝毫不比人类母亲少。

而越是爱，越是痛苦。

魔族的入侵让神圣城变成了人间炼狱。

隐约间，计嘉羽听见了惨叫声和呼救声。

他抬头向上方望去。他的双眸之中闪过一抹金光，令他的目光穿透了千米土层，直达地面。于是他清楚地看见了那一幕幕惨剧，心头有一团火在燃烧。

说实话，他对神圣王国没什么归属感，也没有把光明族人当作同族，可是当他看见大量光明族人在炼狱中备受煎熬时，就忍不住觉得愤怒。这一刻，他联想到了孤儿院中的那些孩子，那些备受煎熬的孩子。

那时的他什么都做不了，而现在，他似乎终于有能力了。

他不能再让悲剧重演。

计嘉羽深吸了一口气，那弥漫在神禁之地中，构成金光的细碎粒子竟尽数被他吸入了腹中。

重新有了光泽的圣耀珠也化作一道流光，进入了他的体内。

他又深吸了一口气，神禁之地内的雾气和光芒彻底消失，他和聂岚浠重新显现在所有人的眼中。

圣耀珠消失了！

所有关注着两人的光明族人和选拔者都震惊地发现了这件事。旋即，狂喜从无数人心中升腾而起。

第 69 章

执掌者诞生（下）

执掌者诞生了！

圣耀珠的执掌者终于诞生了！

数十年来的努力，一朝功成！

这一刻，无数光明族人流下了激动的泪水。

圣耀司部分知情的光明族人则思绪万千，满心都想着接下来要怎么帮计嘉羽更好地执掌圣耀珠，让圣耀珠发挥出它最大的功效。

不过就当下而言，首先要解决的问题，自然还是罪魔的自杀式袭击，毕竟整座城都在受罪呢。

先前，她们便把希望寄托在了计嘉羽的身上，这一时刻，她们更是如此。

"你成功了！"

王音岚是神禁之地中第一个冲到计嘉羽身边的人。

作为一号营地的管理者、选拔者计划的发起者和推动者，王音岚数十年如一日地付出，早已将圣耀珠执掌者视为此生最重要的人，甚至远比自己重要，比自己的女儿重要。

"似乎……好像……应该是吧。"计嘉羽怔了一下，迟疑着说道。

"圣耀珠现在在哪里呢？"王音岚急切地问道。

"在我的眉心。"计嘉羽调动精神力，使其轻轻触碰圣耀珠，圣耀珠立刻显现于他的身前。

圣耀珠浑圆一体，金光内敛，其中仿佛有一个世界。

王音岚看着近在咫尺的圣耀珠，眼睛一下子就红了。

她双手颤抖着伸了出去，试图捧起圣耀珠，但圣耀珠微微发光，将她的手挡开了。王音岚却没有觉得失落，只是看着它，看了它一会儿后，又去看计嘉羽和聂岚浠。

"干得好！干得好！"

不远处，几位明神和众多明圣也都聚了过来，争先恐后地观察起被执掌的圣耀珠来。和之前的暗淡、平静相比，此时的它多了几分鲜活的味道。

"执掌成功后，你知道了多少关于它的事？你能控制它吗？"王音岚问道。

"知道了很多。"计嘉羽点点头，"能控制，但还需要尝试和熟练一下。"

"那你跟我说一下，你现在能够动用它的哪些能力吧，我看看能不能帮上忙。"王音岚道。

"好。"计嘉羽毫不犹豫，稍微整理了一下思绪后，道，"首先最直观的就是我对神圣之力的感知更清晰了，这让我能够更容易聚集和排列它们。另外，我的身体也被全方位改造了，变得更容易容纳神圣之力，容纳的量也更多了。"

"嗯嗯。"王音岚飞快地点头。这些都是理所应当的，她并不是很在意。

"然后就是对它的操控了。操控它跟在圣耀世界里操控圣耀珠虚影一样，能赋予我两种独特的状态，一个是增强神圣回路的圣形态，一个是增强神圣骨骼、神圣肤质的耀形态。"计嘉羽道。

"什么？你在圣耀世界里就能召唤出圣耀珠虚影了？"王音岚惊道，"这件事我怎么不知道？"

"我也没机会说啊！"计嘉羽转头看了一眼聂岚浠，道。

从外界观看着神禁之地的光明族人面面相觑，都对这个消息感到有些惊讶。原来计嘉羽也召唤出了圣耀珠虚影，那他隐藏得也是够深的啊！所以他之前在森林中就溜走，又用光明至上教派制造出的爆炸案诈死，都是有预谋的？可是，按道理来说，一个从孤儿院出来的人族，不该有这种心计啊。

这样一想后，有些光明族人不禁把目光投到了聂岚浠身上，暗自猜测，那个面无表情的金瞳女子似乎才是幕后推动者。

"好吧，这个现在其实已经不重要了。"略作惊讶后，王音岚摇了摇头，问道，"还有呢？"

"还有，我现在好像能感受到所有人对我的两种态度，善意的和恶意的。"计嘉羽道。

"现在有人对你有恶意吗？"王音岚立刻问道。

"没有。"计嘉羽道。

"善意和恶意下分别又包含很多情绪，你能分清楚具体的情绪吗？"王音岚问。

"好像可以，但现在不太能。"计嘉羽道。

"没事，这个可以慢慢学习、训练。"王音岚道。

"还有吗？"

"我还能让它发光，但是具体的影响和影响范围，我不太清楚。"计嘉羽道。

"还有吗？"

"还有就是，我忽然感觉它很想去地面。"计嘉羽道。

王音岚闻言，忙问："它想去地面干吗？"

"好像就是那些对立的能量引起了它的反应，让它有种强烈的冲动。"计嘉羽道，"但我不知道能不能控制得住它。"

计嘉羽说完，顿了顿，又看向聂岚浠："加上她也不一定。"

"所以，确定她就是守护者了吧？"王音岚认真地看了聂岚浠一会儿，聂岚浠此时依旧面无表情。

"对。"计嘉羽道。

"你们两人配合，也能发挥出圣耀珠的一些能力吧？"王音岚问。显然，她对圣耀珠可是相当了解的。

"对，但对目前的局势影响不大。"计嘉羽道。

王音岚顿时失望了。她本以为计嘉羽执掌圣耀珠之后，能够改善一下目前神圣城的状况，尽管她有所预料，但还是失望了。

这也没办法，毕竟计嘉羽才执掌圣耀珠，而且他本身的实力也不算强。

"影响不大，但肯定也有影响，我想去试试。"计嘉羽道。

"不行！"王音岚当即摇头。如果计嘉羽不能起挑大梁的作用，那么他现在最好还是不要出现在大众的视野当中。

潜伏的魔还没有被除尽，光明至上教派也没有被彻底铲除，一旦他成为圣耀珠执掌者的事暴露了，必然会引来无数敌人追杀他。

但王音岚也清楚，这必然瞒不了太久。苏梦梦被罪魔附体的事可才刚刚发生，神圣教派的高层中肯定有泄密者，这就意味着她更不能让计嘉羽去冒险了。

计嘉羽看得出王音岚的担忧，他犹豫了一下，还是道："我知道你在担心什么，但你担心的事迟早是会发生的，早一点晚一点又有什么区别呢？神圣城里的民众正在受难，我才得到圣耀珠的认可就这样趋利避害，它会厌恶我的，我能够感觉到。"

王音岚闻言陷入了沉默。

不得不说，计嘉羽说得有道理，而且后果的确严重。

"让他去。"就在王音岚犹豫的时候，陈妙一的声音忽然在不远处响起。她又在神禁之地凝聚了一个分身。

"这件事发生以后，他会名扬全王国的，不差那么一会儿了。现在我们必须动用一切可以动用的力量……不只是神圣城，其他城市也遭灾了。"

　　陈妙一的话令所有人陷入了沉默当中。

　　"该死的魔族！"

　　有人忍不住恨恨地道。

第 70 章

拯救

无论如何，陈妙一的话等于一锤定音。

"去是要去的，但王音岚你跟着他，以防意外。"陈妙一道。

话落之后，她又转头看向聂岚浠："你呢？你去吗？"

虽然聂岚浠的守护者身份已经确认了，但从她的表情和表现来看，她似乎并不是一个热心肠的人，对正在受苦的光明族人也没有太多的共情。这样一个守护者待在计嘉羽的身边，陈妙一也不知是好还是坏。

聂岚浠闻言沉默了几秒钟，看了一眼计嘉羽后，道："我跟他一起。"

"那就行。"陈妙一点了点头，朝王音岚示意。王音岚立刻挥动右手，一股磅礴的神圣之力包裹住计嘉羽和聂岚浠两人，三人同时化作金光消失在原地。

至于其他的明圣、明神，自然各有安排。

而选拔者们，陈妙一本来是打算让他们待在神禁之地，等神圣城的危机过去后再出去的，但二十几名选拔者却不太愿意，他们也想去救援民众。

他们的决定让陈妙一有些惊讶，但她仔细想想其实也能想通。

圣耀珠的执掌者已经诞生，他们接下来大概率是要被安置到启明城了，往后的日子也将在神圣澄海度过。他们虽是人族，但和神圣王国的光明族人可谓一荣俱荣，一损俱损。

况且，从光明至上教派的诞生也能看得出来，其实许多光明族人并不待见他们。他们如果想在启明城中好好生活，就要保下启明城。因此，一定的付出是必不可少的。他们越是努力，越是能改变光明族人的看法，继而改变一整个人族的待遇。

这是一部分人的想法，而另一部分人则是单纯地不愿意苟且偷生。

总之，这群选拔者也打算贡献出自己的力量。

既然他们强烈要求了，陈妙一也没有拒绝的理由，于是便将他们带到了地面上。

直到此时，神圣城中的法则碎片和浓郁的魔气依旧在魔化光明族人，但较偏远一点的区域受影响较小。

为了测试计嘉羽执掌圣耀珠后的能力和实力，王音岚先是把他带到了城西的郊区。这里的街上有几块散发着漆黑魔气的法则碎片。

法则碎片是一种近乎透明的不规则物体，每一块都蕴含着法则的一种奥秘。

罪魔修炼的是罪之途径，对应的法则自然是罪之法则。罪之法则的奥秘里，有杀戮、暴虐，有痛苦，有恶行。

双脚落地后，王音岚向计嘉羽嘱咐了两句，便走向其中一块法则碎片。与此同时，她的双脚之下，场域开始蔓延。

场域将法则碎片笼罩，其中的神圣之力和法则之力立刻被消耗，两者互相抵消，法则碎片飞快地变小，直至消失无踪。王音岚的脸色变得苍白了一些，不过她没有犹豫，转头又走向另一块法则碎片。

计嘉羽见状，也走向一块法则碎片。

可还没走近它，计嘉羽便听到远处有喊声传来。

"离那个东西远一点，很危险！"

计嘉羽闻声望去，看到了一个正在与被魔化的光明族人厮杀的明圣。

"谢谢了，没事。"

计嘉羽朝她大喊了一句后，继续走向罪之法则的碎片，同时将精神力探出，触碰眉心的圣耀珠，圣耀珠当即显现出来。

在圣耀珠显现前的那一刻，一旁的聂岚浠右手手指轻轻转动，当即有金光出现并笼罩了他们周围的区域，阻挡了来自外界的视线。

看过了圣耀珠展现出的无穷幻影，计嘉羽已经知道这是一种专属于守护者的能力。聂岚浠可以借助圣耀珠赋予的特殊神圣之力，与虚空中的神圣之力形成某种特殊的交互，以达到隐藏气息和物品的效果。

因为这种能力是圣耀珠所赋予的，所以施展者距离圣耀珠越近，这种能力也就越强。

圣耀珠显现后，计嘉羽便开始朝它注入神圣之力，令它绽放出了璀璨圣光。

在圣光的照耀下，一直在释放黑色魔气的法则碎片竟像凝住了一样，不再喷吐魔气，之前喷吐出的黑色魔气也有了消散的迹象。

虽然计嘉羽的实力弱，但在圣耀珠的作用下，他净化法则碎片的能力居然比陈妙一还要强。

陈妙一看到这一幕后，有些发愣，旋即有些振奋。

眼下这种情况自然是计嘉羽能力越强越好。

眼见圣耀珠的圣光有效，计嘉羽便开始加大神圣之力的输出，四周的法则碎片顿时都受到了影响，被压制，被净化，最后彻底消失。

短短几分钟时间，计嘉羽就解决了这片区域的法则碎片。紧跟着，计嘉羽又把目光投到了街上被魔化的光明族人的身上。

他很想知道圣耀珠的圣光是否能净化使她们魔化的魔气，如果可以的话，他将能拯救数万甚至数十万光明族人！

他把这件事跟王音岚提了一嘴后，王音岚没有犹豫，便跟在他的身边，看着他慢慢靠近一个只有四阶实力的光明族人。

计嘉羽简简单单地输出神圣之力，圣耀珠轻轻松松地照射出圣光，那名一秒前还在发疯的光明族人立刻呆滞在了原地。只见她身体周围冒起了丝丝缕缕的黑气，黑气被圣光照耀后，顿时消散一空，那名光明族人的形体也飞快地恢复如初。

见此一幕，计嘉羽和王音岚都惊喜不已。四面八方所有没被魔化的光明族人看到这个场景，也全都激动得难以自已。

虽然她们不知道计嘉羽是谁，他又用了什么方式，但被魔化的光明族人能够恢复正常，无疑是一件大好事。

从现在开始，其他正常的光明族人不需要再杀死同伴、同族了，只需要击晕她们，把她们送到计嘉羽身边即可。

在这个过程中，不少光明族人问王音岚她们能不能去解救同族，但得到的答案很残酷：不能。

这没办法，圣耀珠只有一枚，现在整个神圣澄海只有计嘉羽一个人可以拯救被魔化的光明族人。

可是，被魔化的光明族人太多了，哪怕只是在郊区的一条街道上，也足足有数百人之多。

即便计嘉羽有着远超同级的实力，神圣之力也极为浑厚，他也依旧很快就累得不行。

第 71 章

母爱

大量神圣之力的输入、输出，让计嘉羽的身体很是疲惫。

但随着恢复正常的光明族人越来越多，她们从周围救过来的被魔化的光明族人也越来越多。看着那一个个咆哮、挣扎的可怜人，计嘉羽满心都是焦急，根本没有想休息的念头。

聂岚浠站在他的身旁，面无表情，但她的精神力却时时刻刻监控着四周，为他保驾护航。

正如陈妙一所想，聂岚浠不是一个热心肠的人，她的身世、她的成长经历令她对光明族没有归属感，她在意的只有计嘉羽。

当聂岚浠看见计嘉羽不断吸收神圣之力，再注入圣耀珠，使其发光，照耀被魔化的光明族人，一次又一次，没有一秒停歇，到最后全身都在轻轻颤抖时，她终于有些动容。

她想了想后，左手微微一抬，一股精纯又磅礴的神圣之力顿时从她的指尖释放出去，汇入了计嘉羽体内。

接收到聂岚浠的神圣之力后，计嘉羽立刻觉得浑身一暖，没有一丝排斥或不兼容的感觉。他转头看了一眼聂岚浠，发现聂岚浠依旧面无表情时，忍不住一笑。

虽说聂岚浠是他的守护者，两人也有过一段时间的相处，但实际上他跟她并不熟，他不清楚她的想法和她的成长经历，自然也不会强迫或者要求她为他、为光明族做什么。可现在看来，她虽然表情冷漠，也不说话，但心却是热的。

这是一件好事，毕竟两人未来可能要一起相处很久。

聂岚浠的帮助稍微缓解了一下计嘉羽的疲乏状态，让他又拯救了一大批光明族人。

等这片区域的光明族人全都恢复正常后，计嘉羽立刻催促王音岚，让她把他们俩带去其他区域。

他们又抵达一处受影响的区域后，自然还是优先解决法则碎片。等最重要的事情搞定后，计嘉羽才继续先前的工作，帮助被魔化的光明族人恢复正常。

起初，远远观望的光明族人都有些不敢相信，可眼见一个又一个被魔化的光明族人恢复正常，继而计嘉羽又在极短的时间内消除了一切负面影响后，先前几乎绝望的光明族人终于振奋起来。

她们的振奋，带来的是大量被魔化的光明族人。

这一次，不仅计嘉羽几乎累到虚脱，聂岚浠也变得面色苍白。

"你休息休息吧，交给我就行。"计嘉羽看了聂岚浠几秒钟后，认真地说道，"这不是你的职责。"

"我心里有数。"聂岚浠轻声道。

"好吧……"计嘉羽转过头，用圣耀珠的光芒照耀被魔化的光明族人，为她们驱散痛苦。

在他们的不懈努力下，又有数百名光明族人被治愈。

这些光明族人搞清楚状况后，先是对计嘉羽表达了感谢，旋即就投入救援中去了。在她们的宣传下，很快，"一个人族在治疗被魔化的光明族人"的消息就传开了。

大多数光明族人当然是不信的，可是在铁一般的事实面前，她们又不得不信。

虽然她们不愿相信是一个人族拯救了她们，但计嘉羽的出现，多少给她们带去了一丝希望。

在此之前，面对被魔化的光明族人，她们只有彻底杀死这一种办法。

那种杀死同族的痛苦，难以言喻。

只不过，绝大多数心中抱有期待的光明族人等了许久也没等到计嘉羽。渐渐地，她们失望了，认为这只是一个谣言，毕竟那只是一个人族。

计嘉羽也没办法，他现在已经要累瘫了。

尽管因为有了圣耀珠的洗礼，他的神圣回路、神圣肤质、神圣骨骼都得到了增强，可是在无休止的消耗下，他的体力还是达到了临界点。

聂岚浠不再向他输送神圣之力了。她虽然还没到极限，但也离极限不远了。先前她帮计嘉羽赶走罪魔那一下，消耗可不是一般的大。

"可以了。"在计嘉羽又治疗完一名被魔化的光明族人后，王音岚忽然拍了拍计嘉羽的肩膀。

抱着一名昏迷过去的被魔化的光明族人来到计嘉羽身前的中年女子闻言，愣在了那里，眼睛一下子就红了。

被她抱着的光明族人是她的女儿，她排了好久的队才终于来到计嘉羽面前，然而等待她的却是这样一句残酷至极的话。

她不认识王音岚，但她感受得到王音岚身上的明神气息，知道王音岚说"可以了"，自然是有原因的。

事实上她也知道，面前的计嘉羽已经到极限了。

只见豆大的汗珠从计嘉羽的额头上流下，他身上的衣服被汗水浸湿了，双手、双脚都在颤抖。从四面八方汇聚而来的神圣之力时断时续，这是他无法集中精神，冥想即将失败的表现。不只是身体，他的精神力也到极限了。

道理她都懂，只是，这是她的孩子啊！

她红着眼睛，嘴巴微微颤抖，几番欲言又止。

忽然，她似想到了什么，道："你只是神圣之力不够了吗？"

"是的。"计嘉羽点了点头。

不断输入、输出神圣之力，让他的神圣回路、神圣骨骼等都有了崩溃的迹象。如今，他需要纯净得和他自身的神圣之力没有丝毫排斥性的神圣之力，就像聂岚浠的神圣之力——他们两人的神圣之力几乎同根同源。

但这几乎不可能。圣耀珠虽然威能强大，但在净化神圣之力方面倒也帮不上忙。

"如果只是缺少神圣之力，我有办法。"中年女子道，"我可以粉碎我的神圣基石，凝聚出一团纯粹的神圣之光，用来补充你的神圣之力。"

王音岚看着面前的中年女子道："粉碎了神圣基石，你这辈子就只能停滞在六阶了，而且如果在战斗中受伤的话，还会跌境，你可以接受？"

"可以。"中年女子毫不犹豫。

"那可以。"王音岚道。

她做不到为了孩子这样，但为了圣耀珠执掌者可以，所以她理解面前的中年女子的坚持。

为了孩子，自己的前途算什么？

计嘉羽闻言沉默了。

他有些羡慕。

这……就是母爱吗？

第72章

聚光

神圣基石是六阶明尊的基础，相当于四阶明尊的神圣信标。神圣信标一旦被毁灭，修炼者将无法从神圣海洋中汲取神圣之力，无论是修炼，还是战斗后的恢复，都将成为奢望。

神圣基石被毁灭，后果更严重，不仅会断绝修炼者的前途，还会损伤修炼者的根基。须知，神圣基石是根据修炼者的圣徽以及修炼者对圣术的理解形成的。

粉碎神圣基石，付出不可谓不大。

但是，计嘉羽面前的中年女子义无反顾。

"啪！"只听一道清脆的破碎声响起，就像玉石砸落在地上。

中年女子的脸色瞬间便苍白如纸。与此同时，一个精纯到极致的神圣光团浮现在她的手掌心。那是神圣基石碎裂时，神圣海洋反馈给修炼者的精纯的能量源。如果修复及时，神圣基石便不会伤及根本，即便伤及根本，也可以断断续续地吸收神圣之力，但中年女子把她的那团神圣之光推向了计嘉羽。

计嘉羽心里有些难过，但还是将那个光团吸入了体内。顿时，原本已经火辣辣的神圣回路、不停在"哀号"的神圣骨骼都得到了抚慰。计嘉羽立刻向圣耀珠输出神圣之力。

下一秒，璀璨的光芒绽放，照耀在中年女子怀中的少女身上。

原本已经被魔化成一个魔族怪物的少女，飞快地恢复了原本的状态。

而她彻底恢复后，神志也重回了脑海。她缓缓睁开眼睛，看到眼睛通红的母亲，还有些迷茫："妈妈，我这是怎么了？"

她只是一个三阶明灵，法则碎片跌落在她附近的时候，她根本毫无反抗之力便被魔化了。

她的母亲并没有回答她，而是先转头看向计嘉羽，一个劲儿地鞠躬道："谢谢！感谢你救了我女儿！"

她也没忘记告诉女儿计嘉羽是她们的救命恩人。尽管搞不清情况，这个少女还是向计嘉羽真诚地道了谢。

计嘉羽忙站起来，摆手道："没事没事。"

由于后面还排了其他人，这名中年妇女道完谢就走了。这座城还在受难，她们得去救援其他光明族人。

一位母亲的付出，让计嘉羽的神圣之力略有恢复，但也仅此而已。在又拯救了几名被魔化的光明族人后，计嘉羽的神圣之力再次耗尽，身体极度疲累。

而这一次，又有人提出要粉碎自己的神圣基石，向计嘉羽献出神圣之光。不过，这一次不再是为了女儿牺牲的母亲，而是一个愿意主动付出的普通民众。她不愿意看着城民们受苦。

对于这名女子，计嘉羽表达了自己的钦佩，然后从她那里得到了一团至真至纯的神圣之光，开始了又一轮的救援。

大家似乎是受到了感召，往后每一次，只要计嘉羽的神圣之力耗尽，便会有人主动粉碎自身的神圣基石，献出神圣之光。

到后来，她们竟然还争起来了。一些年纪大的、没有上升潜力的光明族人，拦下了其他有此念头的光明族人。

她们的付出，甚至是她们的争吵，让计嘉羽有些感动。

没有了缺失神圣之力的后顾之忧，计嘉羽开始飞快地净化起被魔化的光明族人来。

在这个过程中，他惊讶地发现，在大量神圣之光的作用下，他的神圣骨骼、神圣肤质和神圣回路进一步得到增强，所以他每次恢复神圣之力后，身体能承载的量都会更多一些。

这无疑是一件好事，意味着他能拯救更多的光明族人。

转眼间，半小时过去了，计嘉羽又完成了一条街区的净化工作，开始前往下一个街区。

这次，王音岚带他们俩去的是受污染最严重的神圣广场附近。

诚然，无数光明族人付出自身前途，粉碎神圣基石去拯救被魔化的同族的行为很值得敬佩，但作为一个明神，一个圣耀司专注于研究圣耀珠的明神，王音岚告诉自己，测试计嘉羽对圣耀珠的执掌力和圣耀珠的能力才是最重要的事，其次才是清除法则碎片。

被魔化的光明族人固然很可怜，但她们的污染性很小，法则碎片不一样，要是久不清除，可能会对神圣城这片土地造成永久性的影响，而计嘉羽在这方面能发挥的作用，还超过了她这个明神。

清除法则碎片，同样要消耗大量的神圣之力。为了让计嘉羽能够没有后顾之忧地去解决这个问题，王音岚将这一情况告知给了神圣教派负责处理此次污染事件的明神。

经过较短时间的商量，神圣教派的数千名教士自愿粉碎自身的神圣基石，将蕴含精纯神圣之力的神圣之光给计嘉羽。

而当计嘉羽看到那数千名光明族人赶来时，内心震动。

每一名光明族人，每一团神圣之光，都是一点希望。

在她们的支持下，神圣城的法则碎片飞快得到清理，被魔化的光明族人也逐渐恢复了正常。

在这段时间里，无数光明族人看见了计嘉羽，看见了聂岚浠，认识了他们两人。

一时间，关于人族即将加入神圣教派的消息又传开了，但在这种关键时刻，倒也形成不了较大的舆论声势。

转眼间，三天时间过去了。

这三天里，计嘉羽几乎没有休息，一直在机械式地做着两件事：清除法则碎片，帮助被魔化的光明族人恢复正常。

现在，终于到最终的时刻了。

神圣城的绝大多数地方都恢复了正常，只余下神圣广场的中心处。

那里有一块足足两层楼那么高的不规则法则碎片，而四周则是数以万计的被魔化的光明族人，其中不乏一些明圣，可见这块法则碎片的污染性有多大。

哪怕是陈妙一的场域都拿它没办法。于是，无数光明族人都把最后的希望放在了计嘉羽的身上。

在过去的三天里，计嘉羽的目光其实时不时就会投在那块法则碎片上。他一直都知道那将是他最后的任务。

他一直都在做心理建设，可直到现在，他心里依旧没底。

第 73 章

资格和定位

那块法则碎片过于巨大，即便九阶明圣靠近也会受到影响，皮肤上会浮现出黑色鳞片，神圣骨骼会剧烈振动，像是要长出额外的骨节一般。

九阶明圣尚且如此，更何况计嘉羽这个明尊。

即便计嘉羽有圣耀珠光芒护体，他依旧感觉自身的血液沸腾，有被魔化的趋势。

在这种情况下，神圣教派的高层本都不愿让他去冒险，而后来之所以同意，是因为这三天来的经历让圣耀珠有了些许变化，它内里隐藏的能量似乎有被激活的可能。

早在数百年前，圣耀珠的全部能量便只有月神乃至于大天神才能激活。计嘉羽虽然成了它的执掌者，但想要立刻发挥出它的全部威能，自然是不可能的。

执掌它只是一个开始，想要在未来的时间里继续获得它的认可，就要提升执掌它的力度。

毫无疑问，计嘉羽三天来全心全意、不眠不休的努力得到了它的认可，所以它才让他感受到了那股庞大的能量。

可是，若想要激活那股能量，仅仅只靠四阶明尊级别的实力，那还不太够，最低也得有五阶才行。

计嘉羽才突破到四阶不久，按照正常的修炼规律，哪怕他是天纵之才，没个一两年也很难突破到五阶，但成千上万名六阶明尊自碎神圣基石赠予他的神圣之光让他的突破变成了可能之事。

现在，他只需要继续拯救被魔化的光明族人，然后吸收神圣之力，完成四阶到五阶的突破就行。

心中思绪万千，在王音岚的强制要求下休息了片刻的计嘉羽，再一次走到神圣广场边缘，开始拯救被明圣们送来的被魔化的光明族人。四面八方全都是围观群众，密密麻麻的，放眼望去，一片黑色的人海，都是闻风而来的好事者。

三天时间，足以让计嘉羽这个人族拯救光明族的事迹传开。起初，许多光明族人都抱着不信的态度，可当她们亲眼看见奇迹后，全都沉默了，震惊了，继而让消息扩散，越传越广。

"你们说，他真的能清除那块法则碎片吗？我听说就连审判长都拿它没办法。"

"这谁知道啊！我也好奇他到底是怎么做到的。"

"听说他就是那个要加入神圣教派的人族，如果是他的话，我现在倒觉得也没什么关系。"

"糊涂！就算他帮我们清除了法则碎片，就算他帮我们救回了很多族人，也绝不能让他加入神圣教派，不能让他开这个先例！有了他做这第一个，往后有第二个、第三个的时候，怎么说？"

"就是，你觉得他可以，万一以后你觉得其他人族也可以呢？更多的人族也都有那个资格呢？什么时候我们要给人族列出一个明确的资格了？这可关系到我们光明族的存续问题啊！"

"这种事绝不可能破例！"

"我们可以从其他方面奖励、补偿他，但加入神圣教派，绝对不行！"

纵使计嘉羽的行为已经获得了很多光明族人的认可，但她们依旧把他当作外族人。不过这也很正常，毕竟事关重大。

但有反对者，自然也有支持者。

双方一边看着计嘉羽创造奇迹，一边在激烈地争论着。

不只是她们，神圣教派的高层们此刻也争吵不休。

眼下罪之法则碎片和魔化风波逐步得到解决，那么下一件重要的大事自然要提上议程：论定计嘉羽的地位和位置。

计嘉羽出生在蓝域光明城，从出生地和血脉来讲，他都是一个纯粹的人族，但成为圣耀珠执掌者的他，再也无法当一个单纯的人族了。他的未来大概率是要和光明族绑在一起了。那么，光明族要给他一个什么样的位置呢？要怎么留住他的人和心呢？

这些是值得思考的问题，但显然都和此时的计嘉羽无关。

神圣广场上，成千上万被魔化的光明族人宛如行尸走肉，如果不是陈妙一的月神场域的限制，她们现在必然会嘶吼着攻击自己的同族。

围观的光明族人不光只是来看热闹的，这里也有她们的亲人，她们在等亲人安全回家。

计嘉羽哪敢懈怠半分？

他盘坐于地上，身前的圣耀珠绽放出无穷光芒，头顶上方，一团团神圣之光融入他的体内，缓缓提升着他的实力。

与此同时，虚空中的神圣海洋内，计嘉羽的神圣信标已经有了巨大的变化。只见神圣信标所在之处有一个旋涡，吞吸着四周的神圣之力，然后将其倾注在计嘉羽的身上。

这是修为达到了四阶巅峰的征兆，神圣旋涡。

也只有修炼出了神圣旋涡，吸收神圣之力的速度进一步提升，修炼者才能突破到五阶明尊的境界。

不过，神圣旋涡只是修炼的基础。

从四阶前期到巅峰的变化，还是来自神圣骨骼和神圣回路。

和初入四阶时相比，它们的强度、宽度和坚韧度都得到大幅提升，能够承载的神圣之力翻了数倍有余。

如此一来，计嘉羽终于有能力去冲击五阶明尊的境界了。

有了神圣之力和身体的基础后，从四阶突破到五阶只有一个障碍，那就是修出神圣属性。

所谓的神圣属性，无外乎神圣教派所信仰的光明女神具备的品质，诸如勇气、守护、正义、审判、信念、斗志、洗礼等。

这些神圣属性有高低上下之分。初入五阶时，修出的神圣属性级别越高，未来的潜力就越大，但难度相对来说也越大。

计嘉羽选定的神圣属性是救赎，在神圣属性的四种级别中属于顶级的。

不过计嘉羽有信心，毕竟他这几天的不懈努力完全对得起"救赎"这两个字。

在思考时，计嘉羽又拯救了数百名被魔化的光明族人，他的神圣肤质、骨骼、血肉、神圣回路和神圣之力终于达到了四阶的巅峰状态，没办法再继续增强或提升了。

深吸了一口气后，他让精神力蔓延出去，开始尝试突破。

第74章

突破

得益于圣耀珠对自身的改造，计嘉羽的精神力又有了不小的提升，已经达到了入圣的境界。

在他的控制下，他的精神力如一条条细小的触手，落到了散落于这片区域的每一粒细微的神圣之力上。

这里是神圣澄海的首府神圣城，根据古老传说，这里是光明女神曾经展现过神迹的地方，所以这片区域里的所有神圣之力都蕴含着不同的神圣属性，但只有精神力足够强大的修炼者才能发现并聚集它们。

计嘉羽的精神力层级远超同级，因此他很轻松便找到了救赎属性的神圣粒子，开始将它们纳入体内。

感知到计嘉羽的精神力后，这些神圣粒子毫无排斥之意，纷纷涌向计嘉羽。

带有救赎属性的神圣之力开始影响普通的神圣之力，改变着它们，无法被改变的则被挤压出计嘉羽体外。

短短几分钟的时间里，计嘉羽的外在气质都有了变化。他的气质越发柔和，像是一个拯救苍生的天使。

救赎，意指涤荡人世间的罪恶，意指战胜邪恶，终结邪恶的统治，意指舍己救人。这是一种伟大的属性。

围观的光明族人看出了计嘉羽修的是具有救赎属性的神圣之力，都有些惊讶，但也仅此而已。她们能够接受并理解，毕竟计嘉羽这几天的所作所为让他与这一属性的神圣之力的契合度变得极高。

时间继续流逝，转眼间半天过去了，计嘉羽体内的神圣之力终于完成了替换。自此，他正式踏入了五阶明尊的境界，整个突破过程堪称流畅，没有任何阻碍。

踏入五阶后，具备神圣属性的神职者就可以开始修炼圣术了，而圣职者则可以将圣纹刻画于神圣骨骼、神圣肤质之上，带来质变。但眼下显然不是时候，计嘉羽得先试试看圣耀珠是否能够清除掉眼前巨大的法则碎片。

彻底完成突破，稳固了境界后，计嘉羽睁开了双眼，第一时间朝身旁的聂岚浠看去。他敏锐地感觉到虽然聂岚浠这段时间没有修炼，但随着他突破境界，聂岚浠的实力竟也有了不小的提升。

看完她，计嘉羽又转头望向王音岚，王音岚对他做了个鼓励的手势。

计嘉羽微微点头，旋即触摸身前的圣耀珠，将具备神圣属性的神圣之力注入其中。

计嘉羽眼前的画面猛地变换，一个璀璨的金色世界出现在他眼前。在金色世界的中心，有一团乳白色的光芒，那是昨天才出现在圣耀珠内部的高等阶能量。

计嘉羽有预感，只要他能够将这团光芒释放出去，必然可以照耀大半个城市，解决无数光明族人的心头大患。

想到便做，计嘉羽飘浮到乳白色光芒之侧，融入其中。他顿时感到自己体内的神圣之力在疯狂地涌出，几乎是刹那间便消耗殆尽。他忙将头顶上的一团神圣之光纳入体内，以作补充，但再一次被圣耀珠吸收得干干净净，一点都不剩。

计嘉羽只得继续吸收悬在头顶上方的神圣之光。

计嘉羽的异常自然吸引了许多光明族人的注意，她们看到一团团神圣之光投入他的体内，他的身前又绽放出了璀璨金光，都知道最后一刻大概是要来临了，不免有些紧张。

"你们说，他真的可以清除那块法则碎片吗？"

"说起来很悲哀，现在我们似乎只能靠他了。"

"希望他能成功吧！"

"他要是成功了，那可是立了一件了不得的大功啊，可我们真的要同意他进神圣教派吗？"

"……"

普通的光明族人只是在议论、期待、紧张，而王音岚等圣耀司高层、神圣教派高层则小心戒备起来，以防在最后关头，魔族或者光明至上教派成员狗急跳墙。

"我觉得我们需要加强戒备，光明至上教派可不是只有一两个星神。"

王音岚在警惕四周时，一道声音忽然响起。她转头看去，看到了自己在圣耀司中多年的同事张红瑜，心中不免松了一口气。

"嗯，加上你的话，六个，应该够了。"

六个，指的是六个明神。她们分别坐镇六个方位，阻拦一切企图靠近计嘉羽的居心不良者。

中心处，还有巅峰月神陈妙一。

计嘉羽面前的金光逐渐散开，那些被光芒照耀到的被魔化的光明族人顿时发出了痛苦的号叫。不少围观的光明族人见此一幕，都有些不忍心，但她们知道，这是被魔化的光明族人恢复正常必须经历的过程。

在痛苦的号叫声中，她们的样子逐渐恢复了正常，她们或站或跪或趴或躺，全都一脸茫然。她们能看清的只有计嘉羽，他仿佛一颗太阳，绽放着耀目的光芒，光芒穿透了她们的心灵，让她们生出了顶礼膜拜之念。

圣耀珠的光芒继续向前蔓延，眼看着即将抵达法则碎片时，处在光芒中心的计嘉羽忽然身体颤抖起来。

在他身体颤抖时，一旁的聂岚浠猛地向身后看去，只见一根箭矢朝自己疾射而来。她下意识地就要躲闪，但转念一想后，她竟定在了原地，任由着那支箭矢射向自己的左肩。

关键时刻，原本向法则碎片蔓延的光芒瞬间聚拢起来，刹那间激射到了她身后，把那支箭矢挡了下来。

直到这时，聂岚浠和其他的明神、明圣，以及在现场观战的光明族人才反应过来，转头去看偷袭者，发现竟是最后赶到的明神张红瑜。

张红瑜一手持弓，一手拉弦，体内的神圣之力狂涌而出，形成了巨大的神圣光箭。

"红瑜，你！"王音岚愤怒不已。

张红瑜是她多年的同事，也是选拔者计划的发起人之一，她万万没想到，张红瑜竟然也是光明至上教派的成员，而且以张红瑜的地位，说不定还是创建者之一。

这让王音岚怎能不愤怒？但张红瑜完全不给予任何回应，神圣光箭被她撒手射出。

第75章

最后的机会

"轰！"

老牌明神蓄力凝聚而出的神圣光箭飞射而出，但速度却慢得诡异。几位守护计嘉羽的明神原本已经做好了拦截准备，可她们看清光箭射击的路线，感知到它的影响力后，脸色瞬间大变。

须知，先前虚空破碎时，坠落而下的不只是罪之法则的法则碎片，还有神圣法则的法则碎片，比起前者，后者几乎等于一个神圣修炼宝物。这里被神圣教派派人圈了起来，将来会规划成特殊的修炼区域，也算是此次灾劫中的意外收获。

而张红瑜身为明神，本身便熟悉神圣法则的力量，在她的操控下，她那一箭，宛如吸铁石一般将附近的神圣法则碎片吸了起来。

无数光明族人闻声看去，只见一个个淡金色的光团投入箭矢，瞬间便使箭矢的威能暴增了不止十倍。

如此一箭，就连明神都无法抵挡得住，关键是它的速度还在加快，眨眼便抵达了计嘉羽的身前。

陈妙一全身心都在束缚数以万计被魔化的光明族人，没能力再去挡住神圣光箭。

抵挡这一箭，只能靠计嘉羽自己了。

此时此刻，围观计嘉羽清除法则碎片的光明族人都快窒息了。

她们虽然不愿意计嘉羽加入神圣教派，但从没想过要害他，他毕竟是光明族的英雄，是拯救了无数光明族人的人。

这几天时间，她们是看着计嘉羽不眠不休救人的，哪怕一些铁石心肠之辈都心软了，想着在事后奖励和弥补他，只要不是进入神圣教派，就算给他一些超越光明族人的待遇也未尝不可。

总而言之，她们绝没有想过过河拆桥，恩将仇报。人家现在还在为光明族清除罪之法则碎片呢。恩将仇报，这不是缺德的行为吗？

如今，她们光明族的一个明神级强者做出这种事来，传出去会遭到万人唾弃的。

不过都到这种时候了，光明至上教派哪里还考虑得了这么多呢？此事彻底尘埃落定之后，她们将会迎来神圣教派的铁血清扫，这是她们实现自己理想的最后机会了。

人族绝不能入神圣教派，更不能执掌圣耀珠！

"轰！"神圣光箭蕴含的威能过于庞大，甚至带起了一条金色尾焰，让人咋舌。

一刹那间，光箭来到了计嘉羽的身前。

如果不是圣耀珠赋予了他识别善意者和恶意者的能力，他早就死在张红瑜的箭下了，而现在已经反应过来的他，还是得依靠圣耀珠。

他改变自身神圣之力的输出方向，将那本该去清除罪之法则碎片的光芒聚集起来，使其对着光箭的方向冲去。

光的速度，无须多言。

两者碰撞，发生了惊天的爆炸，冲击波直接使得近处地面的石板化作了飞灰。

聂岚浠就在计嘉羽身边，爆炸发生时，他们被圣耀珠洒出的一片淡金色光芒笼罩了，没有受到丝毫影响，而稍远一点的区域，围观的光明族人几乎都被撞倒了。

冲击波扩散到了极远的地方，摧毁了数不尽的建筑物，但计嘉羽根本没空去在意，因为张红瑜还在不停地拉弓，射出光箭。他也只能用圣耀珠的能量去对抗，但每消耗一点圣耀珠的能量，他的心便沉下去一点，因为如果继续消耗下去的话，那块罪之法则碎片就清除不了了，那必然会造成巨大的污染和损失。

四周的明神第一时间启动了自己的场域。这种时候，她们也顾不得明神是神圣澄海顶尖的、最稀缺的，也是最重要的战斗力了。

保住计嘉羽要紧。

不过张红瑜毕竟是老牌明神，在她不顾一切的抵抗之下，光箭仍然不停地射向计嘉羽。

计嘉羽只得竭力抵挡。

然而，大量神圣之力的碰撞，似乎引起了不远处那块罪之法则碎片的异变。它开始收缩，然后膨胀，释放出黑色的雾气。受它的影响，原本便已经被魔化的光明族人一个个竟然长出了翅膀、尾巴，显然魔化状态更严重了。

更让人恐惧的是，那块法则碎片似乎有炸碎的趋势。一旦发生这样的事，计嘉羽前几天的努力就可以说是白费了。

在略作思考后，计嘉羽不再用圣耀珠的光去抵御箭矢，而是在自己身前筑起一面光盾。光盾极厚，足以抵御箭矢的冲击，但箭矢的庞大力量却透过光盾传到了计嘉羽身上，让他浑身颤抖，嘴角溢血。

他管不了那么多了，开始倾力催动圣耀珠的光芒去照耀不远处的罪之法则碎片。受到圣耀之光的照耀，罪之法则碎片停止颤动，不再释放黑色雾气，体积也在缓缓缩小。

承受着几位明神的场域挤压的张红瑜，神体都将崩溃了。那些明神看到这一幕，多少有些不忍心，但只是一秒，她们又坚定了自己的想法。

在张红瑜看来，虽然罪之法则碎片污染性大，但只要大先知回来，肯定能解决，可计嘉羽现在不死，往后大概率就没机会杀他了，他将会成为全神圣澄海安保级别最高的人。

"枉我拿你当我的榜样！张红瑜，你的行为太可耻了！"

"你不配当我们的神！"

"张红瑜，你还我女儿命来！"

被冲击波掀飞后，此时已经退到较远距离的光明族人大声喊着。她们的话刺痛了张红瑜的心，但她已经没办法回头了。

她咬了咬牙，体内的神圣之力疯狂涌动，注入场域之中。

她在做最后的抵抗。

计嘉羽一边抵御箭矢，一边净化罪之法则碎片，头顶处的神圣之光飞快地消耗着。

不少光明族人见状，什么都没说，主动打碎自己的神圣基石，将神圣之光抛送到计嘉羽的上方，让他没有后顾之忧。

罪之法则碎片飞快地缩小，计嘉羽的身躯变得越发脆弱。如果不是有明神的场域和圣耀珠的光芒作抵挡，他现在已经死八百次了。

眼见罪之法则碎片即将完全消失，已经是强弩之末的张红瑜射出了最后一箭，也是最强的一箭！

第 76 章

要有光

光箭携带着神圣法则之能飞来，计嘉羽身前的光盾应声而破，始终站在计嘉羽身旁的聂岚浠再次站了出来。

但还没等聂岚浠做什么，陈妙一的身影忽然出现在光箭之前，透明的场域波纹扩散，挡在了光箭之前，使得光箭根本无法再前进分毫。

陈妙一有些疑惑地望向张红瑜，道："这就是你最后的手段了吗？不应该啊！"

聂岚浠闻言立刻了然。陈妙一先前假装被魔化了的光明族人牵制住，目的是引诱更多的光明至上教派成员现身，但张红瑜已经拼尽全力发出最后一击了，还没有别人出来帮忙，看样子真就只有张红瑜了。

既然如此，陈妙一也就没有了隐藏实力的必要。只是可惜了那群被冲击波直接波及的光明族人了，但还是那句话，为了圣耀珠的执掌者，一切都是值得的。

陈妙一出面，张红瑜最后一箭被挡，她本人也被明神所抓捕，计嘉羽的安全得到保障，但不少光明族人却有些担心。

计嘉羽如此尽心竭力地为光明族做事，张红瑜却在这种关键时刻偷袭他，他内心一定很受伤吧？他不会撂挑子吧？

说实话，光明至上教派屡次三番地偷袭、刺杀计嘉羽，要说计嘉羽心中没点怨气，没点委屈，那是不可能的。不过，他理解她们的想法，只是无法认同罢了。

计嘉羽知道光明至上教派只是光明族中极少一部分人成立的，她们的想法不能代表全部光明族人的想法，所以撂挑子这种事他是绝不会做的。

"只剩最后一点了。"

眼见罪之法则碎片即将彻底消散，被魔化的光明族人也大多恢复了正常，计嘉羽站起身。

他抬头看了一眼头顶的神圣之光，轻轻一叹，挥手招过几团神圣之光，将其纳入体内。紧跟着，他将那些神圣之光化成的神圣之力注入圣耀珠，令圣耀珠继续绽放璀璨光芒。

不远处，那些恢复正常的光明族人渐渐聚到了一起。看着近处的计嘉羽，她们的眼神极为复杂。

神圣广场上平时并没有这么多人，她们之所以聚在这里，只有一个原因，那就是反对人族进入神圣教派。

可眼下正是她们强烈反对的人族拯救了她们的性命，这让她们内心纠结到了极点。但也有一些不纠结的——这部分光明族人的想法从一开始就无比坚定——光明至上教派的成员。

几乎没有任何犹豫，这些靠近计嘉羽的光明族人向他发起了攻击，数十个蕴含多种神圣属性的圣术朝着计嘉羽呼啸而去。

陈妙一偏头瞥了一眼，本来想阻止这种没有意义的攻击，但犹豫了一下后，还是决定让计嘉羽自己解决。

在危险性不太大的时候，陈妙一希望他能自由发挥能力，自由成长，毕竟，揠苗助长或过度保护都会毁掉一个天才。

这些攻击，虽说陈妙一觉得不危险，但在计嘉羽看来，还是非常可怕的。数十个圣术铺天盖地而来，把太阳光都挡住了。

计嘉羽连忙在身前凝聚出一部分圣耀之光，挡住那些圣术，但和先前一样，还是有冲击力传到他的身上，让他皱起了眉头。

此时此刻，他多希望自己能够变得更强，那样他就能激活圣耀珠的更多能量，能在顷刻间清除罪之法则碎片，那么，这些光明至上教派成员的攻击也就不算什么了。

对啊，自己为什么不继续修炼呢？

五阶明尊修炼，大多是学习和揣摩圣术、圣纹，通过圣术、圣纹去进一步了解其他神圣属性，最后将具有多种神圣属性的神圣之力组合起来，构成坚实的神圣基石。其他人需要学习圣术、圣纹，他压根儿不需要啊。

他其实可以很轻易地就感知到许多神圣属性，这多亏了他的修炼经历和救人行为。

正如同救赎是他拯救了那么多人后，他的神圣之力自然而然产生的属性，那他净化了那么多的罪之法则碎片，按道理也可以感知到具有净化属性的神圣之力。

他驱赶、解决了那么多的魔，应该可以感知到具有驱魔和破魔属性的神圣之力，以及具有复苏、圣洁、勇气、信念等属性的神圣之力。

想通之后，计嘉羽索性一边催动圣耀珠，一边分散部分精神力去感知这片区域中不同属性的神圣之力。

果然不出他所料，他轻易就感知到了他想感知的具有神圣属性的神圣之力。于是，他体内的神圣之力再一次开始替换，头顶上方的神圣之光也有了用武之地。

短短几十秒钟过去，计嘉羽体内的神圣之力便多了第二种神圣属性，净化。又是几十秒钟过去，他体内的神圣之力多了驱魔属性，再然后是第四种属性，破魔。

如果不算需要学会的圣术和对圣术的掌控度，体内的神圣之力蕴含四种属性的计嘉羽，已经可以算是五阶中期明尊了。

多了三种神圣属性，使得计嘉羽的神圣之力的品质提升了，他激活圣耀珠能量的能力也增强了不少。

他遥望着已经只剩下椰子大小的罪之法则碎片，以及距离它较近的最后一批次被魔化的光明族人，心头无比激动。

这件波及整座神圣城，影响整个神圣王国的事终于要落下帷幕了。既然如此，那就让它结束得彻底一些，让人印象深刻一些吧！

"哗啦啦！"

周遭的光明族人隐约听见了汹涌澎湃的河流发出的声音，那其实是计嘉羽体内的神圣之力在疯狂涌向圣耀珠发出的声音。圣耀珠爆发了光芒，但这光芒并不刺眼，反而很温暖。

光芒瞬间覆盖了大半个神圣广场，人们沐浴在光芒里，看着光芒中央的计嘉羽，神色震惊，心情复杂。

他到底是个什么人啊？

光芒彻底清除了神圣广场上的罪之法则碎片，被魔化的光明族人也全都恢复了正常，即便是那些冥顽不灵的光明至上教派成员，也在被光芒照耀后，相继停止了释放圣术。

这一幕太震撼了！

那些光明至上教派成员也发现了，在这光芒的笼罩下，她们根本没法儿对计嘉羽造成任何伤害。她们很快便被四周的光明族人擒住了。

但光芒却没有因此暗淡下去，而是继续向远方扩散。

几分钟后，整座神圣广场都被笼罩在圣耀珠的光芒之下。

又过了几分钟，圣耀珠的光芒笼罩了整个神圣城的主城区，再之后是偏远城区。

无数曾与魔族厮杀过，体内残留着些许魔气的光明族人纷纷觉得浑身轻了几斤，仿佛压在身上的一座大山被搬开了。

不仅如此，一些处在突破瓶颈期的光明族人感觉自己有突破的迹象。

这道光，这道神奇的光，在这一刻，震撼了无数光明族人的心，同时也让她们心中产生了疑惑。

这人到底什么来头？他到底有着怎样的实力啊？

第 77 章

战后

以神圣广场为中心，穿透重重障碍照耀了大半座神圣城的光芒，足足持续了近半个小时才消失。

伴着光芒收敛，这场由魔族发起，令整个神圣王国损失惨重的灾难终于结束了，为此不眠不休数日的计嘉羽终于松了一口气。

心情一放松，疲惫感顿时席卷而来，将他压垮了，他几乎就要倒在地上了。

一旁的聂岚浠见状，右手轻轻一抬，一道精纯的神圣之力撑起了他的身体，让他缓缓落地。

王音岚也急忙赶来，用精神力感知计嘉羽的状态，确定他没有事后，这才轻轻吐了一口气。

"我要带他回圣耀司，你要一起吗？"王音岚转头看向聂岚浠。

"要。"聂岚浠毫不犹豫地道。

"那就走吧。"王音岚手指旋动，一阵淡金色的风抬起计嘉羽，三人一同朝神圣广场北边走去。至于神圣广场上的一地狼藉，自会有相关的人员收拾。

望着远去的三人，目睹了刚才那惊险、震撼的一幕的光明族人，心情极为复杂。她们知道，再过不久，计嘉羽这个名字将会传遍整个神圣王国，无人不知，无人不晓。而关于计嘉羽加入神圣教派的事，也必将引起地震般的轰动。

计嘉羽的感知能力渐渐恢复，他感觉自己躺在了一个温暖的地方，空气中弥漫着某种不知名的果香。

他缓缓睁开眼睛，入目所见是米白色的床顶，身上盖着洁白的毛毯。

他才清醒，立刻就有人推门而进。

他转头看去，是一个他不认识的少女。

"你醒啦！那等等哟，我去找王司祭。"少女惊喜地说道，转身便小跑了出去。

计嘉羽见状，强撑着略有些酸疼的身体坐了起来，穿上地下的布鞋，走出了房门。

房门外是一个由淡金色砖石砌成的院子，他走出院子，放眼望去，是一片看不到边的茂密森林。

不过，精神力已经到了入圣级别的计嘉羽，能够感知到在距离他不到三公里的地方，聚居着上千名实力颇强的光明族人。

正当他要继续向远方感知时，脚步声传来。他转头看去，只见一个戴着围脖的金瞳女子正向他走来。

是聂岚浠。

"你还好吗？"看到聂岚浠后，原本有些忐忑的计嘉羽顿时踏实了很多，同时也想起了他昏迷前发生的事情，忙出声问道。

"我没事。"聂岚浠说话的时候，上下打量了计嘉羽一下，确定他完全恢复了。

"我们这是在哪儿啊？"计嘉羽疑惑地问道。

"圣耀司的一个修炼场所。"聂岚浠道。

计嘉羽闻言顿时了然。

正在此时，一道流光从不远处的那个光明族人聚居地飞来，落到了两人身前，正是一号营地的负责人王音岚。

此时的王音岚身披一件银白色的长袍，左胸前有一个太阳徽记，跟之前计嘉羽见到的那些明神所穿的衣服一样。

显然，经过神禁之地那一战，境界得到突破的王音岚地位也有所提升，现在已经是一位司祭了。

"你一定有很多疑问吧？"王音岚笑着望向计嘉羽。

计嘉羽点了点头。

"走吧，边走边说。"王音岚向两人招了招手，朝她来时的方向走去。

"我们现在所在的这座山，有一个别称，叫作后花园，是我们圣耀司创立以来便建成的一处修炼场所。"王音岚介绍道，"后花园在建成后数十年的时间里，都没有入住过任何人，所以荒废了，昨天才开始重新收拾。"

话落，王音岚看向身侧的计嘉羽，道："这是专门给圣耀珠执掌者建的修炼场所，将来很长一段时间，你都将在这里修炼，熟悉圣耀珠。"

对于王音岚的话，计嘉羽不觉得惊讶，刚才聂岚浠说这里是一个修炼场所的时候，他就猜到了。圣耀珠多重要啊，他恐怕不光要学会如何掌控圣耀珠，还要学习一些意识形态上的东西。

"不过，修炼、学习啊这些东西，都是之后的计划，我现在要跟你说一件事。"王音岚道，"你来神圣王国的时间很短，进入一号营地后，也没待多久就执掌了圣耀珠，所以很多事你都不知道，我现在必须得告诉你。想要真正成为圣耀珠的执掌者，你必须脱离蓝域自由国度，放弃人族籍，加入我们光明族，加入神圣王国。"

计嘉羽闻言还是不觉得惊讶，这种事，王音岚不说他也能猜到。

对于所谓的脱离自由国度和放弃人族籍，他其实没有太大的感觉，毕竟在过去的十几年里，他生活在一个满是谎言的孤儿院，并没有感受过来自自由国度和同族人的善意。简单来说，他对蓝域自由国度和人族没有归属感，所以对于这一点，他并没有异议。

计嘉羽犹豫了一下，问道："大家会不会不同意啊？"

"不会不同意的。"王音岚摇了摇头，"就凭你对我们光明族付出的那些，谁要阻止你加入神圣王国，阻止你成为一个光明族人，她就是忘恩负义、狼心狗肺。她们在意的，是你加入神圣教派这件事。"

计嘉羽这才恍然大悟。的确，神圣王国、神圣教派和光明族其实是三个概念。从数十年前开始，神圣王国就有人族与光明族的混血儿了。有的混血儿虽然血统偏向人族，但出生在光明族，依旧是光明族人。大多数光明族人都可以理解这件事并接受这些混血儿，毕竟时间久了，传统也有了，没什么好说的。

但是，神圣教派不一样。神圣教派是神圣澄海的真正统治阶层，就连神圣王国的管理层、贵族，乃至国王，都是由神圣教派指定或任命的。

而以计嘉羽的天赋、身份、地位，万一他真的成了神圣教派高层，那是有可能改变整个神圣澄海的社会结构的。这才是诸多光明族人无法接受计嘉羽加入神圣教派的原因。

然而，神圣教派的高层都认为必须吸纳计嘉羽，必须用神圣教派成员的身份来绑住计嘉羽。她们看事情比较长远，所以清楚地知道，在遥远的将来，光明族还得靠人家圣耀珠执掌者。她们巴不得计嘉羽和光明族绑得越紧越好。只是，并不是每个光明族人看事情都能看得那么长远，也不是每个光明族人都愿意牺牲当下的某些利益。

第 78 章

争论

"所以，你是怎么想的？"王音岚定睛看着计嘉羽。

计嘉羽闻言沉默了几秒钟，忽然笑道："其实，我是怎么想的，重要吗？"

成为圣耀珠的执掌者后，他基本上相当于神圣澄海最重要的资产之一，他的命从今往后就不再属于他自己了。

可是，王音岚的回答却让计嘉羽有些意外。

"重要，很重要。"她似乎是看明白了计嘉羽的诧异和疑惑，解释道，"虽然你是圣耀珠的执掌者，的确很重要，但既然你要加入我们神圣王国，成为光明族人，那么你就享有光明族人的一切权利，当然，也包含责任和义务。在非必要的情况下，你可以拒绝我们，但在关键时刻，该你站出来的时候，你绝不能退缩。"

计嘉羽大概听明白了，在国家危难和族群的大是大非问题上，他没得选择，但除此之外，他的自主性还是非常高的。这多少让他感到有些欣慰，至少人家没拿他当工具。

"我没什么意见。"计嘉羽道。

"那对加入神圣教派呢？"王音岚继续问。

"如果你们没意见，我当然也没有意见。"计嘉羽道。

"这件事的确需要讨论，但最终的结果应该不会有意外。"王音岚笑着说完，又看向聂岚浠，问道，"你要加入神圣教派吗？"

"都行。"聂岚浠回道。

"那就一起吧。"王音岚道。

目前神圣教派内部还没有人族与光明族的混血儿，聂岚浠一旦加入，那就是破天荒的头一个。

聂岚浠知道那有多难，但她并不在意。

接着，王音岚和计嘉羽、聂岚浠闲聊了一些事情，三人总算来到了山腰处的圣耀司办公地。

这里相当于一座小型的城镇，只是居住的全是圣耀司的成员。此时她们已经全都知晓了计嘉羽圣耀珠执掌者的身份，而在之后的很长一段时间里，她们都将尽心竭力地帮助计嘉羽更好地执掌圣耀珠。

"你们俩可以先在这里逛逛，我要忙点事。放心，在这里，你们绝对安全。"王音岚说着话，递给计嘉羽一个布袋。

布袋哗哗作响，计嘉羽打开一看，里面全是雕刻了花纹的金币。

这是神圣王国的流通货币。

"好的，你忙你的，不用管我们。"计嘉羽道。

王音岚向两人摆了摆手，逐渐走远。

她走后，计嘉羽看向一旁的聂岚浠："那我们去逛逛？"

"嗯。"聂岚浠轻声应道。

"说起来，我有个问题想问你。"计嘉羽走了几步，犹豫了一下，道，"你为什么要跟着我啊？你不用回家吗？"

"我没有家。"聂岚浠道。

计嘉羽闻言沉默了，他其实已经猜到这个答案了，但还是有点难过。

他犹豫着问道："那……你父母呢？"

"去世了。"聂岚浠道。

"对不起。"计嘉羽道。

"没事。"聂岚浠道。

计嘉羽看着聂岚浠，心想：原来她与我同病相怜，但她应该过得比我更难，毕竟正常人哪有机会认识小九那种存在啊？想必她的父母死后，她吃了不少的苦……

"那你打算接下来一直跟着我吗？"计嘉羽问道。

"该什么时候走，我心里有数。"聂岚浠道。

"这样啊……"计嘉羽点了点头，忽然笑道，"那就看你吧，你开心就好。"

聂岚浠闻言愣了一下，然后道："我开心就好？"

除了她的父母，还是第一次有人这样跟她讲话呢，当然，她也不认识几个人。

这边，两人闲聊、闲逛着，另一边，在神圣城的神圣教派总部中，正聚集着整个神圣教派中地位较高的星神级、月神级强者。

半个小时后，她们将会就是否同意计嘉羽加入神圣教派一事，做最后的讨论和决定。

其实关于圣耀珠的执掌者加入神圣教派这件事，众多神级强者老早就讨论过很多次了，只是始终没有结果。因为在计嘉羽出现之前，她们压根儿不敢确定执掌者会诞生，而现在终于来到最终时刻了。

半个小时过去了，大部分能到场的神级强者都到场了，她们静静等待着会议的主持人——神圣教派的教宗到来。

不过，她们等了半晌也没等到教宗。这时，陈妙一忽然走向巨大的会议厅的上首位置，出声道："教宗还在处理一些要紧事，先由我来主持吧，你们可以发表意见了。"

"我不同意。"陈妙一话音刚落，立刻有人出言反对，"我还是那句话，若让人族加入神圣教派，就先杀了我。"

"你这么无理取闹就没意思了，说点正经有用的。"

"人族加入神圣教派，还是一个注定会被特殊对待的人族，绝对会给整个神圣教派带来不好的影响。"

"如果他按照正常的升迁流程成了教派高层，提出了一些改变人族地位的法案，我们该怎么办？"

"启明城的人族，还有那些混血儿，已经够让我们头疼的了，再来一个纯血统的人族，我怕我们教派会直接烂掉。"

"换个其他的方法绑住他吧，加入神圣教派绝对不行！"

"想要绑住一个人族，靠的是什么？无非权力、金钱和配偶。我们可以给他那些啊，我不相信他能在那些面前坚持自己。"

"大众不会同意的。"

"早在教宗确定圣耀珠只能由人族掌控开始，你们就应该有心理准备了，一定会有一个人族进入神圣教派的，这是迟早的事，没得商量。"

"也不是说权力那些吧，我们为的是让他有归属感，我们要一视同仁。"

"你们应该都清楚七神珠的执掌者该是怎样的地位吧？"

"把他纳入神圣教派，是我们赚了，就算让他为人族争取一些利益又能怎样？总好过我们被魔族直接灭了。"

"前几天的事情，你们都没看见吗？"

话还是老话，人也还是以前的那些人，大家各抒己见，吵得不可开交，谁也没法儿说服谁。

第79章

光暗魔族

半晌后，会议厅重归寂静，因为所有人都吵累了。

"还是等教宗回来吧。"有人提议道。

话落，顿时引起了不少人的附和。

她们这么吵有用吗？没用，一点儿用都没有，最后还得教宗来做最终决定。现在教宗又不在，吵吵吵有什么意思？

于是众人沉默着等待起来。然而，教宗久久未至，让现场的气氛颇有些尴尬。

王音岚见状，思考了片刻后往前走出一步，出声道："我知道你们都担心计嘉羽的加入，会给神圣教派和我们整个光明族带来不可预料的负面影响，但你们仔细想一想，执掌圣耀珠的人的那些品质，哪些不是正面的、优秀的？从你们听说计嘉羽这个名字以来，他做的哪件事不是值得宣扬夸赞的？我觉得你们根本就不用担心他会带来什么负面影响。"

"话虽如此，但他现在年纪还小，没接触过权力，你能保证他会始终如一吗？你能保证他是这样，那他的后代呢？"

"的确，这些都是说不准的。"

在王音岚说完之后，众多星神、月神又忍不住吵了起来，而且这次比上次更严重，有两个人甚至吵出了真火。

然而，正在此时，会议厅沉重的大门缓缓开启，一个脸上蒙着金纱的女子缓缓飘入。众多神级强者的目光顿时被她所吸引了，但紧跟着，她们的视线往后移了移。只见金纱女子的身后，竟飘浮着五具巨大的人形怪物尸体。

在众人的注目礼中，金纱女子去到了上首位置，而那些人形怪物的尸体则落在她身旁的地面上，散发着淡淡的魔气。

众多神级强者见状，心情有些复杂。她们早就知道这次引发神圣城危机的，不单单是月神级的罪魔，还有其他一些更加可怕的存在和他们的算计。教宗和神圣教派几位资深的月神便是去处理那些事情了，否则的话，教宗和那些资深月神哪能让一个罪魔在神圣城内撒野？

"这是……光暗魔族？"一名十阶明神出言问道，她的语气有些不确定，毕竟光暗魔族退出历史舞台太久，久到她这种新生代的十阶明神只是听过光暗魔族而没见过。

金纱女子，即大先知、神圣教派的教宗，轻轻地"嗯"了一声，有几名明神顿时忍不住倒吸了一口凉气。

与此同时，众多明神心中也明白了教宗和那些资深月神为什么去了那么久。

光暗魔族乃魔域魔族一个较大、较强的分支，也是当初大灾变时期光明族的主要对手，其中光魔族擅长操控光线，吸收阳光和阳光产生的能量，与光明族互为克星。如果是在正常情况下，光明族和光魔族可堪一战，但在光魔族有暗魔族辅助的情况下，光明族便不是光魔族的对手。

除此之外，光魔族、暗魔族本身是一族，只是双方都不认可这一点。

光、暗两魔族都是单性繁殖，两族之间禁止通婚，但经常有光、暗两魔族的魔在私底下结合，甚至不少诞下了子嗣。不过其中绝大多数子嗣都是丑恶、畸形的，生下来便会死去，只有极少一部分光、暗属性共生的子嗣能存活下来，这样的便属于光暗混血魔族。

曾经就有一名光暗混血魔修成了十一阶月神，是魔兽星撞向法蓝星之前，最有可能突破至十二阶大天神的强者之一。

此时此刻，在教宗的身边，光魔、暗魔、光暗混血魔的尸体都有。其中光魔背生双翼，额头上长有两根弯曲的肉质触角，皮肤白皙如玉。而且，和光明族人一样，光魔族全族都是女性。暗魔的触角则是骨质的，全族都是男性。

光暗混血魔的躯体，左半边是光魔族的女性躯体，右半边是暗魔族的男性躯体，额头上有一根弯曲的肉质触角和一根粗大的骨质触角，同样，背上的双翼左白右黑，泾渭分明。

"光暗魔族一部分复苏了并入侵了神圣澄海，一部分正在苏醒，你们对接下来的局势有什么看法？"大先知声音清冷。

"魔族复苏并入侵法蓝星各域各海，这不是我们一族的责任，我们要寻求外援。"有明神道。

"这是理所应当的，但什么事都请外援吗？"大先知问道，"大事小事一概如此？"

"那当然不是。"

"那说说我们自己的应对方案。"

"靠圣耀珠吧，靠计嘉羽。"

"那人家凭什么帮我们？凭我们救了他的命？给了他新的人生？即便如此，他为我们神圣澄海赴难两三次也就偿还了，凭什么要为我们拼命一辈子呢？"

"若不给他尊重，不给他平等的待遇，就算他现在愿意付出，那以后呢？教宗把这些尸体摆在你们的面前，你们还不明白吗？"

"我们马上就要面临魔族的威胁了，没时间犹豫了。再犹豫，我们就没有以后了。"

一些反对者听完这段话，陷入了沉默当中。

在此之前，她们还能安慰自己，魔族复苏和入侵为时尚早，那根本不是眼下该考虑的事，但现在那些魔族尸体摆在她们的眼前，她们再也无法欺骗自己了。

作为魔域的主要魔族分支，光暗魔族都要复苏了，那过不了多久，魔族别的分支大概也会复苏了吧。难道第二场大灾变战争就要到来了？如果真是这样的话，纠结计嘉羽是否能加入神圣教派的确意义不大。

大先知再次开口了："那这件事就这么定了，让计嘉羽加入神圣教派，从教士做起。"

大先知一锤定音，没人再有反对意见。

王音岚闻言，顿时露出了惊喜的笑容，她恨不得立刻回去告诉计嘉羽这件事。不过，她感觉计嘉羽大概也不清楚这意味着什么。

"另外，开始备战吧，战争就要来了。"

大先知说完这句话，右手轻挥，那几具魔族尸体顿时化作点点金光，消散于无形。

第80章

名扬

神圣教派的会议结束后，王音岚第一时间赶回后花园，把这个好消息告诉给了计嘉羽。

果然不出她所料，对于这个消息，计嘉羽反应平淡。

他压根儿不清楚，即便是光明族人想要进入神圣教派，那也是一件难如登天的事。

不过，计嘉羽不懂也好，因为这样才能保持平常心。

"明天你跟我去圣一堂，办理一下加入神圣教派的手续，然后咱们就进行特训。"王音岚道。

"好。"计嘉羽点点头答应了。

当夜无事。

第二天一大早，王音岚便敲响了计嘉羽住所的门。三秒钟后，计嘉羽结束了修炼状态，拉开了门。

"走吧。"王音岚递给计嘉羽一个餐盒，道，"边走边吃早餐吧。"

"谢谢王司祭。"计嘉羽道。

"以后叫我岚姨吧。"王音岚笑了笑，问道，"聂岚浠呢？"

她话音刚落，聂岚浠便从院落外的拐角处走了过来。

"你晚上住哪儿了？"王音岚好奇地问道。

这座院落有很多间房，不存在什么男女有别的问题。

"森林里。"聂岚浠道。

计嘉羽闻言不由得苦笑："我劝过她了，没用。"

"这也没什么，森林里挺安全的。"王音岚笑道，"走吧，跟我们一起去圣一堂。"

"嗯。"聂岚浠轻轻点了下头。

聂岚浠能否加入神圣教派的事，同样引发了一阵激烈的讨论，但最终大家都败在了残酷的现实下，同意了。

聂岚浠是一个不太有正常感情的人，她的内心似乎比较冷漠，神圣教派未必能绑住她，那她们还矫情什么呢？

圣一堂位于神圣城的西城区，是全神圣澄海第一座教派建筑，所以名为圣一堂，这里也是光明族人加入神圣教派的荣耀地点。

王音岚带着计嘉羽和聂岚浠来到圣一堂时，里面人并不多。

这座专门为新加入神圣教派的光明族人建立的圣一堂，一年到头都没多少人来，最近却有些热闹，因为许多人好奇大先知最终的决定，在这里等着，而现在她们终于等来了要等的人。

计嘉羽，聂岚浠。

有人忍不住倒吸了一口凉气。

"所以他真的要加入神圣教派了啊?！"

"这事儿要是传出去，肯定会引起轰动。"

"唉，这是个错误的决定啊！"

这些光明族人低声议论，但也改变不了什么，任谁都知道这不可能是某一位明神做的决定，而是一群明神和大先知一起做的决定。

在王音岚的带领下，两人在圣一堂内见到了主持入教仪式的一位霍姓助祭。

这名助祭看到计嘉羽和聂岚浠的时候，神情有些复杂。她想忍，但没忍住，还是开口说道："几十年来，我一直在这里为光明族的年轻人主持入教仪式，从来没想过有一天会给一个人族和一个混血儿举行入教仪式，这真是……真的是……唉！"

"这是好事。"王音岚道。

"希望吧……"霍助祭说着，分别递了一张纸给计嘉羽和聂岚浠。

计嘉羽接过来一看，上面全是光明族文字，他几乎都不认得。他下意识地转头望向聂岚浠。她眼睛看不见，虽然可以用精神力感知，但应该也不识字。

王音岚也意识到了这一点，于是让霍助祭又拿过一张纸，给计嘉羽和聂岚浠翻译了起来。

片刻后，两人填完了一些个人信息。霍助祭让两人站在光明女神像下面，向其宣誓。

王音岚听着两人语调都没什么变化地念完誓词，轻叹了一声，心想：要是其他族人看到了这一幕，恐怕又要说三道四了。计嘉羽和聂岚浠对神圣王国、神圣教派没什么归属感，这一点将来还是得注意一下。

等两人念完誓词，霍助祭从怀中拿出两块刻有女神像的徽章，递给了两人，这入教仪式就算是完成了。

"将它佩戴在胸前，如果不是特殊情况，最好不要摘下。"霍助祭嘱咐道。

"好的。"

"好的。"计嘉羽和聂岚浠把徽章佩戴在了胸前。从现在开始，他们就是神圣教派的入门教士了。

入教仪式结束后，三人没有停留，便准备返回后花园。

在他们三人出门时，那些等候已久的光明族人看到了计嘉羽和聂岚浠两人胸前的徽章，顿时议论了起来。

对此，计嘉羽神色平静，似乎不为所动，但只有他自己知道他此时内心有多么紧张。

在神圣城遭受罪魔袭击的五天后，计嘉羽拯救了无数光明族人的消息传遍了整个神圣王国，几乎稍微关注点实事的光明族人都知晓了他的名字，并感到极度不可思议。

毕竟，那只是一个人族啊！

"这事儿是真的吗？听说计嘉羽是人族选拔者，但才来我们神圣王国不久。"

"他年纪不是很小吗？这听起来就不可思议啊！"

"一个人说是谣言，那十个人、一百个人、一千个人说的呢？大家都是这么说的，应该是真的吧？"

"你们听说了吗？因为他这次立了大功，神圣教派的高层有把他纳入教派的意思。"

"不可能吧?!他是一个人族啊！"

"就算成为神圣王国的高层，也不可能进神圣教派啊！"

"无风不起浪，这件事很可能是真的啊！"

"要是真的，我第一个就不同意！我才不要生活在一个受人族统治的神圣王国！"

"说统治太夸张了，但的确有一个人族站在了我们的头顶上！"

计嘉羽在神圣城的所作所为和他入神圣教派的消息，迅速席卷了整个神圣王国，无数光明族人在讨论这件事，大家都不太相信他最终能加入神圣教派。

然而，又过了两天，一个让她们觉得是晴天霹雳的消息传来。

计嘉羽真的加入了神圣教派！

这件事不再是谣言，而是神圣教派主动公布的，甚至配了光幕影像。

这是什么意思啊？无数光明族人气急了！

这事儿也做得太过分了吧！

第81章

公之于众

"你们知道吗？一个叫计嘉羽的人族加入了神圣教派！"

"人族？你确定没说错？是人族吗？"

"亡了！我光明族要亡了啊！"

"就算现在没亡，那这也是我光明族灭亡之先兆！"

"数百年后，当神圣澄海已经被人族占领的时候，不知道会不会有幸存的光明族人抬头仰望星空，想着活在同一片星空下的先祖们怎么会这么愚蠢呢？"

"不行，我绝不能让这种事发生，就算死也不行！"

"他的确为我们光明族做出了一定的贡献，但也不能拿入教来回报他吧！我不同意，我坚决不同意！"

"你不同意又能怎么样呢？你觉得这有可能是一个人或几个人做的决定吗？"

"唉，大先知糊涂啊！"

在经过一番激烈的讨论后，一部分光明族人开展了游行示威，其中不乏光明至上教派的残余成员。

神圣城事件结束后，光明至上教派损失了多名明神和多名九阶强者，实力遭到重创，其残余成员躲藏了起来。但神圣教派并没有将她们遗忘，而是派出了教派中一位数一数二的星神级巅峰强者指挥团队追剿她们。

虽然才过去短短几天，但光明至上教派已经减员数千名，而且全都是有名有姓入过教的正式成员，其中高层也有不少。

即便如此，那些残余的成员依旧没有忘记她们的理念，在各大城市的阴暗角落里推波助澜。

在"人族加入神圣教派乃光明族亡族之兆"的口号的刺激下，数以万计的光明族人参与了游行示威。这让许多城市的城主府工作人员焦头烂额，但她们也没有太好的办法。事实上，城主府内部也有支持游行示威的。

随着时间的流逝，游行示威的声势越发浩大，但神圣教派没有强力镇压或阻止的意思，而是向神圣王国各大城市的城主府、各大城市的教区高层公布了一件震撼人心的事。

计嘉羽并非只是一个普通的人族，他还是选拔者计划选出的最终选拔者，是七神珠之一圣耀珠的执掌者。

七神珠，圣耀珠，执掌者！这关键的九个字让所有知晓内情的光明族高层陷入了沉默和沉思。

难怪区区一个人族可以解决连光明族明神都解决不了的麻烦，可以拯救被魔化的光明族人，可以清除坠落在神圣城中的罪之法则碎片，原来他是圣耀珠的执掌者啊！

那没事了。

魔族入侵神圣城事件发生以后，神圣教派的高层知道计嘉羽成为圣耀珠的执掌者这件事已然在一定范围内暴露，再遮掩下去也毫无意义，于是她们索性主动告知该知道的明圣们。

至于其他明尊、明灵，知道也行，不知道最好，毕竟那根本不是她们该去考虑的事，不如活得糊涂一些。

计嘉羽是圣耀珠执掌者的事情引发了明圣们的站队风潮，一些人觉得不应该让人族执掌圣耀珠，一些人则觉得大先知做事有她的道理，持续了数十年的选拔者计划肯定不是平白无故开始的。

明圣们的站队行为无疑推动了游行示威的发展，再加上计嘉羽是圣耀珠执掌者一事没有被刻意隐瞒，许多明尊、明灵都听说了，这就相当于在本就风波不断的湖中砸下了一座山。

这下子，整个神圣澄海都沸腾了。

反对的浪潮一浪高过一浪，原因众多，但总的来说就一条——计嘉羽只是一个人族，他凭什么？

这一点暗合了光明至上教派的理念，一时间，光明至上教派持续增加了新成员，竟有死灰复燃的趋势。

与此同时，在圣耀司的后花园，一座巨大的圆形训练场中，计嘉羽和聂岚浠正在进行特训。

准确地说，是计嘉羽在进行特训，聂岚浠只是盘坐在一旁，正常修炼。

在计嘉羽的身旁，密密麻麻围了二十多个人，她们有的在抽计嘉羽的血，有的在朝计嘉羽灌注精纯的神圣之力，有的拿着一个装满了浑浊神圣之力的瓶子站在远处。

她们全都是圣耀司的资深教士，负责测试计嘉羽执掌圣耀珠后发生的变化和拥有的能力。

这就是计嘉羽接下来一段时间的安排：每天早晨，他自行修炼，或在王音岚的指导下修炼；下午则进行测试，熟悉圣耀珠的能力；晚上，按道理来说这个时间是用来睡觉的，但他也没有浪费，一半时间都用来修炼了。

"他的神圣肤质的韧性、硬度，神圣骨骼的硬度，血液中神圣之力的含量，神圣回路的宽度和长度，均达到了正常五阶初期的十倍。"

"他体内能容纳的神圣之力的总量，达到了正常五阶初期修炼者的十五倍，而且由于他的身体极强，他可以把神圣之力压缩到超精纯状态。

只要他愿意，在释放神圣之力时，他能把自己超精纯的神圣之力"稀释"到普通神圣之力的三倍。"

"他的精神力已经达到了入圣初期，学习五六阶的圣术、圣纹对他来说，应该一点难度也没有。"

"他对神圣之力的感知能力超乎寻常，已经达到了明圣级别。"

王音岚听着众人的汇报，脸上神色未变，但内心已经震撼到极点了。

这就是圣耀珠吗？以计嘉羽现在的身体素质，就算不用任何圣术、圣纹，恐怕他也能完胜一名六阶明尊——这还是在他没动用圣耀珠的能力的情况下。要是圣耀珠能被光明族人执掌的话，那该有多好啊！

王音岚忍不住这样想，但很快她就把这个念头甩开了，因为一点意义都没有。

"好了，今天就先到这里，明天继续测试修炼前后的状态。"王音岚挥了挥手，众多圣耀司成员立刻收拾东西散去。

见众多姐姐、阿姨走开了，计嘉羽忍不住松了口气。

"虽然我知道你不在意，但我还是要跟你讲一下，现在全神圣王国都因你而沸腾了。"王音岚看着计嘉羽，轻轻一叹。

"早猜到啦。"计嘉羽倒是看得很开。

"对不起啊。"王音岚忍不住道。

第82章

修炼（上）

"有什么可对不起的，"计嘉羽道，"你们把我从光明城救到了这里，又教会我修炼，给了我力量，于情于理，我都应该全力报答，遇到点阻碍和困难那都很正常。"

"但还是要说一声对不起。"王音岚闻言愣了一下，旋即苦笑道。

就算计嘉羽是在报恩，就算他能理解、接受，可亲耳听到、亲眼看到那么多人反对他、质疑他，他心里肯定还是会难过的，特别是那些反对、质疑他的人，还是他要保护的人。刚开始他大概还不会有什么想法，可久而久之，他心中必然会产生一个念头——凭什么？

"唉。"王音岚轻叹一声，只希望光明族的那些人能够早点醒悟，她面前这个人，很可能是光明族未来的救命稻草啊！

"总之，别灰心，我们是支持你的。"王音岚道。

计嘉羽轻轻笑了笑："好的呢。"

他知道王音岚说的"我们"是谁，是神圣教派的高层，是神圣澄海真正的统治者、舆论的引导者，只要她们支持他，那民众对他的态度迟早会改变的。

这多少让计嘉羽感到有些欣慰。就像王音岚想的那样，虽然计嘉羽很明确自己内心的想法，可被他保护的人反对、质疑，他心里还是会有点儿不舒服。

"先回去休息吧。"王音岚道，"明天下午再继续。"

"好，岚姨再见。"计嘉羽朝王音岚挥了挥手。

不远处的聂岚浠听到了两人的讲话，结束修炼，站了起来，走到计嘉羽身边。两人结伴同归，但走到院落外时，聂岚浠没有进去，而是直接绕到院落后面，进了森林。对此，计嘉羽已经见怪不怪了。

回到屋内，计嘉羽换了一身衣服，没有休息，而是直接盘坐起来，开始修炼。

他的五阶修为来得太轻松了，终究是根基不稳。这段时间，他每天晚上都在稳固修为。夜深时，他偶尔也会感到疲惫，但他不敢懈怠。

成为圣耀珠执掌者的他可谓是大出风头，但成了光明至上教派和魔族的眼中钉、肉中刺，如果不尽快稳固修为、提升实力，说不定哪天他就莫名其妙地死了。

此外，他一直都想回光明城为方醒报仇，但仅以五阶的实力，还远远不够。

虽然人族弱于光明族，但光明城作为蓝域的十大主城之一，也是有众多八阶、九阶强者的。计嘉羽不知道自己将会面对的敌人是什么境界，只能做最坏的打算——假设他的敌人是八阶，乃至九阶，他必须把自己的实力提升到七阶后期或七阶巅峰。

路漫漫其修远兮。

夜深了，计嘉羽完成了基础修炼，起身从房间右边的书架上取下了六个卷轴。

这六个卷轴，三个是圣术卷轴，三个是圣纹卷轴。卷轴的轴身是珍贵的圣兽皮，其上用精纯的神圣之力印刻下了一行行的光明族文字。

计嘉羽每天都很忙，没空学习光明族文字，但这六个卷轴上的字他却全认得，只因字上有刻字者用精神力留下的声音。

计嘉羽随意拿起一个卷轴，闭上双眼，任由精神力蔓延而出，深入卷轴之中。

在卷轴世界中，顿时有幻象浮现，一道清冷的声音在计嘉羽耳畔响起。

"五阶圣术，圣灵守护。以神圣之力召唤出圣灵附于体表，遭到敌人攻击时，可为施术者抵挡一次攻击。"

伴着声音，幻象变化，计嘉羽将那些画面记在了脑海中。

五阶神职者和五阶圣职者的修炼，除了增加最基础的神圣之力外，尽可能使神圣之力多属性化也是重点之一，但最主要的，还是圣术的修炼和圣纹的刻画。圣术、圣纹与多属性化的神圣之力的结合情况，将会影响修炼者晋升六阶后修炼出的神圣基石的品质。可以说，六阶的强弱早在五阶时就已经定了。

计嘉羽作为圣耀珠的执掌者，圣耀珠目前专门服务的对象，他的修炼路线已经被规划好了。

现在他手里的三种圣术，是最适合他的圣术中的顶尖的。这种级别的圣术，按道理来说学习起来会很难，需要人手把手地教，但王音岚她们压根儿没派人教导他，因为他的精神力实在是太强了，已经达到入圣初期，以他的精神力修炼五阶圣术，简直易如反掌。

精神力沉浸在卷轴世界中片刻后，计嘉羽退了出来，开始尝试施展圣灵守护。

圣术的施展，无外乎三步。

第一步，通过圣术卷轴，用精神力去感悟、研究透圣术的神圣之力排布规律，并了然于心。

第二步，按照圣术的神圣之力排布规律，用精神力引导自身的神圣之力，排布神圣之力。

第三步，成功排布神圣之力后，再次输出自身的神圣之力，使其在精神力的辅助下，与虚空中的神圣之力产生共鸣，最终释放圣术。

三步中，精神力的重要性排第一，神圣之力排第二，由此可知王音岚为什么不担心了。

计嘉羽走出院落，将精神力导出，使之向四周蔓延，下一秒，他体内的神圣之力从右手掌心中涌出，在精神力的引导下，各归其位，排列在属于它们的位置上。紧跟着，大量神圣之力从他体内涌出，四周的神圣之力开始给予反馈，两者产生共鸣。

突然，一束璀璨的金光自天上降落，覆盖在计嘉羽的身上，但转瞬即逝。

这一切只发生在一瞬间，如果不是计嘉羽能感受到体表的庞大能量，他还以为自己失败了呢。

"欸，我刚才是瞬间构建了术式吗？"计嘉羽陡然反应过来。

他对圣术不是很了解，但大致知道圣术的修炼也是分级别的，有学习术式、构建术式、施展圣术、展开圣术、同时构建两种圣术术式、瞬间构建术式等。其中，瞬间构建术式是一种相当高的技巧。

我刚才是成功了吗？原理是什么？

计嘉羽想了想，决定明天再去问王音岚。现在他还是得继续多尝试，毕竟圣术的施展稍有不慎就会失败，而且他还有两种圣术、三种圣纹要学习呢。

第 83 章

修炼（中）

"圣术由术式构成，所谓术式，就是神圣之力的排布规律。想要学会一个圣术，首先要搞懂构成它的术式，再以此构建术式、施展圣术。刚学一个圣术时，大多是静止构建术式，就是站着不动地构建。只有熟悉了术式，才能够在移动的时候、说话的时候、想事的时候成功构建术式，这叫移动构建。

"如果你对圣术足够了解，就会发现其实很多圣术的术式并没有存在的必要，它们之所以存在，只是为了让初学者方便施展圣术而已。而且到了这一步，你就能缩短构建术式的过程，快速施展圣术了。能够跳过构建术式这一步，才能瞬间施展圣术，同时这也是精神力强大，对圣术极为了解的表现。"

在圣耀司后花园，昨天的修炼场地，王音岚正在给计嘉羽讲述有关圣术的知识。

说话时，王音岚忍不住露出惊讶的神色。虽然她知道计嘉羽很聪慧，很有天赋，精神力也强得可怕，但初接触圣术就能瞬间构建出术式，这也太可怕了吧！不过，这是好事，是光明族的幸事！

"来，你把三种圣术都施展给我看看。"王音岚道。

"好。"计嘉羽点了点头，旋即让精神力透体而出，散布在四周，同时释放神圣之力。在精神力的辅助下，神圣之力瞬间排布成功，继而在越来越多的神圣之力涌出的情况下，激活了虚空中的神圣之力，两者产生共鸣，形成了圣灵守护这一圣术。

当圣光降落在计嘉羽身上的时候，王音岚更惊讶了："完美！"

但还没完，计嘉羽旋即施展了第二种圣术，神圣之刃。相比起第一种防御型圣术，这神圣之刃是纯攻击型圣术。

圣术即成，计嘉羽身体周围出现了一柄柄金色光刃，它们像花瓣似的飘浮在空中，但极为锋利。

"咻咻咻！"计嘉羽一挥手，十数柄神圣之刃便呼啸而出，顷刻间就嵌入了数十米外的石板地面上。

最后是第三种圣术，圣愈之风。这是一种群体恢复型的治疗系圣术。

在成功施展了这个圣术的那一刻，一阵微风吹拂而来，使得计嘉羽因早起而产生的疲惫感一扫而空。他现在没有受伤，否则的话，见血的伤口也会瞬间愈合。

"都很好，没什么可说的。"王音岚道。

得益于超凡的精神力，七阶以下的圣术，计嘉羽想必都是不学即会。

王音岚不由得在心中感叹：这就是天命之子啊！

她们修炼时，每个圣术都要辛辛苦苦学好久，然后还要在一次次失败中找寻成功的秘诀，最后才能将其应用于实战。正是经历了数百次、上千次的失败，她们的精神力才会得到提升。但跟计嘉羽比……别说了，真是人比人气死人啊！

"圣术可以了，圣纹你学了吗？"王音岚问。

"没有呢。"计嘉羽摇了摇头，"我想先把圣术熟练一下。"

"嗯，可以，熟练点总是没错的。"王音岚道。

"那我接着练啦。"

计嘉羽说完，开始在王音岚面前一次次地施展这三种圣术。每次施展时，他都有做出细微的改变，以此来观察不同情况下圣术的威力。譬如多注入一些神圣之力或少注入一些神圣之力，在某些地方快一些，某些地方慢一些，跑动的幅度大一些，或小一些等。

而等到他对绝大多数情况都有谱的时候，王音岚就安排了圣耀司的六阶明尊给他当陪练，让他知道如何在战斗过程中施展圣术。

一整个学习下来，所有在场的圣耀司成员都不得不说一句——完美。

计嘉羽对圣术的掌控简直是完美级别的，完美到让她们羡慕。

傍晚时分，计嘉羽正盘坐在场中休息，一个看面相不到二十岁的女子缓缓朝他走去。这名女子的右手中握着一把匕首，锋利的刀尖闪烁着寒光。

此时，她距离计嘉羽尚有五十米远。

忽地，计嘉羽睁开眼睛，精准地望向她。

这时，一旁有人围了上来，正是王音岚和圣耀司的一众研究人员。

"无论有无干扰，对携带恶意者的感应距离都是五十米，不会因恶意的强弱程度和人数而有所改变。"

片刻后，计嘉羽从王音岚那里得到了总结性的汇报。

感知善意与恶意，是圣耀珠赋予计嘉羽的一个极其强大的能力，有了这个能力，他基本上很难被偷袭或暗杀。

不过稍微让王音岚、计嘉羽觉得有点遗憾的是，圣耀珠只能辨识恶意与善意，不能辨识其他情绪，比如嫉妒、仇恨等。

但这也够了。

测试了这一项感知能力后，计嘉羽又测试了一下圣耀之光，即他激活圣耀珠的能量的实质表现。

"根据之前的实战以及这两天的测试，可以得出以下结论：圣耀之光具备净化、治愈、驱魔、坚定信念、给予我们光明族人正面影响五种作用。"

王音岚道，"但主要还是驱魔和净化的效果最强，但作用范围对效果的影响也大，还需要慢慢测试。"

"还有一个。"计嘉羽道。

"什么？"

"在圣耀之光覆盖的区域内，你们说话时，我可以知道你们是不是在撒谎。"计嘉羽道。

"这……"王音岚与几位明圣对视一眼，均觉得有些不可思议。

"你刚才听到什么谎言了？"沉默了几秒钟后，王音岚问道。

"要不你现在说句话，我看你有没有撒谎吧。"计嘉羽道。

"你刚才不是听到了吗？"王音岚道，"你直接说吧。"

"好吧。"计嘉羽犹豫了一下，看向不远处两个表情略显复杂的女子，道，"刚才左边那个姐姐说我长得好看，右边那个姐姐说'哪有'……"

"谁说谎了？"王音岚的表情也变得古怪起来。

"呃，右边的那个姐姐。"计嘉羽的脸有点红。

计嘉羽话音刚落，右边那个女子立刻捂着脸道："我哪有？"

"她又说谎了。"计嘉羽此话一出，现场顿时爆发了一阵笑声，连王音岚也笑了。

笑归笑，关于圣耀之光能鉴别谎言这件事，王音岚还是感到惊喜万分，一瞬间，她心里已经想出这一能力的十几种用法了。

第84章

修炼（下）

在发现圣耀之光的新能力的半小时后，太阳彻底落入西山，夜幕降临。

王音岚没有给计嘉羽增加测试项目，而是照常放他回住处。反正日子还长，不急在这么一两天。

计嘉羽走时，一直盘坐在场内，宛如隐形人一般的聂岚浠这才跟着他回了砖石院落，继而深入了密林。

望着聂岚浠逐渐远去的背影，计嘉羽再次感到好奇：她每天都在森林里做什么呢？修炼还是睡觉？她在这片森林里也有认识的圣兽吗？她到底有着怎样的人生经历啊？

不过，好奇归好奇，计嘉羽并没有打算跟着她一探究竟。虽然她是计嘉羽的守护者，两人之间有羁绊，可他们毕竟不算熟，若那样窥探她的隐私，显然不合适。

但计嘉羽相信，两人总会交心的。

回到屋内，计嘉羽换掉衣物，吃完晚饭，再次盘坐于地上，开始修炼。今晚，他的目标是学会刻画三种圣纹。

所谓圣纹，是一种较为独特的术式，在对圣术极为了解的修为高深者的稍微调整下，它便能形成圣术，但如果不调整的话，它就是能够刻画于圣职者的神圣骨骼、神圣肤质上的奇妙纹路。

圣纹与圣术一样，都是让修炼者的神圣之力与虚空中的神圣之力产生共鸣，然后产生四两拨千斤的效果的技巧。

圣纹的卷轴，计嘉羽昨晚已经大致浏览过，心中有数了，所以他没怎么思考，便开始刻画圣纹。

他以精神力为手，以自身的神圣之力为刀，开始在他的右小臂上刻画起来。

在特殊法门的催动下，如刀的神圣之力带着炙热的高温，在他的神圣肤质上刻画出了细小的金痕。

金痕一出现，便引动了四周的神圣之力，受其影响，金痕似乎有些许裂纹，但被计嘉羽用精神力修补起来了。

随着时间的流逝，金痕越发清晰。

计嘉羽挥动右臂之时，似有轻盈之风涌现，帮助他的手臂移动。

这不是错觉。

计嘉羽此番刻画的圣纹名为疾风纹，其作用很简单，就是增加速度，刻画在手上是增加手的移动速度，刻画在脚上则能增加脚的移动速度。

片刻后，当疾风纹彻底刻画完成，计嘉羽便收敛了精神力，尝试激活疾风纹。

"呼……"

风声响起，计嘉羽的右手在挥动之时，竟留下了道道残影。

这一圣纹无疑大大增强了他的近身作战能力。

须知，计嘉羽之前学会的神圣之刃可不单单只是一个远程攻击型圣术，它也可以凝聚出单柄的神圣之刃供施术者使用，增强施术者的近身作战能力。

风声渐渐收歇，计嘉羽的右手臂上的金痕也逐渐变得暗淡。下一刻，他的精神力透体而出，几乎瞬间便按照金痕原本的纹路重新刻画了一遍。这当即引起了虚空中神圣之力的异动，使疾风纹再度爆发威能。

如果此时王音岚和一众圣耀司成员在这里，肯定会忍不住感慨的。

计嘉羽又在学习期间瞬间刻画了圣纹，轻松跨越了无数本该遇到的困难，其他人要是知道了，不知道得羡慕成什么样。

一种圣纹刻画成功后，计嘉羽又开始刻画另外两种圣纹，清心纹和圣雷纹，一个刻画在眉心处，一个刻画在左手掌心处。

清心纹，顾名思义，就是让施术者头脑清明，可以更冷静地处理事务。

圣雷纹则是一个单体攻击型圣纹，近距离使用，威能巨大。

当三种圣纹刻画完毕后，计嘉羽又尝试在瞬间刻画了几次，而到此时，太阳也差不多要升起了，新一天的修炼又要开始了。

三个小时后。

计嘉羽稍微睡了一会儿后，起床洗漱，等做完这些，走到院落门口时，聂岚浠已经在等他了。

看着聂岚浠平静的面庞，计嘉羽却觉得有些奇怪。他仔细感知了一下后，得出了惊人的结论。

"你的修为提升了？"

"没有。"聂岚浠摇了摇头，她本不想多说什么，但犹豫了一下，还是道，"只是更进一步掌握了原本的力量。"

"原来如此。"计嘉羽顿时明白了，他也没多问，一如从前，率先迈步走向修炼场。

来到空旷的修炼场中，聂岚浠照常盘坐修炼，计嘉羽则是去找王音岚，告知了她他单独修炼的成果。

果不其然，王音岚听完沉默了几秒钟，然后才道："那从今天开始，我们可以试试展开圣术和点亮圣纹了。"

四周的圣耀司成员听到这句话，都有些无语。

展开圣术和点亮圣纹，是五阶修炼者在学会施展圣术、刻画圣纹后，需要学习的一个较为高深的技巧，她们基本都是学习并熟悉了圣术、圣纹两三年后才开始接触这个技巧的，而计嘉羽呢，才短短一天！

　　这是什么差距啊！

　　"外界还在质疑计嘉羽有什么资格成为圣耀珠的执掌者，就这天赋，他没有圣耀珠也能修成明神吧！"

　　在场的众人精研圣耀珠，所以很清楚计嘉羽能这么快学会施展圣术、刻画圣纹，的确有圣耀珠的帮助，但帮助并不大，更多的还是靠他自己的精神力天赋，以及他对圣术、圣纹较高的理解。

　　"最近反对他的浪潮愈演愈烈，不过，等他特训结束出去，想必也就能让许多人闭嘴了。"

　　计嘉羽的众多反对者中，有很多都认为以计嘉羽的天赋、实力，是没资格执掌圣耀珠的，这些人反对计嘉羽，并不是因为他的人族身份。

　　如果能靠一鸣惊人来解决一部分麻烦，那也是好的。

　　当天早晨，在修炼场地内，不时有轰然爆炸声和疾风掠过的声音响起，那是计嘉羽在学习展开圣术和点亮圣纹。

　　到了下午，则又是他熟悉圣耀珠的时间。

　　今天是测试圣形态和耀形态的具体施展时间、施展消耗、施展后实力的提升程度，以及在圣形态和耀形态下，神圣回路、神圣肤质、神圣骨骼的具体变化，圣术、圣纹的具体威力等。

　　这就更恐怖了。

　　即便远隔数公里，后花园内的光明族人依旧能听到那一道道剧烈的爆炸声和疾风呼啸之声。

　　"是天要崩了吗？"有光明族人忍不住道。

　　"听说是在测试计嘉羽的实力。"

"这是测试实力吗？这是在摧山吧！你确定他只是一个五阶明尊？"

"七阶明圣能闹出他这般动静吗？"

"我们这是培养了一个什么样的小怪物啊?！"

第 85 章

小怪物

"轰！"

震天动地的爆炸声在修炼场地中响起，然而和最初的震撼相比，此时，圣耀司的工作人员已经习以为常了。尽管距离她们首次听到类似的声音才过去不到一个月，但爆炸声的大小、地面颤动的幅度已经远超当时。

这座后花园中的圣耀司成员，是神圣教派最精锐、最忠诚可靠的成员，她们几乎每一个都在为计嘉羽的修炼服务，大家口口相传，早已把计嘉羽是个小怪物的事传得尽人皆知。所以，无论动静多大，她们都能保持平常心。

此时正值下午三点，日头高悬，计嘉羽刚完成了圣形态和耀形态的测试和修炼。他并没有第一时间去休息，而是开始和圣耀司的六阶明尊陪练们对打。

经过两种形态的测试和修炼，计嘉羽可以说是已经精疲力竭，但与他交手的却是五名六阶明尊。她们五人神色凝重，从准备作战的姿态来看，完全没有任何轻视计嘉羽的意思。

只见其中一名六阶明尊在瞬间便施展了一个圣术。

"束光之矛！"

神圣之力剧烈涌动，在空中凝聚成一杆长矛，呼啸着飞向计嘉羽。

计嘉羽一旦被长矛刺中，不但会受穿刺伤，长矛本身还会从他的伤口中演变出一圈圆环光束，将他束缚起来，而且，施术者还能引爆圆环光束。

可在束光之矛飞过来时，计嘉羽的精神力就已经锁定了它。几乎是瞬间，他那磅礴的精神力引动四周的神圣之力，摧毁了束光之矛已然成形且极为坚固的术式，让束光之矛直接无声无息地消散在了空中。

解构圣术是施展圣术的反面，也是每一个神职者和圣职者的必修课。不过，由于圣术和圣纹数量很多，而解构圣术和抹除圣纹又是极难的事，所以修炼者们通常只会挑几个重点的圣术、圣纹去练习解构和抹除。

所谓的重点，就是较为适用修炼者本人或是常用又强大的。总之，没人会将每一个圣术、圣纹的解构和抹除方法都学会并了然于心。

不过，很可惜的是，这五名六阶明尊就遇到了一个。

束光之矛的消失并没有让五名六阶明尊感到惊讶，显然，类似的训练在之前的一个月时间里已经进行了不止一次。而且，从最初的震惊到现在的平静，短短几句话很难说清这几个姑娘的心路历程。

反正，一个圣术消散后，她们又纷纷施展了其他圣术。可是，在计嘉羽的精神力的覆盖范围内，她们根本无法令圣术成形，也无法激活圣纹，这就相当于将她们的实力压制到了四阶。

四阶打五阶，哪怕是她们五个四阶打计嘉羽一个五阶，哪怕那个五阶还是强弩之末，她们依旧不是计嘉羽的对手，甚至连靠近的资格都没有。

可以说，就算计嘉羽的神圣之力耗尽了，只要精神力还在，在以他为中心的二十米范围内，他就是无敌的，几乎是一个微小型的场域。

不过，如果碰到精神力与他相近或者强于他的修炼者，他的优势就会荡然无存。

施展圣术、刻画圣纹、解构圣术，测试圣耀珠的诸多能力……种种学习、修炼与测试挤在一个月内，可谓是高强度，但计嘉羽撑下来了，而且完成度让圣耀司的所有人都满意。

按照王音岚原本估计的进度，计嘉羽至少要训练半年才能达到最初定下的要求，但现在，估计三个月都不用。没办法，计嘉羽的天赋实在是太强大了。

其实圣耀司中也不乏精神力强的修炼者，可她们做不到像计嘉羽那样，轻易地学会施展圣术、刻画圣纹，并解构、抹除它们。除了强大的精神力，计嘉羽对圣术、圣纹天生就很敏感，这种天赋才是极为重要的。

当晚，训练结束后，王音岚没有直接让计嘉羽回家，而是把他叫来了身边。

"怎么样？还能坚持吧？"王音岚问道。

说实话，这段时间计嘉羽的训练强度着实有点超标了，不仅如此，他自己私底下也在修炼，这一天又一天，就算身体受得了，精神也会受不了的。

不过计嘉羽倒是蛮平静的："没事，撑得住。"

"也别太硬撑。"王音岚道，"虽然赶，但也没这么赶。"

"嗯，我心里有数。"计嘉羽笑道，"谢谢岚姨。"

通过这几个月的相处，计嘉羽和王音岚已经算熟了，他也深刻地体会到王音岚真的是全心全意地为他好。他虽然知道王音岚只是因为他圣耀珠执掌者的身份才会对他好，可还是觉得暖心。

毕竟他从小最缺乏的就是关爱，再加上光明族的确救了他的命，改变了他的人生，他没理由不为了光明族努力。而且，无论是神圣王国沸腾的民怨，还是光明至上教派蠢蠢欲动的阴谋，乃至于魔族亡光明族的野心，重压之下，他更没有懈怠的理由。

不过王音岚也说了，让他别有太大的压力，就目前的情况而言，魔族的威胁还不至于那么快就来，最主要的还是要修炼出能抵御光明至上教派的暗杀以及让广大民众心服口服的实力。

也不用太高，五阶巅峰或六阶就行。

以计嘉羽的真实战斗力，有个五阶巅峰或六阶修为保底，别说五个六阶明尊，来二十个恐怕都不是他的对手，七阶明圣也一样。

就因为这一个个令人震惊的推断，圣耀司的工作人员给计嘉羽取了个外号，叫小怪物。他的天赋与实力有多强，可见一斑。

当天晚上，计嘉羽回到砖石小屋继续修炼。

转眼间，两个月过去了，计嘉羽的特训也终于到了尾声。而在结束特训前，计嘉羽需要完成最后一项测试，综合实力测试。

这关系到他未来的确切保命能力，圣耀司需要知道这一点。而测试他综合实力的人，正是负责他的特训事宜的明神王音岚。

面对一位明神，计嘉羽可以手段尽出，不需要担心任何事。

第 86 章

明神陪练

平日里空旷的广场上此时已经人潮汹涌，议论声此起彼伏。

圣耀司后花园的工作人员几乎全部聚集于此，准备观看计嘉羽和王音岚的对决。

正常来说，五阶明尊和十阶明神的战斗，结果毫无悬念，但在对决开始之前，王音岚说了，她会把自身修为压制到和计嘉羽的一模一样，无论是神圣之力的总量，神圣肤质、神圣骨骼、神圣回路的坚韧度、硬度，还是吸收神圣之力的速度、本身的圣术熟练度等，都会一样。

总之，这是一场表面上看起来很公平的对决。

对计嘉羽进行了三个月的特训后，圣耀司的所有工作人员都对计嘉羽有了充分的了解，清楚他的天赋和强大实力，所以她们把他视为同级别中的最强者。甚至在私底下，有不少工作人员设了赌注，赌计嘉羽和王音岚的胜负。

对于属下的这些小动作，王音岚当然是知道的，但她没有去管。

这些工作人员为了帮助计嘉羽，为了光明族，告别了自己的家庭，未来很长一段时间也将为了保守秘密而居住于此，她们通过王音岚和计嘉羽的对决找点乐子，就当是休闲娱乐了。

约莫半个小时后，喧嚣的声音渐渐变小。

计嘉羽和王音岚同时从场外走到了场中，相隔五十米站立。

在这个特殊时刻，聂岚浠也停止了修炼，站起身走到计嘉羽身后的人群里，远远地注视着计嘉羽。

计嘉羽深吸了一口气，摒除心中杂念，把四面八方的议论声抛诸脑后，眼中只有对面的王音岚。

"五……四……三……"场边，有裁判在报数，"二……一……对决开始！"

话音落下，计嘉羽的精神力笼罩了直径二十米的区域，与此同时，神圣之刃和圣灵守护两种圣术几乎是瞬间便被他施展了出来。

圣灵之光降落在计嘉羽的身上，为他增添了一层防护。神圣之刃则呼啸而出，不过才抵达王音岚身前二十米，便无声无息地消失了，显然是被王音岚解构了。

计嘉羽不是第一次被解构圣术，却是第一次被这么轻松地解构。

圣术被解构，计嘉羽一点儿也不慌，再度施展神圣之刃，不过这一次，他展开了圣术！

所谓展开圣术，并非加大神圣之力的输出那么简单，而是按比例扩大圣术的术式，增强自己的神圣之力与虚空中的神圣之力的共鸣程度和影响力，继而使圣术的范围变大、威能变强。

不过圣术的展开有一个弊端，那就是很容易失控，需要强大的精神力去操控。那么，计嘉羽有强大的精神力吗？显然是有的。

而就在他展开圣术的同时，王音岚的圣术也从远方呼啸而来——是五阶圣术中比较平庸的神圣光弹。但是，在王音岚的展开之下，神圣光弹的威能暴涨，数量暴增，呼啸而来，如同从天而降的流星碎片。

但就在它们进入计嘉羽的精神力笼罩区域后，计嘉羽那原本便如触手般交织的精神力顿时开始如抽丝剥茧一般解构神圣光弹，使之自然而然地消散。

在短短几秒钟内，瞬间施展两种圣术、瞬间展开圣术、瞬间解构圣术，计嘉羽对种种技巧的使用之娴熟，让围观的工作人员瞠目结舌。

她们平时都是分开对计嘉羽进行测试的，有的负责测试他的圣耀之光，有的负责测试他的圣形态，有的负责测试耀形态，之前谁也没见过他火力全开的样子，谁也不知道他究竟有多强，不过现在她们知道了。

计嘉羽强，是真的强，强到她们几乎判断不出他究竟有多强。

反正在场所有六阶明尊都做不到，七阶明圣们也没底。别说她们了，计嘉羽使用的那些技巧，就连八阶明圣看了都直擦汗。虽然八阶明圣能做到，可那些都是五阶的圣术，做得到有什么值得骄傲的？做不到才奇怪吧！

计嘉羽和王音岚你来我往，战局看似平静，连爆炸声都很少响起，实际上个中惊险却让许多工作人员起了一身鸡皮疙瘩。

有好几次王音岚的圣术都快击中计嘉羽了，但计嘉羽却能冷静地在最后关头将之解构，而在此之前，他一直在王音岚的防守圈找破绽。

精彩，太精彩了！现场的光明族人从未见过如此精彩的对决，这简直是五阶修为的巅峰展现！

然而，这才只是开端，两人连三分力都尚未使出。

转眼间，五分钟过去了。

仅凭圣术、圣纹，计嘉羽和王音岚谁都奈何不了谁，各自都有着最强之盾和最强之矛，实在是难以打败对方。

既然仅凭自身实力无法打破僵局，那就只能借助外力了。

在无数人的注视下，计嘉羽召唤出了圣耀珠。

见此一幕，所有人都精神振奋，没人觉得计嘉羽是在作弊。

她们这群人在这里是干什么的？不就是为了让计嘉羽更好地执掌圣耀珠吗？若计嘉羽在战斗的时候也不用圣耀珠，藏着掖着是要干吗？拿着好看吗？

既然有，那就当然要用，而且要大用特用！

她们倒要看看，计嘉羽本身都这么强了，在圣耀珠的支持下，实力还能提升到什么程度。

她们瞪大眼睛，翘首以盼。

下一秒，在计嘉羽的精神力触碰圣耀珠后，圣耀珠绽放出了璀璨的光芒。在光芒的照耀下，计嘉羽也有了巨大的变化。他的神圣回路的长度与宽度瞬间暴增，令他感觉体内出现了一阵空虚感。他立刻引动神圣海洋中的大旋涡，让神圣之力注入他的体内。

随着大量神圣之力的注入，计嘉羽实力飙升。他对诸多圣术的理解程度有了不小的提升，这就让他在构建和解构圣术时，更加得心应手了。

第 87 章

天界之光

十倍的神圣之力的输入、承载和输出，不只是提升了十倍量的神圣之力那么简单，它带来的增幅是全方位的。

对于计嘉羽来说，比五阶巅峰多数倍的神圣之力赋予了他跨阶使用圣术的能力。

"圣光之翼！"

"嗡！"只听一道低沉的嗡鸣声响起。

虚空中的神圣之力纷纷汇聚到计嘉羽的身后，形成了一对淡金色的羽翼。羽翼扇动间，产生了巨大的风，把计嘉羽带离了地面。

这显然不是他第一次使用圣光之翼，在扇动翅膀御风飞行时，他根本没有任何迟滞或不适的感觉。

"圣光之翼？这是六阶圣术里较难的了吧。记得我当初六阶的时候一直想学来着，但总是学不会，后来就放弃了。"

"跨阶使用六阶圣术，仍然是瞬间构建，这……"八阶明圣都不知道说什么了。

然而，这只是开始。

在长达三个月的时间里，计嘉羽无数次测试圣形态和耀形态，怎么可能只会一个六阶圣术呢？

"圣光闪烁！"

同样是精神力先出动，构建式式，组成圣术，和虚空中的神圣之力产生共鸣，最后施展圣术。

虚空中瞬间出现了一股强大的吸力，将四周的神圣之力尽数拉扯过来，组成了一个圆球。圆球闪烁着刺目的光芒，让无数围观的工作人员忍不住闭上了眼睛。

作为光明族人，在正常情况下，她们是不怕阳光和刺目的光的，但也有例外，譬如由特殊术式构成的圣术发出的光。

圣光闪烁作为六阶圣术中最高深的那一类，不仅会短暂地致盲，还会对精神力产生一定程度的影响，哪怕对手是王音岚也不例外。

须知，解构圣术是一件不易之事，不同圣术的解构难度也是有差别的，像圣光闪烁这种靠光芒去伤害对手的圣术，属于最难解构的那一类。

王音岚的精神力必须抵达圆球附近，才能够将它解构，但在此之前，它的威能已经持续爆发一阵了。

光芒闪烁的速度极快，使得王音岚出现短暂性失明，精神力也受到了干扰。

借此机会，计嘉羽双掌贴合，十指展开，分别刻画在左右掌心中的圣雷圣纹瞬间被激活，磅礴的神圣之力狂涌而出，整个天地间似乎有闷雷声响起。

两道电光闪过，下一秒，圣雷已然在王音岚身前炸裂。但是她有圣光盾护体，圣雷只打破了她的圣光盾，并没有击中她的身体。

不过这也是理所应当的事，要是计嘉羽那么容易就能击败跟他同样实力的王音岚，还怎么让外界的民众心服口服呢？

激烈的战斗在计嘉羽开启圣形态后，再一次爆发。双方你来我往，有去有回，看得观众们紧张万分。

片刻后，圣形态下的能力用尽的计嘉羽开启了耀形态，其体表浮现金色鳞片，神圣肤质、神圣骨骼的坚硬度、韧性大幅提升，圣纹的威能也翻倍地提升了。

不过，这并没有给计嘉羽带来绝对的优势，毕竟王音岚把自身实力压制到计嘉羽的上限，自然考虑到了计嘉羽圣形态和耀形态。

转眼，半个小时过去了。双方的战斗力逐渐开始跟不上了，他们虽强，但终究是有极限的。

如果双方因神圣之力耗尽，神圣回路过度疲乏而结束了这场对决，那这场对决显然是不够精彩的，会让观众们感到失望。她们都觉得最后不管是谁赢了，结局都应该是出乎意料的，都应该是震撼人心的。毕竟这两位，一位可是圣耀珠的执掌者，另一位则是明神啊！

距离对决结束的时间越近，观众们就越紧张，她们总感觉有异变将要发生。她们也不知道到底是哪里不对劲，但就是觉得不对劲。

作为明神，王音岚也发现了，而且很快就察觉到了不对劲的点在哪里，但已经来不及了。

"天界之光！"

没有任何征兆，在王音岚的正上方，一束束金色光芒忽然出现，几乎瞬间就聚在了一起，紧接着照射而下，如同森林里密密麻麻的树，眨眼就把王音岚给笼罩了。

这突然发生的变化让观众们看傻了眼。

显然，这是一个圣术，而且是一个极为强大的圣术。只是，她们不认识这个圣术，而且她们根本没发现这个圣术是什么时候构建成功的。

须知，哪怕是瞬间构建圣术，也是会有一个准备过程的，或许是精神力的蔓延，或许是神圣之力的输出，可计嘉羽在施展这一圣术之前，并没有做任何准备。

那光芒就像从虚空中穿透过来的，一束光芒并不强大，可是多束光芒聚起来，产生了共鸣，威能就增强了不止百倍。

正当观众们百思不得其解的时候，王音岚笑着从光束中走了出来。

王音岚的体表有一层看不太清的透明薄膜，使得她能够游刃有余地承受着光束的冲击。

"我输了。"她坦然地说道，"虽然我说过会把实力压制到你的上限，但既然你有能力自创圣术，有能力隐藏它，而且还有能力让我都发现不了，那我无话可说，输得心服口服。"

虽然输了，但王音岚显然很开心。她知道计嘉羽天赋高，但没想到自己还是小觑了他。他才五阶啊，居然连自创圣术都会了！

王音岚已经动用了超出上限的实力，对决自然结束了，计嘉羽收回了精神力，开始缓慢地吸收神圣之力进行恢复，同时收敛天象之光。

场中很快就恢复了平静，观众们望向计嘉羽，都在期待着什么。

计嘉羽想了想，笑道："其实也没什么难的，就是取巧。我在自己的精神力覆盖范围内构建了几十个微小型的圣术术式，这种术式并不难构建，也不是我原创的，只是将它们聚合起来后威能大罢了。"

"说起来简单，但哪可能真这么简单！"王音岚道。

四周的圣耀司工作人员也都深以为然，她们怎么不能靠取巧创造圣术呢？因为这并不简单，只是对于计嘉羽而言比较简单而已。

这般想着，圣耀司的工作人员们的神色越发复杂起来，旋即既高兴又期待。

这么一个小怪物被放回到神圣王国，肯定会引发一番轰动。好想早点看到那一幕啊！

第88章

聂岚浠的秘密

对决结束后，观众们在兴奋的议论声中逐渐散去。

王音岚则走向计嘉羽，脸上带着欣慰的笑："凭你现在的实力，寻常的七阶明圣都很难正面击败你，但还是要小心被偷袭。"

"那肯定的。"计嘉羽也很开心。

他来神圣澄海，不就是为了得到强大的力量吗？现在才过去多久啊，他就已经具备力敌七阶明圣的实力了，尽管有圣耀珠的相助，那也是非常不可思议的成就。

"过几天，你就能够以神圣教派教士的身份出去执行任务了。"王音岚道。

话落，她顿了顿，犹豫了一下，道："让你去执行任务，不是为了让你给谁证明什么，而是你加入了神圣教派，选择在神圣王国安定下来，这就是你应该去做的。"

"我都明白，岚姨。"计嘉羽笑道。

这三个月以来，王音岚已经不知说过多少次类似的话了，目的都是安抚计嘉羽，一是让他不要受那些排斥他的光明族人的影响，二是让他感受到她和神圣教派的支持，让他对神圣王国有归属感。

计嘉羽很聪明，道理他都懂，也很感动于王音岚自始至终的叮嘱和劝导、安慰。

217

"这段时间净顾着训练，有很多事忘记跟你说了。你马上就要进入神圣王国的社会了，必须得跟你讲了。你现在是神圣教派的入门教士，每个月都有固定的薪俸，有任务补贴和奖金，节日的时候也会有一定的礼品，在神圣教派运营的餐馆、旅馆花钱，也会有相应的折扣。"

王音岚的一番话让计嘉羽猛然间回到了现实。须知，他可是圣耀珠的执掌者，万万没想到，他竟还要考虑衣食住行和柴米油盐酱醋茶之类的现实问题。不过，这才公平、真实，不是吗？神圣教派是真的拿他当自己人，而不是工具。

"除此之外，你圣耀珠执掌者的身份也有特殊的津贴，往后你晋升资深教士、执事、辅祭、助祭后，相应的待遇还会提升。"王音岚笑道，"如果我没记错的话，好像晋升执事后，神圣教派就会分房子给你了，到时候你在神圣澄海也算真正有个家了。"

"房子？家？"计嘉羽闻言有些恍惚。从小到大，他对家没什么概念，因为他从来没有过。

一套房子就能算是家了吗？计嘉羽持怀疑态度，不过，他心中多少有了点期待。

王音岚看出"家"这个字似乎调动了计嘉羽一定的积极性，不由得暗暗一笑。计嘉羽作为圣耀珠的执掌者，身份特殊，为了保证他实力，修炼资源、钱、房子这些，神圣教派尽数为他提供也实属正常，事实上也的确有不少人是这么打算的，但王音岚帮计嘉羽拒绝了。

给他东西多少有点像施舍、交易，他不一定会珍惜，只有他亲手挣来的，他才会当回事。有了房子，有了家，甚至是有了妻子，他才会真正对神圣澄海有归属感。

"今天咱们就先这么结束吧，回去以后休息休息，过两天我把入门教士的任务清单拿过来给你选。"王音岚道。

"这么好吗？还能自己选的。"计嘉羽道。

"第一次，大家都一样。"王音岚道。

"那我就先走啦，岚姨。"计嘉羽道。

"去吧。"王音岚摆了摆手。

不远处，一直在等计嘉羽的聂岚浠跟了上去。两人一如往常地并肩走回了砖石院落，在聂岚浠照常绕向屋后时，计嘉羽敏锐地注意到聂岚浠似乎有点欲言又止，这可是之前从未有过的。

计嘉羽有点想问她要说什么，但犹豫了一下还是没问。虽然他们结伴同行几个月了，但两人的关系还是那么尴尬，实在是没有遇到一个破冰的好时机，计嘉羽也不擅长交朋友，所以只能顺其自然。

进入了房间，吃过晚饭，一番洗漱后，计嘉羽刚要开始修炼，忽然察觉不远处的密林中有异常的神圣之力波动。

计嘉羽瞬间警觉起来，仔细感知后觉得有点不对劲。他立刻想起了刚才聂岚浠的欲言又止，略作犹豫后，他没有选择第一时间去告知王音岚，而是出了院落向密林中潜行而去。

其实计嘉羽并没有太过担心，这片森林和这座山早在后花园建立之初就被月神级强者清理过了，正常来说，是不太可能有什么太大的危险的。如果有的话，那聂岚浠能安稳地在那里面住三个月？

总之，抱着点好奇和担忧，计嘉羽逐渐靠近了那个有异常的神圣之力波动的地方。

只见微暗的森林中，有一片一人高的红色发光植物。这些植物叶片巨大，枝干却很细。透过那稀疏的植物枝干，计嘉羽看见了盘坐于地上的聂岚浠。

此时聂岚浠身上金光绽放，整个人宛如一个时而膨胀时而收缩的旋涡，将四周的神圣之力搅动得乱七八糟。

"修炼出岔子了？"计嘉羽将精神力蔓延出去，略作感知后得出结论。

没有犹豫，计嘉羽走向聂岚浠。他的神圣之力和聂岚浠的同根同源，要是聂岚浠真是修炼出了岔子，他轻松就能帮上忙。

不过，她先前怎么不说呢？

计嘉羽有些后悔，他还是该主动些的。聂岚浠不是一个主动的人，她把一切心思都藏在心里，不会主动去问，不会主动去打探、了解，可他们之间明明是有羁绊的啊，之前她也帮过他那么多。

早知如此，计嘉羽绝不会那么愚钝。不过后悔已经来不及了，当务之急是要赶紧帮聂岚浠走出险境。

"轰！"

当计嘉羽走到聂岚浠身前二十米的地方时，一圈金色波纹以聂岚浠为中心向四面八方横扫而去。

计嘉羽脸色剧变，当即施展了三重圣灵守护，同时激活了双脚上的疾风纹，向着后方退去。

但还是慢了，他被金色波纹波及，三重圣灵守护霎时间被破，他整个人如炮弹似的倒飞了出去。

"砰！"

计嘉羽重重地撞击在百米外的一株大树上，浑身筋骨几乎断裂，五脏六腑都快移位了，本该坚硬的神圣肤质表层全是瘀血，口中也吐出了血。

原来这就是那异常的神圣之力波动！

计嘉羽醒悟了：聂岚浠这实力，这爆发力，不只八阶吧，怕是九阶前中期都不止！她到底什么来头啊？

第 89 章

勿怒

计嘉羽背靠大树，从神圣海洋中引出神圣之力灌注于己身，施展圣愈之风，治疗身上的伤。

好半晌后，他才单手撑地慢慢地站起来，浑身的疼痛让他额头冷汗直冒，但他还是强打起精神，迅速回忆刚刚感受到的异常的神圣之力波动出现的频率，然后心中大致有了数。

他计算着时间，继续等待着下一次异常的神圣之力波动。

约莫五分钟后，又有一道冲击波横扫而来，早有准备的计嘉羽以多重圣灵守护护身，只是略微受到了些冲击。而等冲击波过去，他脚上的疾风纹顿时亮起，整个人飞快地朝聂岚浠的方向奔去。

在即将踏入聂岚浠周围二十米范围内的时候，他减慢了速度，再次在身上施展了多重圣灵守护。

虽说冲击波的出现是有规律的，但谁知道靠近聂岚浠后，会不会激起她的特殊反应呢？

眼看计嘉羽仅剩小小一步就能踏入聂岚浠周围二十米范围内，忽然间，两道幽幽绿光在聂岚浠身后的黑暗中亮起，将他锁定，带给了他极大的压迫感。

计嘉羽对神圣之力有极强的感知能力，所以在与那绿光对视后，他便清楚地判断出，那双眼睛的主人必然是一头强大的圣兽，而且是让他都感到害怕的圣兽！

这片森林不是被明神清理过吗？

"呜！"

低沉的吼声从黑暗中传来，计嘉羽一愣，这吼声怎么那么像婴儿委屈的呜咽声啊？

计嘉羽不敢小觑。即便那是幼生期的圣兽，它强大的气息也作不了假，他必须谨慎对待。

望着那黑暗中的眼睛，计嘉羽在心中急思该怎么办。

它是善意的还是恶意的？它从哪里来？它有什么目的？它对自己和聂岚浠威胁大吗？

他在思索时，还记下了一件事：圣耀珠无法鉴别圣兽对他的情绪，也不知道针对其他族群又会是怎样的情况。

在那圣兽的注视下，计嘉羽往前微微踏出了一步。

"呜！"

吼声再度响起，计嘉羽隐约看到一个头的轮廓，似有东西要从黑暗中跃出。

"呜！"

计嘉羽又踏出了一步，那隐藏在黑暗中的圣兽也向前探了探身体。

这次计嘉羽总算看清了它的模样，那竟是一只身上有着虎斑花纹的小猫，它匍匐在地上，露出略显可爱的牙齿，注视着计嘉羽。

除了那双冒着幽幽绿光的眼睛外，它哪里都不像是一头强大的圣兽。

然而正是这么一只可爱的小猫咪，在计嘉羽有迈步的动作时，猛然向他飞扑了过来。同时，一股磅礴的神圣之力从它体内喷出，引动虚空中的神圣之力，在它的身后形成了一头体形巨大的虎斑巨兽。虎斑巨兽张着血盆大口，发出了震耳欲聋的咆哮。

"砰！"

只是眨眼间，那只虎斑猫便撞到了计嘉羽身上，他身上的五重圣灵守护一击即溃。而在此之前，他已然有所预料，于是毫不犹豫地召唤出了圣耀珠，开启了耀形态。

在圣耀珠光芒的照耀下，他的体表被金鳞覆盖，近乎断折的筋骨瞬间恢复，神圣肤质也隐于金鳞之下，发出了金光。

按照圣耀司的测试，耀形态之下的计嘉羽无论是骨骼密度、皮肤硬度、韧性，还是身体的柔软度、抗伤能力，都大幅度增强了，达到了三重五阶圣灵守护的层次，而那体表的金鳞的防御力则更惊人，达到了五重六阶恩泽之轮的层次。

即使如此，在虎斑猫的撞击下，他还是飞了出去。不过，在半空，他借助双掌的圣雷爆炸圣纹强行改变方向，从天而降，朝虎斑猫冲了过去。

虎斑猫的双眼中流露出了一抹人性化的诧异之色，它旋即举起了右爪。虚空中神圣之力涌动，竟形成了一只巨大的猫爪，朝计嘉羽拍了过去。那猫爪尖锐的指甲划破虚空，发出阵阵刺耳的爆鸣声。

计嘉羽不甘示弱，双手一扬，数十个神圣之刃便形成了，呼啸着撞向猫爪。天空中顿时响起了刺耳的碰撞声和爆炸声。

爆炸时，这个区域内的神圣之力异常混乱，但计嘉羽依旧成功施展了一个圣光之翼圣术。

当双翼浮现在他身后时，他的速度暴增，眨眼间便突入了聂岚浠周围二十米范围内。可谁知也是在同样的时间，那虎斑猫的背上竟探出了一对黑色羽翼，羽翼扇动间，有密集的风刃朝计嘉羽席卷而来。

计嘉羽用精神力估算了一下那些风刃的威能后，不作抵抗，任由它们撞击在他的金鳞之上，他则继续向聂岚浠靠近。

眼见计嘉羽即将威胁到聂岚浠，虎斑猫那可爱的脸蛋竟变得有些狰狞，瞬间爆发出惊人的气势，身体急速膨胀。

正在此时，一只纤纤玉手按在了它的脑袋上："勿怒，别闹，是朋友。"

此话一出，虎斑猫顿时收敛了气势，安静地趴在聂岚浠的身边。

聂岚浠此时仍然闭着眼，不过她的气息混乱，好像刚才说那句话就已经耗尽了她全部的力气。

这时，计嘉羽也知道小猫咪不是敌人了，心中松了一口气。他刚才一直想靠近聂岚浠，也是怕这只虎斑猫伤害她。

尽管他猜到了虎斑猫有可能是聂岚浠的朋友，但万一不是呢？他赌不起，幸好真相让他松了口气。

他收起羽翼，降落在聂岚浠身旁，看了一眼虎斑猫。虎斑猫闭着双眼，看也不看他，竟因为聂岚浠的一句话而完全信任了他。

计嘉羽看了它好几眼后，这才蹲在聂岚浠身边，他的精神力透体而出，近距离感知起聂岚浠的状态来。

随着计嘉羽的精神力笼罩住聂岚浠，继而进入她的体内，他的表情也逐渐变得凝重。

半晌后，他收回了精神力，再看向聂岚浠时，神色已经变了，变得有点复杂，但这并不妨碍他思考如何解决聂岚浠目前遇到的问题。

方才经过探查，他发现聂岚浠体内竟有一股精纯且庞大到极致的神圣之力，里面有一股他很熟悉的气味，神级强者的气味。

第 90 章

关系改善

难怪聂岚浠那么强，难怪她始终那么深不可测，难怪她能引发那样的冲击波，难怪她年纪轻轻，便有如此修为！

在看到那股神圣之力后，一切就都解释得通了。

这股神圣之力跟计嘉羽之前吸收的神级神圣之力还不一样，它的质量要高得多，数量要多得多，就像是一位月神以神圣之力的形态隐藏在了聂岚浠的体内一般。

这样安全吗？这应该不是先天的吧？这不会涉及什么隐秘存在的复生仪式吧？计嘉羽有些担忧。

还有这些圣兽，聂岚浠到底是怎么结识它们，并与它们相熟的啊？

这一刻，计嘉羽有太多太多话想问聂岚浠了。

他深吸一口气，将右手搭在了聂岚浠的肩上。

一直以来，聂岚浠都不是在修炼，而是在试着掌控身体里的能量。眼下的她，似乎是在尝试着掌控完整的九阶层次的能量，但她还是低估了那股能量的强大程度，所以那股能量略有溢出，继而形成了异常的神圣之力波动。

计嘉羽现在要做的事情很简单，那就是把从聂岚浠体内溢出的神圣之力吸走。

光凭他自己，肯定是无法容纳那么多神圣之力的，他只有五阶实力，聂岚浠溢出的神圣之力哪怕只是她体内的一部分，也超过了他全身神圣之力的总和。

但他不是有圣耀珠吗？他只要以自身为中转站，把神圣之力导入圣耀珠就行了。

只见他手掌处的神圣之力飞快地旋转，形成了一个小型旋涡，旋涡散发出阵阵吞吸之力，顿时让在聂岚浠体外等待爆发的神级神圣之力找到了去处。

那股磅礴的能量如江河泄洪一般奔向计嘉羽手掌处的旋涡，然后撞入计嘉羽体内的神圣回路。

他其实已经用圣耀珠开启了圣形态，但面对那股磅礴的能量，他的神圣回路还是太狭窄了。

神圣之力翻卷奔涌，撞击着计嘉羽的神圣回路，让他的身体一阵痉挛，但他强忍着痛楚，将神圣之力导入圣耀珠。

神圣之力进入圣耀珠后，就像一盆水被泼入了大海中，没能激起半点涟漪。

从聂岚浠体内溢出的神级神圣之力很多，吸走再导入圣耀珠的过程也很长，全程计嘉羽都在承受着难以想象的痛苦。

那是高质量的神圣之力冲击他的神圣回路带给他的痛苦，不过他能感受到，这种来自聂岚浠体内的能量依旧和他的神圣之力同根同源，所以在撞击他的神圣回路的同时，也在缓缓地修复他的神圣回路。

按照"破而后立"的修炼方式来看，有了此番经历后，他的神圣回路的坚韧度和宽度都会有所增加，他算是因祸得福了。

转眼间三分钟过去了，计嘉羽浑身都被汗水浸湿了。

一旁的虎斑猫这才抬头瞥了计嘉羽一眼，露出一丝满意之色。

"可以了。"

就在计嘉羽即将撑不住之际，聂岚浠忽然开口道。

计嘉羽闻言，顿时将手掌心的旋涡停下，但神圣回路依旧带给他火辣辣的痛楚。他立刻盘坐于地上，对自己施展圣愈之风。与此同时，他还用自身的神圣之力去修复神圣回路。

在这个过程中，聂岚浠倒是先结束修炼，站起了身。

看着面前浑身衣服湿透了的计嘉羽，聂岚浠的神色依旧显得淡漠，但那双金眸中明明有情绪在涌动。

一个小时过去了，计嘉羽的神圣回路总算降到了平常的温度，虽然仍然有些疼，但可以忍受了，于是他结束修炼，缓缓睁开了双眼。

他看到的，是正在烤鱼的聂岚浠。

木制烤架下的熊熊火焰不是木柴燃烧起来的，而是由神圣之力构成的金色圣火。被火焰灼烧，鱼滴落着油，散发着阵阵香味。

计嘉羽咽了一下口水。

"还没好呢。"聂岚浠的声音从一旁传来。

计嘉羽闻言，心中产生了一丝期待。

"我能吃吗？"

聂岚浠的脸上难得有了表情，是心痛，很明显是心痛。

"分你一条。"

她话音刚落，忽然听见一阵愤怒的呜呜声。

计嘉羽闻声看去，发现是那只虎斑猫正在愤怒地吼叫，虽然是呜呜声，但计嘉羽听懂了它的意思。

"只给我鱼尾巴，却给他一整条，你偏心！"

计嘉羽当即震惊地看向聂岚浠。

"它这是在说话？"

"不是说话，但也差不多，它的精神力很强。"聂岚浠解释道，"它叫勿怒。"

"我方不方便问一下，你是怎么认识它的啊？还有小九。"计嘉羽犹豫了一下后问道。

"我天生亲和它们，而且我从小在森林里长大，所以就认识它们了。"聂岚浠没有犹豫，像是已经想好了回答。

"你体内的那股能量……"计嘉羽道。

"与生俱来的。"聂岚浠道。

"好吧。"

聂岚浠的坦诚和直接让计嘉羽无话可说了。

"既然你要我做你的眼睛，那我觉得我们平时可以多熟悉熟悉。"计嘉羽道。

"可以。"聂岚浠道。

"呃……"

从聂岚浠的态度来看，就算她愿意跟计嘉羽熟悉熟悉，往后的日子，恐怕也要计嘉羽来找话题了。

难啊，唉……

"所以这就是你跑来后山修炼的原因吗？你怕被她们知道？"计嘉羽问道。

"嗯。"聂岚浠点了点头。

她不想让神圣教派的人知道她的秘密，计嘉羽将这一点记在了心里。

片刻后，鱼烤好了，聂岚浠伸手将一条烤得焦黄的鱼递给了计嘉羽。

计嘉羽感动得直接啃咬起来，同时，他脑海中浮现出之前聂岚浠烤鱼的画面，嘴角有了一丝笑意。

这条鱼很大，但对于体质得到巨大改变的计嘉羽来说却算不得什么。最近王音岚给他提供的早、午、晚三餐都极为丰盛，分量也多，但这条烤鱼有特殊的意义。

吃完烤鱼，计嘉羽看着聂岚浠道："如果你没事的话，我先回去咯？"

聂岚浠轻"嗯"了一声，头也不抬，继续吃烤鱼，她的手指表面有一层淡金色的神圣之力，能够让她的手指避免沾上烤鱼的油渍。

计嘉羽站起来转身欲走，却看见不远处有一个个火焰燃烧后留下的黑色土堆，不禁有些羡慕。

聂岚浠这伙食可够好的！

自从上次计嘉羽自己烤过鱼后，他就知道烤鱼也是需要天赋的，聂岚浠烤的东西是真的好吃。

第91章

舆论

"那不是烤鱼留下的痕迹。"聂岚浠道。

"啊？"计嘉羽有些不解。

"光明至上教派的人从后山潜进来，被我解决了。"聂岚浠道。

她轻描淡写的一句话，却带给了计嘉羽极大的震撼。

"圣耀司的后花园被入侵了？"

这里可是整个圣耀司，整个神圣教派最核心、隐秘的地方，连这里都被光明至上教派成员入侵了，看来她们在神圣教派的高层里还有人啊！

计嘉羽心一沉。连圣耀司后花园都被入侵了，等自己出去了，那不得连绵不断地遭遇刺杀啊？自己这点实力，根本不够啊！

计嘉羽转头看了一眼聂岚浠，心想：就算有她，就算她肯帮忙，那还是不够。这日子简直没法儿过了！

计嘉羽叹了一口气，低着头走出了森林。回到屋内，他不敢休息，继续修炼。

第二天，两人如往常一般去到了修炼场地，王音岚已经在等他们了。

待两人走近，王音岚右手一挥，一块透明光幕便呈现在他们眼前，光幕之上是密密麻麻的光明族文字，想必这就是教士的任务单了。

计嘉羽看了一眼就收回了目光，光明族文字，他不认识啊！

"没错，这些都是教士能领取的任务，你们可以随便挑选，不过在此之前，我必须跟你说一下目前神圣王国的情况。"王音岚轻咳了两声，继续道，"虽然事情过去三个月了，但反对你的游行示威还是时不时地有，一部分人是反对你加入神圣教派，一部分人是质疑你执掌圣耀珠的能力，这幕后有光明至上教派在推波助澜。"

"说到光明至上教派，唉……"王音岚叹了一口气，"之前神圣城发生那样的事，大先知便派人顺藤摸瓜解决了一大批，也抓了一大批，但就是这次游行示威，搞得它死灰复燃，虽然势力大不如从前了，但还是像以前那么难缠。"

"这次出去，你可要小心了。"王音岚有些担忧地看着计嘉羽，"大先知说，为了让你自然成长，不让你成为温室中的花朵，神圣教派不准备派人保护你，所以你可真的要小心了啊！"

"放心吧，岚姨，我能照顾好自己。"计嘉羽笑了笑，其实他心中也有些忐忑。

"跟你说了外界的情况后，我再跟你说这些任务。"王音岚指着光幕道，"我把这些任务分为四类，第一类是和光明至上教派相关的，第二类是和魔族相关的，第三类是和圣兽相关的，第四类是各大城市里的常规任务。"

"这四大类别，以第二类最危险，第一类次之，第三类再次之，最后是常规任务。"王音岚问，"你打算选哪一类？"

计嘉羽闻言沉吟了起来。

其实根据他对聂岚浠的了解，他们接第三类任务显然最轻松、最安全，其次才是常规任务。可是，这两种任务安全是安全，意义何在？

至于第二类，潜入神圣澄海的魔族遭受重创，隐匿了起来，高级别的强者其实很少了，之所以把危险性列为最高，是因为他们凶残且不顾一切。

而第一类，与光明至上教派有关的任务……

计嘉羽其实倾向于接与光明至上教派有关的任务。

这个教派的理念过于极端，如果不彻底解决掉的话，哪怕只剩下一个成员，之后也会死灰复燃的。

虽说他不可能在刚开始接触这一类任务时就将其彻底消灭，但知己知彼，百战不殆。

想通之后，计嘉羽道："我打算领取第一类任务。"

对于计嘉羽的选择，王音岚没有置喙或劝导，她手一挥，光幕上，除了第一类任务外，其余文字尽皆消失。

"近期关于光明至上教派的任务有五种，第一种是找出光明至上教派成员的藏匿点，第二种是抓捕已知的光明至上教派成员，第三种是调查涉及光明至上教派成员的一切特殊事件，第四种是潜入光明至上教派内部，第五种是拷问情报。"

计嘉羽想了想，道："后两种都不适合我，前三种吧。"

说话间，他望了一眼聂岚浠。聂岚浠眼观鼻鼻观心，竟在修炼，显得很不在意。

"前三种的话，我倒是有一个任务推荐给你。"王音岚忽然道。

"什么任务？"计嘉羽问。

"关于启明城的。"王音岚道，"最近半年，启明城那边接连出现了十几名连环杀手，已经杀了一百多个人族、一百多个混血儿和两百多个光明族人了。他们作案的手法不同，受害者之间也没什么关联，修为、境界都不高，但就是找不到凶手，也抓不着。"

"这个不错。"计嘉羽点点头。

他有圣耀珠，可以感知善意与恶意，可以辨识谎言，是非常适合进行抓捕工作的。

而连环杀手杀了那么多人，一旦被他抓捕住，他必然能得到来自受害者亲友的支持，就像之前他拯救那些被魔化的光明族人时一样。

逐个击破，久而久之，他在光明族人那里的声名总能得到改善。

"就这个吧。"计嘉羽做了决定。

"好。"话落，王音岚再次挥洒出一片光幕，落到计嘉羽的面前，"这是之前刑律司调查的一些信息，以及死者的一些具体情况，你看看吧，看完随时可以出发，接下来我就不再陪着你了。"

王音岚的眼睛有些红。计嘉羽看得出来，王音岚是真心关心他的。

"岚姨，真的别担心，我会照顾好自己的！"计嘉羽认真地道。

"我相信你。"王音岚牵强地笑了笑。

对计嘉羽来说，外界实在是太危险了。不过，他迟早是要去面对的。

轻叹一口气后，王音岚转身走了。

计嘉羽看着王音岚走远后，这才回过头招呼了一声聂岚浠，两人一起浏览起光幕上的信息来。这一看，就是一整天。

傍晚，天色渐暗，计嘉羽揉了揉酸痛的眼睛，倒在了地上，满脑子都是光幕上的内容。

他见过许多尸体，但那是在战争中，光幕上的这些尸体不一样，是被虐杀的。这种连环杀手隐藏在城市里，对每一个人而言都是极大的威胁。

启明城本就是著名的孤儿城，而这种连环杀手的存在，却为启明城制造了更多的孤儿。

他们该死！特别是许多信息都显示这些杀手其实跟光明至上教派有扯不清的关系，那他们更该死了！

第 92 章

启明城

翌日一大早，计嘉羽和聂岚浠便收拾好行李，到小镇中与王音岚告别。

王音岚明显有些担忧，说话难免唠叨，但计嘉羽全程笑着，很是享受。

被人关心和在意，他又怎么会烦呢？

半小时后，王音岚都觉得自己啰唆了，这才口干舌燥地道："好了，我也不说太多了，反正你们俩注意安全。"

"知道呢。"计嘉羽笑着点点头。

"要互相照应啊。"王音岚道。

"嗯。"聂岚浠犹豫了一下，也点点头。

"去吧去吧。"王音岚挥了挥手，"等你们的好消息。"

"那岚姨，我们就先走了。"计嘉羽道，"你也要好好照顾自己。"

"我好歹也是个明神，还用得着你来担心吗？"王音岚道。

计嘉羽笑了笑，没说话，心想：你是明神没错，需要关心也是真的。

王音岚挥手道别，计嘉羽和聂岚浠则渐渐走远了。王音岚望着两人的背影，像是母亲在望着离家的游子。

两人的身影彻底消失了，王音岚还依旧在原地站了许久，而后才转身离去。

圣耀司的后花园位于神圣王国中部的一片原始森林内，距离它最近的一座镇子是天池镇，有三百多公里远。

计嘉羽和聂岚浠两人披荆斩棘，在多处绝路都用上了圣术，这才跨越了重重阻碍，抵达了天池镇。

天池镇是一座旅游小镇，是外地的光明族人进入原始森林外围区域探险的前哨小镇。

踏入小镇后不久，计嘉羽和聂岚浠便看见了国道。

所谓国道，即神圣王国修建的道路。国道以特殊的砖石铺就而成，宽八米，全国范围内的国道加起来估计有上万公里，是无数修炼者共同努力的成果。

接下来，计嘉羽和聂岚浠便要顺着这四通八达的国道一路向南，前往南部沿海的新兴大城市启明城。

他们从偏僻小径踏上国道，汇入人流，入目所见全都是穿衣风格各异的光明族人。然而他们一个人族男性，一个人族与光明族的混血儿女性，却并没有吸引任何光明族人的注意。

须知，天池镇位于神圣王国中部，距启明城有上千公里远，连人族都很少见，更别说计嘉羽和聂岚浠这样的组合了。

这就得益于王音岚向两人讲清了目前神圣王国的局势。计嘉羽知道自己现在身份特殊，所以在走出原始森林前，就让聂岚浠故技重施，利用圣耀珠的光芒对两人体表的光线进行了改变，令外人看不出两人真正的样子。简单来说，就是光线易容。

进入天池镇后，两人直奔龙马场。

虽然和神圣教派明圣们的常规坐骑天马相比，龙马要稍逊一筹，但龙马也具备长途奔跑的能力，一日可以奔跑一千五百里。

凭借着神圣教派的教士徽章，两人轻而易举就租借到了两匹龙马，而后踏上了往南的国道。

在接下来的三天时间里，两人除了休息外，一整天都在赶路，终于在第三天的下午抵达了启明城。

作为一座完全由人族建立的城市，启明城最初只是一个小村落，随着人族落选者的增加，它才慢慢变成了镇，后来又演变成了小城市、大城市。

时至今日，启明城已然有上百万人口，是能排在神圣王国前二十的超大型城市。这座城里百分之八十是人族，百分之十五是光明族与人族的混血儿，只有百分之五是光明族人。由于近几个月的舆论风波，光明族人所占比例又减少了百分之一。

进入城市后，计嘉羽和聂岚浠两人先去还了龙马，而后才撤除了光线易容。

在光明族人较多的地方，人族和混血儿比较扎眼，但在启明城，扎眼的可就是光明族人了，特别是在这里最近光明族人日益减少的情况下。

启明城的主干道启明街上人来人往，摩肩接踵。

这些人族原住民穿着各异，但大多有着自身族群的特色，譬如蓝域自由国度人族的后代穿衣偏向宽松，法域秩序国度人族的后代穿着则比较朴素，圣域圣灵国度人族后代的穿着都很华美、花哨。这大概就是启明城这座城市的独特风格了。

因为大概率要在这座城市里待一段时间，所以计嘉羽和聂岚浠先找了个旅馆落脚，而后才去到一家饭馆，准备打探打探消息。

人族大多在吃饭时爱喝酒，喝完酒要么吐真言，要么吹牛，这也让饭馆成了信息汇聚之地，不过信息是真还是假，就需要自己判断了。

启明城饭馆遍地，但最大、最热闹的莫过于辰色了，它是一家连锁店，吸引着启明城的三教九流之辈。

计嘉羽和聂岚浠两人去的是最近的一家。他们刚落座，还没拿起菜单点菜，便听到一道刻意压低的惊喜声音。

"计神！"声音的主人非常兴奋。

听到这道熟悉的声音，计嘉羽转头望去，当即面露喜色："叶子航！"

计嘉羽万万没想到自己居然在启明城随便走进的一家饭馆里，见到熟人！这也太巧了吧！

"你怎么在这里啊？"

"你怎么在这里啊？"

计嘉羽和叶子航同时提问。

"你先说！"

"你先说！"

两人又说了同样的话。

话落，两人又都笑了起来。

虽然他们之间曾经有嫌隙，但事情早已过去了。他们出自同一个营地，又都经历了真实圣耀世界和神圣城事件，关系自然非同一般。

"我在这里工作。"叶子航回答道。

"工作？"计嘉羽有些吃惊。他稍微感知了一下，便知道叶子航已经三阶巅峰了。

三阶巅峰修为的人居然在一个饭馆工作……不过计嘉羽转念一想，也就懂了。

第 93 章

重逢

启明城是人族落选者的城市，落选者虽然落选了，但不等于不优秀，相反，他们都很优秀，只不过没有优秀到能成为执掌者罢了。

优秀的血脉相结合产下的子嗣，大概率有强大的天赋。他们就在这座城市生活、修炼，平均修为甚至冠绝神圣澄海，是神圣教派一股不可忽视的力量。因此，三阶巅峰，的确也不算什么。

"丁鹿呢？"计嘉羽问道。

话落，计嘉羽又道："我这样不会打扰你工作吧？"

叶子航笑了笑："还真的会，不过我的工作马上就结束了，你们先喝点东西吧，喝完去我家，我叫上丁鹿，咱们一起吃饭。"

"好。"计嘉羽笑着道。

叶子航说完就去忙了。

计嘉羽找另外的服务员点了喝的。

计嘉羽刚刚抿了一口服务员送来的饮料，就皱起了眉头。

他看了一眼身边的聂岚浠手里拿着的橙色果汁，毫不犹豫地又点了一杯果汁。

四面八方全都是人们的议论声。

"你们说这计嘉羽到底有什么特殊的啊？能被选出当圣耀珠的执掌者，还能进神圣教派。"

"羡慕，真心羡慕。咱们这些人就算再努力，最多也不过是在启明城当个官，他呢，起步都不一样，说不定哪天升成助祭，都能管我们了。"

"唉，是啊，要我是光明族的，我也不乐意啊！"

"按道理来讲，我是不该对他有什么怨言的，毕竟咱们也是选拔者，就算不是，那也是选拔者的后代。咱们能好好地在这里生活，靠的就是这个选拔者计划，不是他成为执掌者，也有可能是另一个人，任何一个人。可是啊，我还是忍不住。凭什么啊？好处他享受了，后果却要我们来承担。"

此人的话引起了另一个人的附和。

近三个月来，神圣王国各大城市内相继发生了游行示威，反对计嘉羽加入神圣教派，反对他执掌圣耀珠，可自始至终他都没有露过面，神圣教派也在帮他隐藏行迹。久而久之，找不到他的光明族人便把矛头指向了启明城，指向了广大人族和混血儿群体。

计嘉羽听着众人的议论，神色平静，心里却有些不好受。尽管他知道光明族人的行为跟他这个人没关系，只是跟"圣耀珠执掌者"有关，他还是有些愧疚。

"区别对待，断资源，断商业往来，把我们驱逐出城市，甚至还想把我们赶出神圣澄海！"

"凭什么啊?!"

"做梦！我从出生开始就生活在这里，赶我走，也轮不到她们吧！让大先知站出来说话，我的父母的付出都是白费的吗？她们神圣教派高层是白眼狼吗？"

人喝多了后，难免会过激，难免会说一些不着边际的话。有些话，计嘉羽也就听听，他会摘取重点和真实信息。

在辰色坐了半小时，连环杀手的消息没打听到，计嘉羽反而听到了无数关于光明族、光明至上教派和他自己的消息，倒也不算白来。

"走吧，我工作完了。"再次出现到计嘉羽面前的叶子航换了身便衣，笑着道。

"那我去结账。"计嘉羽站起身。

"结什么结，算在我身上！都来辰色了，哪能让你出钱！"叶子航笑道，"行了，我知道你现在肯定是大富豪，该不客气的地方，我是不会跟你客气的，走吧走吧。"

说着话，叶子航推着计嘉羽出了门。一旁的聂岚浠总是那么平静，紧紧跟随。

"我住的地方有点远，咱们得坐龙马车过去。"叶子航道。

龙马是神圣澄海大规模养殖的不入流的圣兽，品质有高有低，服务于各行各业，其中就有公共的龙马车。

在叶子航的带领下，计嘉羽、聂岚浠两人上了一辆红色木制的公共龙马车，向南而行。从透明的窗户向外望去，是连绵成片的新建筑。

"除你之外，一号营地所有的选拔者全都来了启明城。因为人数太多，所以城主府下令扩建了新城，也就是新南城。"叶子航介绍道，"丁鹿跟我住在同一条街。"

"真好。"计嘉羽向往地道。

"好什么啊?!"叶子航翻了个白眼。

"有家了啊。"计嘉羽道。

"家是有了，但要还钱啊！"叶子航道，"你以为城主府白给你地方住啊？房子建起来要不要成本？要不要人力？那些钱，我们要慢慢还的。"

"所以你就去了辰色工作？"计嘉羽问。

"对，不过只是暂时的。"叶子航道，"工作归工作，我也没忘记修炼。哪一天等我修成明圣了，我的好日子就要来了，嘿嘿。"

"肯定行，你的修炼天赋很高。"计嘉羽真心地道。

"行了吧你，我就跟你吹吹牛，哈哈。"叶子航笑道。

许久不见计嘉羽，叶子航开心得有些忘乎所以。

半小时后，叶子航带计嘉羽和聂岚浠来到了自己住处所在的甲行街。

叶子航的家在一栋四层建筑的二楼，空间很大，足有四个房间，足以保证叶子航将来结婚生子后还有空余的房间。

不得不说，启明城的新人待遇是真够好的。

"有点空、有点乱，别介意。"叶子航笑道，"你们先坐，我去给你们做点吃的。这段时间我除了工作、修炼之外，就是在学做饭，哈哈哈。"

"有空也教教我。"计嘉羽羡慕地道。他其实还很想向聂岚浠学怎么烤鱼，但没想好怎么开口，因为聂岚浠实在是有点冷漠啊。

"没问题。"话落，叶子航便去了厨房。

计嘉羽没让叶子航一个人忙活，让聂岚浠坐在客厅后，他就跑去厨房帮叶子航了。他一边帮叶子航清洗食材，一边询问起了丁鹿的事来。

"丁鹿啊，他这段时间神出鬼没的，问他去哪里工作了他也不说，神神秘秘的。"叶子航道，神情显得有点难过。

他心中隐约觉得自己跟丁鹿有点疏远了，毕竟丁鹿可是他在启明城唯一的好朋友。

轻叹一口气后，叶子航又笑了："算了，不说他了，说说你吧，你最近干吗呢？怎么样啊？"

"最近三个月都在修炼，毕竟，你懂的，人人都想杀我。"计嘉羽语气平静地道。

"这就有点难了啊。"叶子航怔了一下，叹道，"我也没法儿帮你，我太弱了。"

"没事，我可以的，哈哈。"计嘉羽笑道。

叶子航正要继续说话，忽然听见敲门声。

"丁鹿!"叶子航面露喜色。

他在启明城没认识几个人,会敲响他家门的,大概也只有丁鹿了。

"我去开门吧。"计嘉羽也很开心。

"去吧去吧。"一想到他们三个又能聚在一起,叶子航的眼睛都快笑眯起来了。

计嘉羽快走几步拉开了大门,门外果然是许久不见的丁鹿。

然而,在看到丁鹿的瞬间,计嘉羽不着痕迹地皱了一下眉头。

第 94 章

魔气残留

丁鹿还是那个丁鹿，身材还是那么瘦弱，脸上表情不多，但看到计嘉羽的时候，露出了惊喜之色。

"嘉羽！"

他刚刚叫出声，又忽然闭上嘴，而后闪身进门，关门前还往左右看了两眼。

在正常情况下，计嘉羽的第一反应应该是问丁鹿怎么了，可他却下意识地让自己的精神力透体而出，绕着丁鹿的身体感知着。

在丁鹿的身上，他感知到了一股熟悉的气味，魔的气味。虽然气味很淡，但作为圣耀珠的主人，他还是感知到了。

"他身上怎么会有魔的气味？就算是在神圣城沾染上的，三个月过去了，也该消散了吧？"计嘉羽回过头望了聂岚浠一眼。

聂岚浠神色平静，但她体内的神圣之力却有翻涌之势。

计嘉羽不着痕迹地朝聂岚浠摇了摇手，示意她不要冲动，但她却并没有放下戒备。

"你怎么来了！"丁鹿关上门后，有些紧张地问道，"你知不知道现在有多少人想杀你！"

"知道啊。"计嘉羽道，"可那也没办法，我总不能一直躲着吧？"

"道理是这么个道理，可是，唉……"丁鹿叹了口气。

"放心吧，我心里有数。"计嘉羽搂过丁鹿的肩膀，先是走到客厅，让丁鹿和聂岚浠打了个招呼，然后才带他去了厨房。

"哟，稀客啊，今儿什么风把您给吹来了啊？"叶子航心里有些不愉快，说话阴阳怪气的。

"今天来是有正事的。"丁鹿仿佛没听出叶子航的语气。

"怎么了？"叶子航立刻接话。

"我刚得到消息，这半年在启明城周边杀了不少人的连环杀手，又要杀人了。"丁鹿道。

"连环杀手？"计嘉羽闻言，立刻转头看了一眼聂岚浠。

这么巧的吗？

"你怎么会知道这种消息？你到底在做什么工作啊？"叶子航皱着眉问道。

计嘉羽也看着丁鹿。

丁鹿沉默了一会儿，又摇了摇头，道："我签了保密条约的，不能说，但我向你们俩保证，我不会去做坏事的。"

"做不做坏事先不说，你自己小心点啊！"叶子航一边做着饭，一边叮嘱道。

"我心里有数。"丁鹿道。他心想：我还要回去找我妹妹呢，我可不能死。

计嘉羽站在一旁，抿着嘴看着丁鹿，心情有些复杂。

在三人聊天时，叶子航做好了晚饭。

不得不说，叶子航是个贪吃鬼的同时，也很有厨艺天赋，就算他没有修炼天赋，光靠做饭的手艺估计都饿不死。

计嘉羽、聂岚浠、丁鹿三人都吃得很开心，特别是聂岚浠。计嘉羽算是彻底看穿了，别看聂岚浠表面冷漠，好像对什么都没兴趣，在吃饭这方面，积极性还是很高的！

　　吃完饭，三人就在客厅聊天，主要就是聊近期的生活、修炼方面的问题，以及接下来一段时间的人生目标。

　　三人年纪不大，聊着聊着也就没话可聊了，于是计嘉羽和丁鹿都提出先走了，反正之后大家都在启明城，有时间走动。

　　丁鹿家就在三十米外的另一栋楼，所以离开叶子航家后，计嘉羽、聂岚浠很快也和丁鹿分别了。

　　他们坐上了返回城中心旅馆的公共龙马车，可没走多远，计嘉羽就拉着聂岚浠下了车，又绕回了甲行街。

　　虽然甲行街才建成不久，但人并不少，全都是一号营地最近送来的落选者，也就是计嘉羽那一批选拔者。

　　计嘉羽穿行在他们之中，精神力透体而出，如游蛇吞吐蛇芯子，感知着异常现象。

　　他想知道魔气残留的迹象，是不是许多经历过神圣城风波的落选者都有，然而现实让他内心一沉，因为并不是那样的。

　　他没有从这满大街的一号营地落选者身上感知到魔气。

　　"丁鹿他……"计嘉羽心中有了不祥的预感。

　　他犹豫了一下，决定明天白天再来一次。晚上人少，白天人多，万一身上残留有魔气的是极少数呢？毕竟丁鹿可是进入过神禁之地的。

　　想到这里，计嘉羽有了个念头：自己是不是该去找找其他进入过神禁之地的落选者，看看他们的情况再下结论？

　　这个念头在脑海中转了几圈后，计嘉羽没怎么犹豫，就又敲响了叶子航家的门。

　　看到门口的计嘉羽和聂岚浠，叶子航明显有些惊讶，但计嘉羽一脸严肃地开门见山道："我要知道进过神禁之地的那二十几个选拔者现在都在哪里。"

"怎么了？是因为丁鹿吗？"叶子航见计嘉羽这么严肃，当即脸色有了变化。

"嗯。"计嘉羽道，"我不想跟你说太多，免得给你带来麻烦，但的确很不对劲。"

"我早就有预感了。他天天神神秘秘的，心里面又装着事。"叶子航叹了口气，"算了，我先把他们的住址告诉你吧，但我只知道个大概啊。幸好我跟他们还算熟，不然这也是个麻烦事。"

作为同批进入神禁之地的选拔者，他们二十几个最优秀，经历的事情也最多，被神圣教派要求保密的事情也最多，相互之间的关系自然更密切，联系也更紧密。

片刻后，计嘉羽就得到了十几个进过神禁之地的落选者的大概住址。

"你自己小心点。"计嘉羽道。

"我能有什么事啊！"叶子航大大咧咧地笑道。

"你是我朋友，这不是什么秘密。"计嘉羽看着他，"我怀疑光明至上教派会针对你……们。"

计嘉羽环视了一圈，他怀疑自己现在已经被盯上了。

"还是经验不足啊，太草率了，一遇到熟人就忘乎所以。现在回想起来，之前的所有行动都好搞笑。"计嘉羽反思了一下，而后想了想，在叶子航有些担忧的目光中道，"我觉得你还是去找神圣教派吧，让她们保护你一下，你提我的名字就行。我估计这启明城啊，马上就要乱起来了。"

"行吧。"叶子航道，"计神你能力强，你说了算。"

"明天去工作的路上，别露出马脚了。"计嘉羽说完顿了顿，道，"我就先走了。"

"去吧，你小心啊。"叶子航道。

"嗯，我们都会好好的。"

计嘉羽笑了笑，这才和聂岚浠一起推门而出。

下了楼，计嘉羽和聂岚浠装作无事的样子，坐上公共龙马车回旅馆。

到了旅馆，计嘉羽回到房间，静下心修炼起来。至少到凌晨两点钟，他才睁开眼睛。

第 95 章

圈套

计嘉羽睁眼后做的第一件事，就是让自己的精神力透体而出，呈扇形缓缓向四方蔓延，检查周围的情况。

片刻后，他收回精神力，打开窗户翻了出去，去到聂岚浠的窗外，轻轻敲响了窗户。

聂岚浠早已等候多时，听到敲窗声，当即翻窗而出。

两人轻轻一跃，便跳上了房顶，借着略显阴沉的夜色，向进过神禁之地的落选者的住处奔去。

在赶路的时候，计嘉羽的精神力总是先行一步，将四面八方的情况尽览于心。

几分钟后，两人抵达了一名落选者的家附近。原本呈扇形蔓延开去的精神力飞快聚拢，化作一束精神力，直刺入落选者家中。入圣级别的精神力在那名落选者的家里旋绕了一圈后，便被计嘉羽收了回来。

这名落选者的身上并没有残留的魔气。

计嘉羽和聂岚浠没有过多停留，直接朝第二名落选者家中飞去，然后按照之前一样的步骤对其进行探查，同样没有感受到魔气。

然后是第三名、第四名、第五名，接连五名落选者的身上都没有残留的魔气。

直到探查到第六名落选者时，他们才终于感知到了残留的魔气。这不禁让计嘉羽松了一口气。

既然魔气残留并不是孤例，那丁鹿有可能没有接触魔族。

这是个好消息，可接下来的十来名落选者身上却又都没有残留的魔气。

这又是个坏消息，因为这代表刚才那名落选者和丁鹿很有可能都牵扯上了跟魔族相关的事情。

"接下来该怎么办呢？"计嘉羽有些头疼。

"直接去问。"聂岚浠道。

"他不会说的吧？而且，万一真的是跟魔族有关，我们该怎么办呢？"计嘉羽扶额道。

"你是在问你自己该怎么办吧？"聂岚浠道。

"是啊。"计嘉羽叹道，"我该怎么办？"

丁鹿是计嘉羽的朋友，但不是聂岚浠的朋友，如果丁鹿真的和魔族勾结，在危险性不大的情况下，聂岚浠可能会将这件事上报给神圣教派，如果危险性大的话，她可能会当场除掉丁鹿。

计嘉羽虽然有些犹豫，但其实心里已经想清楚了。

"等明天弄清楚其他几个落选者的住处，完全确定了再去问他吧。"计嘉羽道。

"嗯。"聂岚浠的态度很清晰——都随你。

当晚，计嘉羽和聂岚浠就回去各自休息了。

第二天上午十点的时候，两人从正门出去，汇入人流，利用光线易容的方法，消失得无影无踪。

与此同时，叶子航听了计嘉羽的嘱咐，在去工作的途中，还是转头去了启明大堂。

那里是神圣教派下派到启明城的主祭的驻地，也是神圣教派下辖诸司的办公地。

报了计嘉羽的名字后，叶子航被要求先待在原地等候，还没等教士把消息一一上报呢，计嘉羽和聂岚浠竟然也来到了启明大堂。

不过，两人依旧是易容状态。

他们看见叶子航了，但没有和他相认。他们利用教士徽章行使特权，拿到了剩下几名落选者的住处地址和工作地点。

在接下来的三个小时里，计嘉羽把那些落选者都找到并检查了一遍，并没有在他们身上发现魔气。

他在城市中穿梭时，让自己的精神力向四周辐射，也没有从任何一个选拔者身上感知到魔族的气味。

至此，计嘉羽基本可以确认丁鹿跟魔族勾结了——就算不是魔族，也是跟魔族有关的东西。

联想到丁鹿最近神神秘秘的样子、他提供的消息，以及连环杀手与光明至上教派间的联系，计嘉羽心中大致有了猜测。

"我不准备去找他讲清楚了，那样太麻烦了。咱们直接顺藤摸瓜地找。"在一条空旷的巷子里，计嘉羽冲聂岚浠说道。

"可以啊。"聂岚浠点点头。

"那就走吧，去找丁鹿。"

昨天计嘉羽在和丁鹿告别时，在丁鹿身上留存了一点精神力，相当于做了一个标记，那样计嘉羽就能时时刻刻知道丁鹿的方位。

不只是丁鹿，那个名叫彭炼云的落选者身上也有计嘉羽留下的精神力标记。

此时，丁鹿正在启明城的北城，那里跟他的家完全是在两个方向上。

从南城到北城，如果坐公共龙马车的话，至少要两个多小时，而作为明尊的计嘉羽全力奔行，只需要半个小时。

为了不引人注意，计嘉羽在绕路的同时还在克制自己，所以他用了四十五分钟才来到北城，最后在距离丁鹿只有五百米的一条巷子内站定，稍作休息后汇入了人流。

计嘉羽不敢大意。

如果丁鹿真的与魔族、与光明至上教派勾结了，那他们昨天见了面，计嘉羽很可能已经暴露了。而在这种情况下，丁鹿基本就是一个诱饵，但计嘉羽还不得不去咬。

连环杀手的案子这么久都没有告破，他必须抓住这个机会。而且，他很想救丁鹿！

计嘉羽其实考虑过把这件事告知启明大堂中的神圣教派高层，但一想到光明至上教派安插暗谍的本领，计嘉羽就打消了这个念头。

一个暗谍不太可能在启明大堂中杀叶子航，传递消息则相对简单，计嘉羽赌不起。

所以，就算这是个计谋，那也是阳谋。

只不过，谁是猎手还不一定。

经过魔族入侵神圣城事件，光明至上教派受到重创，绝大多数高层要么被抓，要么被杀，只剩下寥寥几个高层充当支柱。他们的中低层成员也损失惨重，残存的星神、九阶明圣寥寥无几。

如果对方只是八阶的话，计嘉羽虽说没有百分之百的把握能赢，但拖住对方还是没有问题的。要知道，这座启明城可是有神圣教派的明神级主祭坐镇的。

"他俩在地下。"在街上走了一会儿后，计嘉羽忽然低声对聂岚浠道。

聂岚浠抬了抬眼："嗯。"

"我们走？"计嘉羽道。

"嗯。"

话落，聂岚浠体内的神圣之力翻涌起来。

两人忽然转进一条巷子，打开铁质的下水道盖子，一跃而下。

计嘉羽双脚落地，脚步落地的声音在空旷的通道内回荡。在他和聂岚浠的面前，有一条平静流淌的污水河。

污水河的上方是黑漆漆的通道，计嘉羽留在丁鹿和彭炼云身上的精神力就在那个方向。

两人没有犹豫，朝着污水河的上游走去。可他们向前行走了没多久，便有一道清脆的鼓掌声从远处传来。

"啪啪啪。"

"不愧是圣耀珠的执掌者啊，知道是圈套还敢踏进来。就是不知道你到底是无知呢还是无畏。"

第 96 章

摧枯拉朽

伴随着说话的声音，一个身材健硕、有着一头粉色短发的女子从污水河上空飘来。

她有着一双单眼皮眼睛，左脸上有一条淡淡的疤痕，嘴唇很薄，锋利得像是一把刀。她浑身神圣之力翻涌，八阶的气势不加克制地散发而出，也像是一把刀。

"八阶吗？"计嘉羽望着近处的粉发女子，抿了抿嘴，转头看了一眼聂岚浠。

通过两人之间的羁绊和联系，他能轻易感知到此时聂岚浠体内涌动的能量正是八阶的。

聂岚浠在刻意压制实力。

一直以来，她都不愿意暴露自己的真实实力和天赋。至于原因嘛，计嘉羽后来也猜到了。

木秀于林，风必摧之，特别是聂岚浠这种逆天的存在。

要是她的真实实力和天赋曝光了，神圣教派的高层不得疯？特别是她现在还加入了神圣教派。如果按照正常的晋升渠道来，她是有可能坐上大先知那个位置的。

不过，八阶也够了。

一个能与七阶明圣正面厮杀的计嘉羽，再加上一个显露八阶实力的聂岚浠，两人合力，粉发女子绝不是他们的对手。

此时此刻，她还不知道计嘉羽和聂岚浠的具体实力，不知道自己面对的是两个怪物——虽说年纪轻，但实力之强，超乎常人想象。

"圣形态！"

面对粉发女子的挑衅，计嘉羽给予的反应只有一个——他直接用精神力触碰圣耀珠，使之绽放光芒，开启了圣形态。

圣形态开启，神圣回路的长度、宽度增加，神圣海洋中的神圣之力顺着神圣旋涡倾泻而下，让计嘉羽的气息节节攀升。

粉发女子劳言薪感受着计嘉羽的气息，神色逐渐变得凝重起来。尽管她知道计嘉羽闭关三个月会变得很强，但没料到他会强成这样，即便他有圣耀珠的辅助。

毕竟计嘉羽还那么小。

倒是聂岚浠有点被她忽略了，被光明至上教派忽略了。

虽说大家都知道聂岚浠是守护者，可她一来年纪还小，二来很少显露实力。虽然之前在神禁之地中，她帮计嘉羽挡了一击，但那一幕只有极少数人看到，而这极少数人中，没有一个是光明至上教派的。

虽然进入神禁之地的落选者们看见了，他们也有可能透露相关消息，但正如光明至上教派知道丁鹿和叶子航是计嘉羽的朋友，愿意往他们身上下注一样，神圣教派又何尝不知道这一点呢？光明至上教派但凡有一个不谨慎的地方，那下场都是极惨的。

这样一想，计嘉羽都在考虑会不会打着打着就冒出一个神圣教派的明圣来了。

计嘉羽的气势眨眼就攀升至巅峰，强大的精神力蔓延而出，让对面的劳言薪再次色变。

计嘉羽的精神力俨然已经是入圣中期的层次，比她的都高出了一截！

在精神力的作用下，圣术的术式迅速成形。计嘉羽导出了具备守护属性的神圣之力，刹那间引动虚空中的神圣之力，使其汇聚而来。

圣灵守护从天而降，而且不是一个，是两个，分别落在了计嘉羽和聂岚浠的身上。

下一秒，第二个圣术瞬间构建成功。

"圣光闪烁！"

尽管震惊，觉得不可思议，劳言薪还是第一时间反应了过来，而后开始构建属于她的圣术。

八阶圣术——虚雷掣电！

只见以劳言薪为中心，磅礴的神圣之力在汇聚，其中有许多甚至是从计嘉羽精神力笼罩的范围内生生被吸扯过去的。

八阶明圣具有神圣基石，开启了神圣门户，能够身与力共鸣，对神圣之力的掌控力很强。

不过，眼下可不单单只有她具备这项能力。

就在虚空中有惊雷声响起，同时有金色电光流转之际，计嘉羽身旁的聂岚浠忽地也开始以精神力凝聚神圣之力。

顷刻间，原本被劳言薪吸引的神圣之力被生生分成了两半，一半流向她，一半流向聂岚浠。

劳言薪难以置信地望向聂岚浠：她居然在与我争夺神圣之力的控制权！而且，她和计嘉羽身上怎么有一道金色的能量桥梁？他们的神圣之力是互通的吗？这就是执掌者与守护者之间的联系吗？

这些念头转瞬即逝，下一刻，密密麻麻的金色雷霆从虚空中涌出，向计嘉羽和聂岚浠呼啸而去。

在飞行的过程中，这些金色雷电电弧迸溅，交织成了一片电网，显露出可怕的威势。

与此同时，空中的光球飞快闪烁，影响着劳言薪的视力和精神力。

正常六阶的圣光闪烁对劳言薪的影响本不会太大，怎奈计嘉羽和聂岚浠的精神力都极强，而且圣光闪烁又是融合了一定精神力的圣术。

强效圣光闪烁生效，直接导致虚雷掣电的金色雷霆有不少掠过了两人，但仍有大部分在计嘉羽、聂岚浠的身前爆炸。一时间，整个下水道内都化作了金色的雷海，轰隆隆的爆炸声不绝于耳。

然而，劳言薪的神色却异常凝重。

她此行是身负任务的，虽然是一个非常简单的任务，但此刻她猛地发现自己可能连这个简单的任务都完成不了。

她充分考虑了计嘉羽的实力可能达到的水平，但没想到他的守护者实力这么变态。也是，如果不厉害，怎么被叫作执掌者的守护者呢？

不过也好，知道了聂岚浠的实力也算是收获。

就在劳言薪这样想的时候，这片地下世界的四面八方忽地有一个个金色光团涌出。它们每一个都蕴藏着精纯的神圣之力，每一个都是由术式组成的圣术，它们共同构成了计嘉羽创造的圣术——天界之光。

丁鹿身上残留着魔气，此时还被光明至上教派当作诱饵，生死未卜，计嘉羽才没空和劳言薪打什么持久战。他要的是以摧枯拉朽之势结束战斗，然后赶紧去救人。

对于一个八阶明圣来说，天界之光并不算一个能够一击必杀的高水准圣术，但它却有一个能让劳言薪绝望的特点，那就是持续性消耗。她一个人可耗不过计嘉羽和聂岚浠两个人。

天界之光的光团一形成，就立刻激射出了炙热的光线，从四面八方向劳言薪袭去。

道道光线如同蜘蛛网，把她困锁在最中央。

"暮光之墙！"

危急关头，劳言薪施展了一个较难的八阶防御型圣术，一堵昏黄的光墙矗立在她的身前，像监牢一般将她封锁起来了。

还不到三十秒，这名充满信心而来的八阶明圣就落了下风，让人感到有些难以置信。

就在劳言薪努力思索该如何破局之时，距离启明城四百多公里远的一座小镇中，几名光明至上教派成员围坐在一面巨大的镜子前，镜子中显示的画面，赫然是启明城下水道世界中的战斗场景。

第 97 章

神圣计划

"现在是五阶后期修为，使用圣耀珠的能力后，应该能达到六阶巅峰。"

"瞬间构建六阶圣术，而且是一次性多个，看他的表现，应该是毫无难度。"

"他的守护者竟然有八阶的实力！而且他与守护者之间的羁绊很深，两人可以互相输送神圣之力，这不是意味着在精神力和神圣之力的领域，他具备八阶的实力？"

"那个圣术没见过，也没听过，是哪位明神新创造出来的吗？还是说，这是他自创的？"

"劳言薪撑不了多久了。"

一番交流下来，微暗的房间内一阵寂静。

"虽然出乎意料，但她也算完成了任务。"片刻后，有人说道。

"话虽如此，可这也太让我难以接受了。"

"唉。"几名光明至上教派的高层纷纷叹气。

此次她们以丁鹿为诱饵，本意是想将计嘉羽和聂岚浠引出来，能杀则杀，不能杀就测试一下他们目前的实力，以图日后之谋。不过她们内心深处其实都知道，此次大概率是除不掉计嘉羽和聂岚浠的。

计嘉羽是圣耀珠的执掌者，他的一举一动必然会受到神圣教派的高度关注，大先知说是不给计嘉羽派明神保护，可真的不会派吗？

计嘉羽不知道，光明至上教派的高层也不知道，而她们都不敢赌。

况且，启明城有明神主祭坐镇，神圣城事件后受到重创的光明至上教派已经拿不出那么多明神去冒险了。

好在无论如何，劳言薪的牺牲给她们传达了一个关键信息，那就是从现在开始，光明至上教派失去了通过突袭或暗杀手段解决计嘉羽的机会。

一丁点儿可能性都没有。

既然如此……

"执行神圣计划吧。"一名光明至上教派的高层道。

"赞同。"另一名高层道。

"一旦开始执行神圣计划，我们就再没有退路了。神圣教派绝对会以雷霆之势肃清我们的。"

"神圣澄海已经病入膏肓了，我们这么做，是在为我们的后代谋福祉！神圣教派和光明族绝不能沦为人族的附庸，神圣澄海绝不能被人族所统治！光明至上，余皆劣者！"

"为了光明族，我愿意背负一切骂名和罪恶，只求我们的后代绵延万世！"

光明至上教派的高层一个个意志坚定，而后以百分之百的赞同率通过了执行神圣计划的决议。

现场这几名光明至上教派的高层并不是教派中最强的，却是最擅长谋略和传教的。一旦她们集体下令，整个光明至上教派就会立刻行动起来。

"来，为了我们光明族再次伟大，再次神圣，干了这杯！"

"今天之后，我们可能不会再相见了，但最终，我们会在光明的世界重逢！"

"光明至上，余皆劣者！"

"让光明族再次变得神圣！"

一直维持着天界之光的诸多术式，计嘉羽有些疲惫，忍不住轻喘起来。

他和聂岚浠之间的确可以共享神圣之力，但比起聂岚浠，他的神圣回路实在是太狭窄也太短了，根本容纳不下那么多神圣之力，所以当神圣之力从外界汹涌而来之时，阵阵火辣辣的痛感也会直袭他的心头。

不知道有没有能减轻痛感的圣术，总是这么痛也不是办法啊……

计嘉羽心里正思考着，忽然，他察觉到彭炼云和丁鹿两人正飞快远去。他当即有些着急，转头看了聂岚浠一眼。

聂岚浠立刻会意，加大了神圣之力的输出。

计嘉羽的压力骤增，痛感暴增，但他强忍着，精神力涌动间，一个个术式飞快形成，构建了三个神圣之刃圣术。

圣洁的光刃呼啸着向劳言薪的光墙飞射而去。

光墙一直承受着天界之光的撞击，本就不稳固，现在被光刃精准地命中脆弱之处，细密的裂纹飞快蔓延，有破碎的迹象。

天界之光顺着裂纹处渗入，瞬间化作锋利的光针，在光墙内部弹射起来。

劳言薪在自己身侧构建了一圈旋转的光盾，但作用不大。在越来越多的天界之光渗入，化作光针弹射的情况下，她开始受到光针的穿透伤。

她是一个神职者，没有圣职者那么坚硬的神圣肤质和神圣骨骼，剧烈的疼痛影响了她的精神力，继而影响了她构建的圣术，使之走到了崩溃的边缘。

计嘉羽趁机把精神力凝于一处，冲击劳言薪圣术的圣术，加快其崩溃的速度。

然而，正在这时，劳言薪竟然主动放弃了所有术式，将精神力凝缩成一个钻头，使其旋转着撞向计嘉羽的精神力。

"啊！"

旋转的钻头穿透了计嘉羽的精神力，来自灵魂深处的痛楚让计嘉羽惨叫出声。与此同时，天界之光轻易便洞穿了劳言薪崩溃的光墙，终结了她的生命。

劳言薪甚至来不及留下什么遗言，可她这临死一击给计嘉羽留下了此生难忘的印象。

精神力受伤远比身体疼痛更可怕！

计嘉羽下意识地将所有精神力都收回体内，但一旁的聂岚浠却拦住了他："把精神力全都灌注到圣耀珠里面去。"

计嘉羽没有犹豫，依言而行。

在计嘉羽将全部的精神力灌注到圣耀珠里面后，一阵强烈的舒适感袭来，就好像大冬天突然泡进了温泉水里一样，那种温暖舒适的感觉大大缓解了精神力受伤带来的疼痛。

"圣耀珠有很强的治愈力，无论是对身体还是对精神。"聂岚浠道，"长个教训吧，一点战斗经验都没有。谁告诉你可以主动去冲击他人圣术的术式的？你真以为你的精神力无敌了吗？"

"下次知道了。"计嘉羽苦着脸道。

"如果不是圣耀珠，你哪里还有下次？"聂岚浠毫不留情地道。

"一会儿再总结吧，我们先去追丁鹿他们。"计嘉羽强忍着疼痛，跟跟跄跄地朝黑暗的方向走去。

"你这状态就别想了，不可能的。"聂岚浠拉住了他，"先回去养伤，然后再说。"

"可是……"

计嘉羽话音未落，聂岚浠已经转头看向他，淡漠的金色眸子里透露着一个信息：今天你想走得走，不想走也得走！

在聂岚浠的眼中，什么丁鹿、什么彭炼云，都跟她一点关系都没有，只有计嘉羽才是最重要的，这个她唯一能看见的人。

"好吧……"

计嘉羽跟她对视了几秒，最终无奈妥协。他心中有些愧疚：都怪自己，还是战斗经验太少了啊！

第 98 章

人命

从下水道出来后，计嘉羽和聂岚浠没回之前的旅馆，而是去到了位于城西的一处安全屋。

所有外出执行任务的神圣教派教士都会在目标城市内或周边有三处安全屋，以供休息或养伤。安全屋的级别很高，往往只有特定的教派成员才会知道。

回到安全屋后，计嘉羽也没打量环境便闭目养神，将精神力沉浸于圣耀珠里恢复状态。

他这一闭眼，足足过了两天才睁开。

精神力的损伤不同于躯体的损伤，在正常情况下，别说精神力被撕裂了，就是精神力受到正常的对撞、冲击，都要休息十天半个月。精神力被洞穿或被撕裂，甚至会导致修炼者变得痴傻，哪怕有天材地宝也很难在短时间内恢复。

只能说多亏了圣耀珠吧。

计嘉羽睁眼时，只觉得精神百倍。他当即把圣耀珠召唤出来，而后认真地对着它说了句"谢谢"。

虽然他知道圣耀珠没有生命，听不见他说话，但他还是想说这么一句。

说完，他才缓缓站起身。他转头一看，发现聂岚浠正在窗前的桌边晒太阳。

她闭着眼睛，长长的睫毛泛着金色，脸庞白皙光洁，完美的下颌线简直比计嘉羽的人生规划还要清晰，活像是太阳女神最得意的作品。

似乎是感受到了计嘉羽的注视，她睫毛微颤，睁开了双眼，漠然的目光扫过计嘉羽，让计嘉羽一阵慌张，他都不知道自己在慌什么。

很快，他镇定下来，假装无事地问道："我沉睡了多久？"

"两天两夜。"聂岚浠道。

"我感受不到彭炼云和丁鹿了。"计嘉羽轻叹了一声。

"正常。"聂岚浠道，"不过你不用担心找不到他们，比起找到他们，你应该仔细听听西北方三公里处的声音。"

"啊？"

计嘉羽愣了一下，旋即静下心仔细倾听。

他有着五阶后期的实力，有经过神圣之力和圣耀珠改造的身躯，如果认真听的话，听到三五公里外的声音不算什么。当然了，前提是声音要足够大。

现在，西北方三公里处的声音就很大。

"严惩凶手！"

"罪恶的人族给我滚出神圣澄海！"

"神圣王国不欢迎你们！"

"你们肯定是故意包庇凶手，否则的话，怎么可能找不到凶手？交出凶手，严惩凶手！"

"驱逐人族，还我光明族神圣！"

"这是怎么了？"计嘉羽问道。

"在你沉睡的这两天里，有一群人族杀手杀了启明城内及周边两座城市的一百七十四个光明族人。"聂岚浠道。

计嘉羽被这个消息震撼到了，好一会儿才缓过神来。

"他们怎么突然冒头，然后突然行动了？"

"不知道，但我估计跟你有关。"聂岚浠道。

计嘉羽沉默了。虽然他知道那一百七十四个光明族人的死跟他没有直接关系，可间接关系总是有的。

平白无故背上了一百多条人命，谁都不太能接受。

"人数还在继续增加吗？"计嘉羽忽然抬头问道。

"在增加。"聂岚浠道。

"他们这么肆无忌惮，就没有一个被抓住的？"计嘉羽问。

"有，但是都自杀了。"聂岚浠道，"应该是被自杀了。"

"我们要抓一个活口。"计嘉羽道。

只要抓住了活口，他就能去审问，然后用圣耀珠判断对方是否在撒谎，最终推断出有用的信息。

可是，要怎么才能找到杀手们呢？

"他们有什么行动规律吗？"

"没有。"

"杀死的光明族人之间有什么关联吗？"

"随机的。"

"不管了，我们先去大街上吧，边走边想。"计嘉羽道。

"就这么随便走？"聂岚浠问。

"嗯，普通人不认识我们，光明至上教派的成员肯定认识。这次游行示威的声势这么大，我不相信没有他们在背后推波助澜。那咱们就去游行示威现场看看谁对我有恶意，咱们就找谁。"计嘉羽道。

"这倒是个办法。"聂岚浠道。

话落，计嘉羽便迫不及待地拉开安全屋的门，走了出去。

不多时，计嘉羽拿着一个肉饼出现在了游行示威现场。两天没吃饭，他实在是饿得不行了。

游行示威现场的人很多，其中看热闹的人族占了百分之三十，人族与光明族的混血儿占了百分之三十，维持秩序的城主府工作人员占了百分之五，剩下的百分之三十五都是光明族人，也是游行示威的主力。

这些光明族人，基本上就是启明城的全部光明族人了，当然，其中不乏一些专门从外地赶来的。

"滚出神圣王国！"

"严惩凶手！"

众多光明族人举着旗帜，高喊着口号。

四周的人族见状，神情复杂，有的沉默，有的显得漠然，有的气愤，有的愤怒，有的失笑。

计嘉羽的到来没有激起任何波澜。不过，这应该只是暂时的。

游行示威队伍的目的地是启明城的城主府，在她们的两侧和正前方，都有反游行示威的人族。

计嘉羽直接带着聂岚浠去到了反游行示威的人族的正前方，直面着数以万计的光明族人。

他这一举动，无疑是将他自己和聂岚浠暴露在了所有光明族人的眼皮底下。

然后，圣耀珠就开始示警了。

"也太多了吧！"感受着前方数十股明确的恶意，计嘉羽有些不知道该冲向谁了。她们的站位很分散，方向也都不一样。

短短几秒钟，计嘉羽就有了决定：找几个他最有把握能瞬间制住的，不让她们自杀。

想到就做，计嘉羽毫不犹豫地将精神力辐射出去，双脚上的疾风纹骤然开启，整个人如同离弦之箭一般暴冲而出。

游行示威的光明族人和反游行示威的人族都傻眼了。

　　游行示威这种事在神圣王国很常见，但必须遵守一个最低限度的规则，那就是安全、和平，不能使用暴力手段。

　　所以，尽管大家的情绪都很暴躁，但没有人使用暴力手段，至少在有明神坐镇的城市是这样的。

　　计嘉羽的出手太突然了，突然到维持秩序的刑律司成员都没反应过来，才看到计嘉羽并对其显露出恶意的光明至上教派成员也没反应过来。

　　只是一眨眼，计嘉羽就已经来到了一名女子身前。这名女子看着计嘉羽的身形飞快地放大，瞳孔紧缩。

　　计嘉羽是真的愤怒了。他虽然对光明至上教派的不择手段已经有了充分的认识，可终究想不到光明至上教派的那些高层竟然能将屠刀如此轻易地挥向自己的族人。

　　她们为的是什么呢？引起人族和光明族对立吗？真的至于闹到这种地步吗？

　　诸多念头在脑海中一闪而过，计嘉羽右手掌心上的圣雷纹猛然间闪烁，一枚硕大的雷珠向下方坠落而去。

第99章

无敌

"轰！"

雷珠轰然炸裂，化作蓝色的电链向那名女子笼罩而去。那名女子还没被电链覆盖，便被麻痹得动弹不得。

四周的光明族人见状非但没有四散而逃，反而一个个都施展起圣术来。就算是没到五阶的明灵、明尊，也纷纷拿起自己的圣器向计嘉羽发起攻击。

计嘉羽一副人族长相，不管有什么原因，胆敢向她们的族人动手，那都是不被允许的。

眼见一个个五阶、六阶明尊或在原地或移动着施展圣术，计嘉羽也不客气，精神力横扫而出，直接让她们构建的圣术尽数消散。与此同时，他还瞬间构建了一个圣灵守护落在自己身上，以防远处的光明族人施展的圣术伤到他。

这一系列的动作一气呵成，连一丝停顿都没有，直接让无数人族和光明族人看傻了。

"我没看错吧？圣纹、圣术？这是一个神圣双修的人族。"

"神圣双修也就罢了，他刚才在解构了大家的圣术后，又瞬间构建了一个圣灵守护！这等精神力，这等圣术天赋，强啊！他真是咱们人族？"

"拦住他！"

许多光明族人因自己的圣术被计嘉羽解构了而恼羞成怒，当即要再度出手，但计嘉羽已经把那名女子电晕，直接将其带到了不远处的聂岚浠那里。于是，一些人族和光明族人看见聂岚浠，继而想起了一件事。

似乎圣耀珠的执掌者计嘉羽和守护者聂岚浠就是这么个形象啊！前者俊秀非凡，后者有着金色双瞳。

"计嘉羽，聂岚浠！"想通之后，有人惊呼出声。紧跟着，类似的声音此起彼伏。

众多光明族人听到声音后再去看两人，眼神顿时就变了。可还没等她们有更多的反应，计嘉羽就已经冲向了另一名光明至上教派成员。

"圣雷纹！"

以计嘉羽的精神力和实力，他施展五、六阶的圣纹和圣术都是在一瞬间，基本上不会给对方反应的机会。

这名光明至上教派成员就完全没有反应过来。

此人和刚才那名女子一样，是计嘉羽专门找的实力较低、容易被瞬间控制住的对象，又怎么可能承受得住计嘉羽的一记突如其来的圣雷？

只是一刹那，这第二名光明至上教派成员也昏迷了过去，被计嘉羽带到了聂岚浠身边。

此时，聂岚浠正站在两名昏迷的光明至上教派成员身边。她的精神力和神圣之力涌动间，竟组成了一个结界型圣术，让周围的示威者望而却步。

结界型圣术，那最低也是七阶圣术，不是人多就能对付得了的。而七阶的示威者已经属于神圣教派的高层了，她们早就接到了命令，不许做任何伤害计嘉羽和聂岚浠的事。

参与游行示威，那是你的权利，但若真对计嘉羽和聂岚浠出手，那可就犯大错了。光明族人拿有着七阶圣术的聂岚浠没办法，还能拿五阶的计嘉羽没办法吗？

在知晓他的身份、看到他的行为后，数百名光明族人开始施展圣术和圣纹。顿时，整片天地的神圣之力都变得汹涌起来。

计嘉羽见状，也没怪这些不知内情的光明族人。他用精神力召唤出了圣耀珠，开启了耀形态，神圣肤质、神圣骨骼的硬度暴增，体表浮现出了金色的鳞片。

四周能攻击到他的光明族人太多了，他不可能防备得住每一个光明族人的攻击，所以直接承受那些攻击反倒是最简单的方法。

"流心圣焰斩！"

"千光破云式！"

"爆焰光弹！"

"圣光轰炸！"

"流光瞬影枪！"

在计嘉羽的四周，数不清的圣纹被激活，数不清的圣术轰击而来。哪怕启明城刑律司的刑律们有所反应，动用了圣术、圣纹，帮他抵挡了一部分，绝大多数还是朝他冲了过去。

"轰！"随着第一个爆焰光弹爆炸，以计嘉羽为中心的那片区域便成了光的世界，紫的光、金的光、昏黄的光……没人看得清光芒中的景象，只能听见低沉的爆炸声和刺耳的尖锐鸣叫声。

胆寒不已、有逃亡之意的光明至上教派成员们纷纷远望向计嘉羽，想看看他的下场。

整个过程足足持续了两分钟。两分钟后，圣术、圣纹停止攻击，光芒也缓缓散去。无论是近处还是远处的光明族人、人族，纷纷翘首望去，只见在那片不大不小的区域里，竟升起了一堵淡淡的金色光墙。

有人当即惊呼出声："圣光屏障！"

"七阶圣术圣光屏障？"

须知，六阶和七阶，一个是明尊，一个是明圣，一个只是奠定了神圣之基，另一个则开启了神圣门户，两者之间差距极大，有天壤之别，更不要说五阶和七阶了。然而，计嘉羽竟然以五阶之身施展了七阶的圣术！

圣光屏障是结界类圣术，哪怕只是最低级的结界类圣术，照理来说也不该是计嘉羽能施展得出来的。

是圣耀珠的功能吗？还是他自己的能力？就在人们震惊不已的时候，计嘉羽已经撤除了圣光屏障，脚下疾风纹爆发，身影消失在了原地。

接下来几秒钟，人们眼睁睁地看着一个又一个光明族人被计嘉羽电晕，而后被带到聂岚浠旁边。

不少光明族人有心阻拦，但是维持秩序的刑律已经反应过来了，纷纷制止。他们虽然是人族，可代表的是神圣王国与神圣教派的权威，倒是没人敢不听从。

只是，计嘉羽他凭什么啊?! 无数光明族人义愤填膺。直到她们看到一个个光明族人惊慌失措地朝四面八方逃去，有些因距离计嘉羽较近而来不及逃亡的光明族人竟直接当场了结了自己的时候，才终于意识到了不对劲。

普通的光明族人，谁会被计嘉羽吓得自杀啊？除非有内情！

这种念头一起，她们顿时不再阻碍计嘉羽行动。计嘉羽立刻将分散的精神力收了回去，除了少许用以戒备的精神力外，大多数精神力都被他用在了构建术式上。

短短三秒钟，又一个七阶的圣术被他施展了出来。

"光之遁形。"

一道光从遥远的天空照耀在计嘉羽的身上，竟将计嘉羽也光芒化了似的。他瞬间便融入了地面的光芒中。一秒不到，他已然出现在一名试图逃跑的光明至上教派成员面前。

第100章

审问与谎言

看着身前面色略显苍白的计嘉羽，这名光明至上教派成员脑子都是蒙的，心中大呼不妙：他怎么一下子就来到我身前了呢？

还没等她有所反应，计嘉羽的右掌已经拍在了她的脑门上，强烈的电流流转她的全身，将她电晕了过去。

紧跟着，计嘉羽又顺着光线消失在原地，出现在了另一名光明至上教派成员的身前。

凭空消失再凭空出现，计嘉羽直接让所有七阶以下的光明至上教派成员傻了眼。这些成员逃无可逃，于是纷纷开始自裁，因为她们不愿意被抓，不愿意泄露组织机密。

"光明至上，余皆劣者！"

她们在自裁前喊出了这一口号。现场的光明族人顿时明白这是怎么一回事了，不禁有些震惊。这些人对光明至上教派的信仰，已经超过对太阳女神的信仰了。"光明至上"就真的这么重要吗？

震撼归震撼，现场的光明族人没人对光明至上教派成员产生怜悯之心。须知，神圣城事件的幕后推手之一就是光明至上教派，当时死伤了那么多族人，这些光明族人可都记得呢。

就在短短两分钟后，大量刑律和来自启明大堂的光明族人赶到了此处。前者保护现场，后者将那些尸体和被电晕过去的光明至上教派成员一一运送走。计嘉羽和聂岚浠则很自然地跟了上去。

作为神圣教派负责调查连环杀手案的教士，计嘉羽他们有资格在启明大堂审问这些光明至上教派成员。

眼见计嘉羽和聂岚浠随启明大堂来的人一起离去，反应过来的光明族人的心乱了。

怎么回事？今天不是来游行示威反对人族的吗？怎么突然卡住了？怎么突然失了心气儿？

有几个光明族人仔细考虑、讨论了一番，得出了结论：她们着实被计嘉羽震撼到了。

他才多少岁啊？这是什么实力啊？这就是圣耀珠的执掌者吗？这就是他进入神圣教派的资格吗？他够资格吗？够吗？不够！无论如何，神圣教派是她们光明族的教派，凭什么让一个人族加入？圣耀珠是光明族的圣耀珠，凭什么让一个人族执掌啊？

于是，游行示威又开始了。不过，在看到计嘉羽和聂岚浠以后，她们的口号又加上了不久前的内容：要求计嘉羽退出神圣教派，要求他交还圣耀珠！

另一边，还有光明族人跑去传递消息，甚至跑到别的城市引导开展游行示威。整个神圣王国即将再次因为计嘉羽而沸腾，但计嘉羽本人却毫不关心。他现在只想赶紧把连环杀手找出来，防止那些杀手再继续去杀害无辜，他也不想再背负更多的生命了。

启明大堂地下三层，刑律司的监牢。

在神圣王国范围内，所有带"司"这个字的机构，都隶属于神圣教派，但启明城是唯一的例外。这里的城主府也有不少带"司"字的机构，但全由人族或人族与光明族的混血儿担任职位，与神圣教派的"司"不沾边儿。

此时此刻，一个个狭窄阴暗的监牢中，关押着刚刚被抓捕的光明至上教派成员，她们刚刚纷纷从昏迷中清醒过来。

她们第一时间想自裁，却浑身无力，也用不了神圣之力。刑律司的监牢有明神布置的特殊结界，是专门限制囚犯使用神圣之力的。

在她们苏醒时，计嘉羽打开了一扇牢门，走了进去。他静静地看着眼前的光明至上教派成员，开门见山地问道："最近的连环杀手案跟你们光明至上教派有关吗？"

这名光明至上教派成员当即愣住了，然后闭上眼睛，一言不发。

"你知道我为什么不找别人先找你吗？"计嘉羽问。

她还是不看计嘉羽，也不开口。

"你的妈妈不支持你加入光明至上教派，你的女儿也不理解，可你还是义无反顾地加入了。在你眼里，她们应该什么都不是吧？"计嘉羽道。

这名女子猛地睁眼，怒视着计嘉羽："不许你提她们！"

"为她们考虑一下吧，我只想问你几个问题而已。"计嘉羽道。

"你做梦！"女子冷冷地道。

"你们最近的行为触及大先知的底线了。如果你不帮我的话，下场凄惨的可就不只是你自己了，还有你全家。"计嘉羽威胁道。

女子沉默了几秒钟才道："大先知不会这么做的。我们这么做是为了光明族的未来！"

"你这么确定吗？"计嘉羽道。

女子又沉默了，心里则懊悔不已：要是刚才死了就好了！

"我没时间跟你耗。你应该看到了，我抓了很多人，你不说，她们也会说的，不如由你来抓住这个机会。你不为你自己，也得为你的家人想想吧？"计嘉羽道。

女子面露犹豫之色。

计嘉羽见状赶紧趁热打铁："我向你保证，只要你积极配合，我会向大先知给你求情的。"

可实际情况是，计嘉羽连大先知都没见过，牵连家人什么的也是他随口一说，他就是在恐吓这个女子。

"真的？"女子动摇了。

"真的。"计嘉羽点点头。

"你问吧。"女子重重地叹了口气。

"最近的连环杀手案，跟你们光明至上教派有关系吗？"计嘉羽问。

"没关系。"女子道。

"谎言！"

计嘉羽通过圣耀珠得到了一个答案。

女子的"没关系"是谎言，那事实就是有关系了。

光明至上教派，该死啊！

第101章

诱饵

"你们煽动启明城的光明族人进行游行示威，只是想引起族群对立吗？"计嘉羽继续问道。

"是。"女子答。

圣耀珠再次示警，女子在说谎。

启明城的游行示威，不只是为了引起族群对立。

"你们培养连环杀手，命他们杀害自己的同族，是出于游行示威背后的目的吗？"计嘉羽问。

"我们没有培养连环杀手。"女子很聪明，没有被套进去。

谎言。

"命令你们煽动这次游行示威的上司，在启明城吗？"计嘉羽问。

"不知道。"女子道。

谎言。

"满嘴谎言！你这样做，可换不来我们的宽大处理。"计嘉羽冷冷地道，"不要在我们已经掌握的情报上撒谎！现在，我再问你一次，煽动这次游行示威的上司在启明城吗？"

女子先是沉默了几秒钟，然后才道："在。"

"在哪儿？"

"不知道。"

"好，现在我们重新再来一次。你们煽动启明城的游行示威，只是想引起族群对立吗？"计嘉羽问。

"不是。"

"那是为什么？"

"不知道。"

这次，她没有撒谎。

接下来，计嘉羽按照刑律司刑律的指点，一遍又一遍地审问这名女子。审问完这个之后，他又去把其余被抓捕的光明至上教派成员一一审问了一遍。到最后，他根据她们提供的真真假假的信息，推断出了可能性最大的情况。

首先，连环杀手的确是光明至上教派培养出来的，杀手们的所作所为也都是光明至上教派命令的，但计嘉羽并不知道光明至上教派挑选杀手的原则和控制杀手的手段。

其次，煽动游行示威这件事的背后，隐藏着巨大的阴谋，但这些被抓捕的光明至上教派成员地位太低，并不知道具体情况。

然后，启明城中隐藏着大量的光明至上教派成员，她们这次的行动很可能是孤注一掷。

神圣教派越来越严密的管控和打压的行动，严重破坏了光明至上教派生存的土壤。此次行动之后，光明至上教派恐怕真的将被埋没在历史的洪流中。

"必须阻止这些杀手继续残害无辜民众。可是，要怎样才能找出隐藏在幕后的人呢？"计嘉羽有些苦恼。

"这也没办法，我们会尽快找到线索的。在此之前，你保护自己的同时，就耐心等待吧。"计嘉羽身前，刑律司的一名助祭对他道。

"好的，那就麻烦你了，柳助祭。"计嘉羽道。

"分内之事。"柳助祭道。

"那我们就先走了。"计嘉羽说完，便和聂岚浠一起走出了刑律司。

他们出了启明大堂，走了几步，然后拐进了一个小巷子，再出现时已经换了模样。

他们两人刚刚在启明城露了面，现在城里到处都在传播他们两个的影像光幕，他们的样子很快就会尽人皆知，会给他带来许多不必要的麻烦。

"你有什么办法吗？"计嘉羽问道。

"没有。"聂岚浠道。

"那就只能等了，等他们自己露出马脚。"计嘉羽话音刚落，忽然站定在原地，抬起头看向聂岚浠，道，"我又感知到我留在丁鹿和彭炼云身上的精神力了。"

聂岚浠回头看了一眼距离他们不远的启明大堂，又看向计嘉羽，意思很明显。

这么巧的吗？他们刚从启明大堂出来，丁鹿和彭炼云就主动显露踪迹。

"先回去告诉启明主祭吧。"计嘉羽道。

"嗯。"聂岚浠没有意见。

启明主祭是明神，是启明城的最强战斗力，有她在，一切罪恶之人都逃不了。

可是，计嘉羽和聂岚浠两人转身还没走出几步呢，丁鹿和彭炼云的踪迹又消失了。

"有人在监视我们。"计嘉羽当即道。

不用计嘉羽说，在他脚步停顿时，聂岚浠的精神力已经向周边蔓延了。然而，她并没有找到监视者，计嘉羽也没有。

他和聂岚浠对视了一眼："光明至上教派不想让我们去找启明主祭。"

"嗯。"

"有人在拿丁鹿和彭炼云当诱饵。"计嘉羽道。

"嗯。"

"我们该去冒险吗？"计嘉羽有些犹豫。

"看你。"聂岚浠道。

计嘉羽听到这两个字，不禁有些感动。她这意思是，只要他做了决定，她就会支持。

既然这样，是不是就更不该去冒险了呢？他现在是圣耀珠的执掌者，肩负着很重要的使命，他的命已经不完全是他自己的了。而且，聂岚浠时刻陪在他身边，他要对聂岚浠负责，对神圣教派负责。

但是，丁鹿和彭炼云可能是能够消灭光明至上教派残余力量的线索。计嘉羽陷入了纠结中。

忽然间，留在丁鹿和彭炼云身上的精神力又出现了。不过这次，他们开始向远方快速地移动。

是光明至上教派在催促计嘉羽做决定。

计嘉羽在原地站了几秒后，猛然间做出了决定："走，去救他们！"

"好。"聂岚浠点了点头。

话音落下，计嘉羽启动了疾风纹，暴冲而出。

聂岚浠没有动用圣术，跟在了计嘉羽的身后，身上的神圣之力流转着。

"怎么突然想通了？"聂岚浠忽然问道。

"能力越大，责任越大，不能因为有顾虑就胆怯。我想，圣耀珠也不需要那样的执掌者。"计嘉羽道，"不过，我也不会贸然行事，我们到时候量力而行。"

"好。"

彭炼云和丁鹿移动的方向是西北方，根据距离估算，他们已经在城外了。

在计嘉羽和聂岚浠快速向西北方行进时，彭炼云和丁鹿的移动速度逐渐慢了下来，明显是在等计嘉羽他们。

诱饵的身份显露无遗，这让计嘉羽的心情有些沉重。

"希望他们不要有事才好，都不要有事。"计嘉羽轻叹了口气。

不多时，计嘉羽和聂岚浠也出了城。

启明城的西北方是出海口，沿途则是茂密的森林。彭炼云和丁鹿此时正奔走在主干道左边的森林内。

今天天气不太好，阴云密布，在两人深入密林后不久，天空下起了瓢泼大雨。没多久，两人就彻底停止移动了，在密林外的海边静静地等待着。

五分钟后，计嘉羽和聂岚浠就看到了他们两人。可只看了一眼，计嘉羽的心便沉了下去。

第102章

悬天光幕

丁鹿和彭炼云两人双眼通红，体外缭绕着黑色的魔气，散发着一种邪恶的气息。不同于之前光明族人的魔化状态，他们两人的状态似乎更严重一些。

他们果然出了问题，而且不只是他们，那些人族杀手应该也都是类似的情况。光明至上教派果然堕落到跟魔族合作了，要不然就是使用了魔族的物品和手段。

"丁鹿。"计嘉羽喊了一声。

丁鹿眼睛都没抬一下，下一秒，他和彭炼云两人一起缓缓退入了海中。

计嘉羽望着那片平静的金色海洋，有些犹豫。

他望了一眼聂岚浠，见聂岚浠并无退意和反对意见，想了想后，道："只要不遇上明神，我们应该不会陷入绝境，对不对？"

"对。"聂岚浠道。

虽然他们两人没有练习过怎么配合战斗，但计嘉羽隐约能从圣耀珠那里感知到，如果他和聂岚浠全力配合，那爆发出来的实力绝对是毁天灭地级别的。

聂岚浠的回答提振了计嘉羽的信心，于是他往前迈步，踏入了海水中。四周神圣之力激荡，包裹着他的身体。两人越走越深，渐渐沉入了海洋。

众所周知，神圣澄海是一片金色的海洋，在这片海洋的海底世界里，有着超乎常人想象的壮美景象。海底有成群的金色游鱼、金色珊瑚，以及吸收了大量神圣之力的金色海树，就连泥沙和土石都是金色的。

在这个金色的世界里，身上冒着黑气的彭炼云和丁鹿显得极为扎眼。此时，他们正往海底一条漆黑的裂谷游去。

而他们才游入裂谷，便消失得无影无踪。不过，计嘉羽留在他们身上的精神力显示他们就在那条裂谷中，只是裂谷与海底的分界处有特殊的结界，阻挡了视线。

计嘉羽和聂岚浠跟着他们一起穿过海底结界，进入裂谷之中，眼前骤然出现了一个巨大的金色透明光罩，像是一个鱼缸，隔绝出了一个神奇的世界。光罩之中有地面，有大树，有建筑物，甚至有小型的湖泊，俨然一个世外桃源。城镇中生活着大量的人族、光明族人，还有人族与光明族的混血儿。

丁鹿和彭炼云此时正在结界的边缘，他们回头看了计嘉羽二人一眼后，便轻易地穿了进去。

计嘉羽和聂岚浠没有犹豫，也进入了那金色光罩内。

虽然金色光罩是由纯粹又浑厚的神圣之力构成的，但在光罩里，计嘉羽却感受到了浓郁的魔气，极致邪恶的魔气。

他和聂岚浠寻找着浓郁魔气的源头，看见空中竟悬着一个黑色的巨蛋，蛋壳上刻着一条条金色纹路，显得极为玄奥。巨蛋垂下如同瀑布般壮观的黑色魔气，魔气下方正聚集着大量人族、光明族人和混血儿，他们双目通红，浑身魔气缭绕，俨然被魔气腐化、操控了。

计嘉羽见状忍不住深吸了一口气。他目光慢慢扫过，企图找到一个光明至上教派成员，然而一无所获。

他们引我到这里来，究竟是为了什么？计嘉羽心想。

他不知道的是，就在他和聂岚浠进入金色世界内的那一刻，启明城中也发生了剧变。

启明城。

由光明族人发起的游行示威仍在进行。虽说计嘉羽从游行示威群体中逮出了许多光明至上教派成员，让不少光明族人有些犹豫，但绝大多数光明族人仍然坚定地抵制着人族和计嘉羽。

光明至上教派只是在推波助澜，增强冲突，本质上这场游行示威是光明族人和人族、混血儿们多年以来的矛盾的爆发，并不会因为光明至上教派成员被抓捕便停止。

此时此刻，数不清的光明族人正聚集在启明大堂外，其中有数以千计的从启明城附近的小城市赶来的光明族人。她们举着旗帜，喊着口号，向启明主祭施压。

作为一名十阶明神，启明主祭毫无疑问是神圣教派的高层。通过她，现场的光明族人的想法便会上达天听。然而让她们感到心寒的是，即便天气炎热，已经有不少光明族人的身体产生了不适，启明主祭还是没有现身。

一些光明族人不禁有些失望和灰心，也有一些光明族人开始在私底下谋划着什么。在这些光明族人的周围，到处都是看热闹的人族。

而就在双方僵持不下的时候，启明城的天穹上忽然浮现出了一块玻璃似的金色光幕。它飞快扩大，遮挡了云层和天穹，覆盖了小半座城市的天空。

所有人都惊呆了，抬头望去，露出了震惊和疑惑之色。

"这是什么？"

"启明主祭的圣术吗？"

没人朝外敌入侵的方向去想，因为如果这是外敌施展的圣术，启明主祭肯定会出面解决的。

不过，他们显然想错了。在启明大堂右侧的住宿区，正坐在凳子上处理公务的启明主祭对面赫然坐着一个中年女子，她体形微胖，皮肤白皙，脸上挂着一抹亲切的笑，但对面的启明主祭却浑身紧绷。

"我不会对你出手，只是来看着你。"微胖女子说道。

"值吗？"启明主祭沉默了下，说道。

启明主祭面前的微胖女子罗影，是神圣教派的高层之一，是月神级别的存在。任谁都想不到，她竟然也推崇"光明至上"的理念，想来她也是整个光明至上教派的高层之一了。

"事已至此，多说无益。此事结束后，我会亲自去向大先知谢罪的。"罗影轻声说道。

"唉。"启明主祭叹了口气。

人族和光明族的对立真的已经到这种地步了吗？竟然能让一个月神级强者不惜放弃自己的地位和前途。何必呢？

不过启明主祭也明白，这是信仰冲突，是没办法解的死结。

天穹上，金色光幕彻底显现后，其上忽然有光影跳动，一个金色世界出现在所有人的眼中。

在那金色世界里，有一群人族、光明族人、人族与光明族人的混血儿。而他们面前，站立着一对俊俏的男女——计嘉羽和聂岚浠。

（本册完）

更多精彩内容，敬请关注《神澜奇域 圣耀珠》第 3 册！